FOLIO
JUNIOR

Pour Elisha, pour sa mère

Tobie Lolness

I. La vie suspendue
II. Les yeux d'Elisha

Timothée de Fombelle

Livre I
La vie suspendue

Illustrations de François Place

GALLIMARD JEUNESSE

*Vues des Anges, les cimes des arbres peut-être
sont des racines buvant les cieux*
Rainer Maria Rilke

Première partie

1

Traqué

Tobie mesurait un millimètre et demi, ce qui n'était pas grand pour son âge. Seul le bout de ses pieds dépassait du trou d'écorce. Il ne bougeait pas. La nuit l'avait recouvert comme un seau d'eau.

Tobie regardait le ciel percé d'étoiles. Pas de nuit plus noire ou plus éclatante que celle qui s'étalait par flaques entre les énormes feuilles rousses.

Quand la lune n'est pas là, les étoiles dansent. Voilà ce qu'il se disait. Il se répétait aussi : « S'il y a un ciel au paradis, il est moins profond, moins émouvant, oui, moins émouvant… »

Tobie se laissait apaiser par tout cela. Allongé, il avait la tête posée sur la mousse. Il sentait le froid des larmes sur ses cheveux, près des oreilles.

Tobie était dans un trou d'écorce noire, une jambe abîmée, des coupures à chaque épaule et les cheveux trempés de sang. Il avait les mains bouillies par le feu des épines, et ne sentait plus le reste de son petit corps endormi de douleur et de fatigue.

Sa vie s'était arrêtée quelques heures plus tôt, et il se demandait ce qu'il faisait encore là. Il se rappelait qu'on lui disait toujours cela quand il fourrait son nez partout : « Encore là, Tobie ! » Et aujourd'hui, il se le répétait à lui-même, tout bas : « Encore là ? »

Mais il était bien vivant, conscient de son malheur plus grand que le ciel.

Il fixait ce ciel comme on tient la main de ses parents dans la foule, à la fête des fleurs. Il se disait : « Si je ferme les yeux, je meurs. » Mais ses yeux restaient écarquillés au fond de deux lacs de larmes boueuses.

Il les entendit à ce moment-là. Et la peur lui retomba dessus, d'un coup. Ils étaient quatre. Trois adultes et un enfant. L'enfant tenait la torche qui les éclairait.

– Il est pas loin, je sais qu'il est pas loin.

– Il faut l'attraper. Il doit payer aussi. Comme ses parents.

Les yeux du troisième homme brillaient d'un éclat jaune dans la nuit. Il cracha et dit :

– On va l'avoir, tu vas voir qu'il va payer.

Tobie aurait voulu pouvoir se réveiller, sortir de ce cauchemar, courir vers le lit de ses parents, et pleurer, pleurer… Tobie aurait aimé qu'on l'accompagne en pyjama dans une cuisine illuminée, qu'on lui prépare une eau de miel bien chaude, avec des petits gâteaux, en lui disant : « C'est fini, mon Tobie, c'est fini. »

Mais Tobie était tout tremblant, au fond de son trou, cherchant à rentrer ses jambes trop longues, pour les cacher. Tobie, treize ans, poursuivi par tout un peuple, par son peuple.

Ce qu'il entendit alors était pire que cette nuit de peur et de froid.

Il entendit une voix qu'il aimait, la voix de son ami de toujours, Léo Blue.

Léo était venu vers lui à l'âge de quatre ans et demi, pour lui voler son goûter, et, depuis ce jour, ils avaient tout partagé. Les bonnes choses et les moins drôles. Léo vivait chez sa tante. Il avait perdu ses deux parents. Il ne gardait de son père, El Blue, le célèbre aventurier, qu'un boomerang de bois clair. À la suite de ces malheurs, Léo Blue avait développé au fond de lui une très grande force. Il semblait capable du meilleur et du pire. Tobie préférait le meilleur : l'intelligence et le courage de Léo.

Tobie et Léo devinrent bientôt inséparables. À un moment, on les appelait même « Tobéléo », comme un seul nom.

Un jour, alors que Tobie et ses parents allaient déménager vers les Basses-Branches, ils étaient restés cachés tous les deux, Tobéléo, dans un bourgeon sec pour ne pas être séparés. On les avait retrouvés après deux jours et trois nuits.

Tobie se souvenait que c'était une des rares fois où il avait vu son père pleurer.

Mais cette nuit-là, alors que Tobie était blotti tout seul dans son trou d'écorce, ce ne pouvait pas être le même Léo Blue qui se trouvait debout à quelques mètres de lui, brandissant sa torche dans le noir. Tobie sentit son cœur éclater quand il entendit son meilleur ami hurler :

– On t'aura ! On t'aura, Tobie !

La voix rebondissait de branche en branche.

Alors, Tobie eut un souvenir très précis.

Quand il était tout petit, il avait un puceron apprivoisé qui s'appelait Lima. Tobie montait sur son dos avant de savoir marcher. Un jour, le puceron s'arrêta brutalement de jouer, il mordit Tobie très profondément et le secoua comme un chiffon. Maintenant, Tobie se souvenait de ce coup de folie qui avait obligé ses parents à se séparer de l'animal. Il gardait dans sa mémoire les yeux de Lima quand il était devenu fou : le centre de ses yeux avait grandi comme une petite mare sous la pluie. Sa mère lui avait dit : « Aujourd'hui, ça arrive à Lima, mais tout le monde un jour peut devenir fou. »

– On t'aura, Tobie !

Quand il entendit une nouvelle fois ce cri sauvage, Tobie devina que les yeux de Léo devaient être aussi terrifiants que ceux d'un animal fou. Oui, comme des petites mares gonflées par la pluie.

La petite troupe approchait en tapant sur l'écorce avec des bâtons à pointe pour sentir les creux et les fissures. Ils cherchaient Tobie. Cela rappelait l'ambiance des chasses aux termites, quand les pères et les fils partaient une fois par an, au printemps, chasser les bêtes nuisibles jusqu'aux branches lointaines.

– Je vais le sortir de son trou.

La voix qui prononça cette phrase était si proche,

que Tobie croyait sentir la chaleur d'un souffle sur lui. Il ne bougea plus, n'osa pas même fermer les yeux. Les coups de bâton venaient vers lui dans l'obscurité balayée de reflets de feu.

Le bois pointu s'abattit violemment à un doigt de son visage. Le petit corps de Tobie était tétanisé par la peur. Il gardait pourtant les yeux accrochés au ciel qui réapparaissait parfois entre les ombres des chasseurs. Cette fois, il était pris. C'était fini.

D'un coup, la nuit retomba sur lui. Un cri de colère retentit :

– Eh ! Léo ! Tu as éteint cette flamme ?

– Elle est tombée. Pardon, la torche est tombée…

– Imbécile !

La seule torche du groupe s'était éteinte, et la recherche devait se poursuivre dans la nuit noire.

– C'est pas ça qui nous fera abandonner. On va le trouver.

Un autre homme s'était joint au premier et fouillait avec les mains les fentes de l'écorce. Tobie sentait même l'air remué par le mouvement de ces mains si près de lui. Le deuxième homme avait sûrement bu parce qu'il empestait l'alcool fort et que ses gestes étaient violents et désordonnés.

– Je vais l'attraper moi-même. C'est moi qui vais le mettre en morceaux. Et on fera croire aux autres qu'on l'a pas trouvé.

L'autre riait, en disant de son compagnon de chasse :

– Celui-là, il changera pas. Il a tué quarante termites au printemps dernier !

Oui, Tobie était pour eux pire qu'un termite, et ils le feraient sûrement passer par le bâton à pointe et par les flammes.

Les deux ombres étaient au-dessus de lui. Plus rien ne pouvait le sauver. Tobie faillit lâcher du regard ce ciel qui n'avait pas cessé de le faire tenir. Il vit le bâton descendre vers lui, il se plaqua brusquement sur le côté, et le chasseur ne sentit sous son arme que le bois dur de l'arbre.

Mais l'autre homme avait déjà plongé son bras dans le trou.

Les yeux de Tobie débordaient de larmes. Il vit l'homme poser sa grosse main tout contre lui, s'arrêter, la déplacer un peu plus haut, près de son visage.

Alors, étrangement, Tobie sentit la peur le quitter. Une grande paix était remontée le long de son corps. Il y avait même un sourire pâle sur ses lèvres quand il entendit la terrible voix dire dans un chuchotement de plaisir :

12

– Je l'ai. Je le tiens.

Le silence se fit tout autour.

Les autres chasseurs approchèrent. Même Léo Blue ne parlait plus, craignant peut-être de devoir regarder son ancien ami dans les yeux.

Ils étaient là, à quatre ou cinq autour d'un enfant blessé. Tobie, pourtant, n'avait plus peur de rien. Il ne frissonna même pas quand l'homme passa le bras dans le trou, arracha quelque chose en hurlant de rire, et le présenta aux autres.

Il y eut un silence, plus long qu'un hiver de neige.

Tobie avait cru sentir qu'on venait de déchirer un bout de son vêtement. Après un moment, quelques mots résonnèrent dans ce silence de glace :

– De l'écorce, c'est un morceau d'écorce.

Oui, l'homme tendait aux autres chasseurs un morceau d'écorce.

– Je vous ai bien eus ! Évidemment qu'il n'est pas là. Il doit galoper vers les Basses-Branches. On l'aura demain.

Le petit groupe laissa échapper un grondement de

déception. On envoya quelques insultes à celui qui avait fait semblant de trouver Tobie. Les ombres s'éloignèrent très vite comme un nuage triste. L'écho des voix se dispersa.

Et le silence revint autour de lui.

Tobie mit longtemps avant d'entendre à nouveau sa propre respiration. Avant de sentir peser son corps contre la paroi de l'arbre.

Que s'était-il passé ? Les idées revenaient à lui très lentement.

Il revoyait chaque instant de cette mystérieuse minute. L'homme avait posé sa main sur lui et n'avait senti que le bois. Il avait arraché un bout de son gilet, en le prenant pour de l'écorce. Et tous avaient reconnu que c'était de l'écorce. Comme si Tobie était rentré dans le bois de l'arbre. Il avait eu exactement cette impression. L'arbre l'avait caché sous son manteau d'écorce.

Tobie se figea soudainement.

Et si c'était un piège ?

C'était ça. L'homme avait senti l'enfant sous sa main, et l'attendait dans le noir, à quelques mètres. Tobie en était sûr. Ce chasseur avait bien dit qu'il le voulait pour lui tout seul, qu'il l'écraserait comme un termite ! Il devait être dans l'ombre à surveiller sa sortie, il se jetterait sur lui avec son bâton à pointe. La terreur revint se mettre en boule au fond de sa gorge.

Tobie ne bougeait pas. Il guettait le moindre son.

Rien.

Alors, lentement, il reprit conscience du ciel au-dessus de lui. Ce compagnon étoilé qui avait l'air de le regarder de ses yeux si nombreux.

Et, sous lui, il sentit la tiédeur de l'arbre. C'était la fin de l'été. Les branches avaient engrangé une douce chaleur. Tobie était encore dans les hautes branches, ces régions sur lesquelles le soleil se pose du matin au soir et met partout une odeur de pain chaud, l'odeur du pain de feuille de sa mère, qu'elle frottait au pollen.

Tobie se laissa porter par ce parfum rassurant qui l'entourait.

Alors ses yeux se fermèrent. Il oublia la peur, la folie de Léo, il oublia qu'il servait de gibier aux chasseurs et qu'ils étaient des milliers contre lui. Il se laissa gagner par une vague tendre, cette brume de douceur qu'on appelle le sommeil. Il oublia tout. Les tremblements, la solitude, l'injustice, et ce grand POURQUOI qui battait en lui depuis plusieurs jours.

Il oublia tout. Mais il y avait dans sa nuit une petite place qu'il avait gardée libre. Le seul rêve qu'il laisserait venir jouer dans son sommeil.

Ce rêve avait un visage. Elisha.

2

Adieu aux Cimes

Toute la journée, fuyant ses ennemis, il s'était dit qu'il ne fallait pas qu'il pense à elle.

C'était la seule chose. Il ne fallait pas. Ce serait trop dur.

Il avait mis autour de son cœur une sorte de forteresse, avec des miradors et des fossés profonds. Il avait lâché des fourmis de combat dans les allées de ronde. Il ne devait pas penser à elle.

Pourtant, à chaque instant, elle était là, à se rouler dans ses souvenirs, avec sa robe verte. Elle était là au milieu de ses pensées, plus présente que le ciel.

Il avait connu Elisha en quittant les hauteurs avec sa famille, pour partir vivre dans les Basses-Branches.

Il faut raconter cette rencontre. Oublier un peu Tobie endormi dans son trou, pour revenir cinq années plus tôt.

C'était au moment du grand déménagement.

Cette année-là, un matin de septembre, alors que les habitants des Cimes dormaient encore, Tobie partit avec ses parents.

Ils voyagèrent pendant sept jours, accompagnés de deux porteurs grincheux chargés d'objets indispensables. Ils n'avaient pas besoin de ces deux hommes pour transporter deux petites valises, des vêtements, quelques livres, et la caisse de dossiers de Sim Lolness, le père de Tobie.

Les porteurs étaient là pour s'assurer que la famille ne ferait pas demi-tour en chemin.

M. Lolness était certainement le plus grand savant du moment.

Il connaissait les secrets de l'arbre comme personne. Admiré de tous, il avait signé les plus belles découvertes du siècle. Mais son incroyable savoir n'était qu'une toute petite partie de son être. Le reste était occupé par une âme large et lumineuse comme une constellation.

Sim Lolness était bon, généreux et drôle. Il aurait facilement fait une carrière dans le spectacle s'il y avait pensé. Pourtant, le professeur Lolness ne cherchait jamais vraiment à faire rire. Il était simplement d'une fantaisie et d'une originalité rayonnantes.

Parfois, pendant le Grand Conseil de l'arbre, au milieu d'une foule de vieux sages, il se déshabillait complètement, sortait de sa mallette un pyjama bleu, et se préparait pour une sieste. Il disait que le sommeil était sa potion secrète. L'assemblée baissait la voix pour le laisser dormir.

Tobie et ses parents avaient donc cheminé plusieurs jours durant en direction des Basses-Branches. Dans l'arbre, les voyages se vivaient toujours comme des aventures. On circulait de branche en branche, à pied, sur des chemins très peu tracés, au risque de s'égarer sur des voies en impasse ou de glisser dans les pentes. À l'automne, il fallait éviter de traverser les feuilles, ces grands plateaux bruns, qui, en tombant, risquaient d'emporter les voyageurs vers l'inconnu.

De toute façon, les candidats au voyage étaient rares. Les gens restaient souvent leur vie entière sur la branche où ils étaient nés. Ils y trouvaient un métier, des amis… De là venait l'expression « vieille branche » pour un ami de longue date. On se mariait avec quelqu'un d'une branche voisine, ou de la région. Si bien que le mariage d'une fille des Cimes avec un garçon des Rameaux, par exemple, représentait un événement très rare, assez mal vu par les familles. C'était exactement ce qui était arrivé aux parents de Tobie. Personne n'avait encouragé leur histoire d'amour. Il valait mieux épouser dans son coin.

Sim Lolness au contraire aimait l'idée d'un « arbre généalogique », comme si chaque génération devait inventer sa propre branche, un brin plus près du ciel. Pour ses contemporains, c'était une idée dangereuse.

Bien sûr, l'augmentation de la population de l'arbre obligeait certaines familles à émigrer vers des régions lointaines, mais c'était une décision collective, un mouvement familial. Un clan choisissait de s'approprier des branches nouvelles, et partait pour les Colonies inférieures. Elles se trouvaient plus à l'intérieur de l'arbre, dans des rameaux ombragés.

Cependant, personne n'allait jusqu'aux Basses-Branches, cette contrée plus lointaine encore, tout en bas.

Personne, du moins, ne s'y rendait volontairement.

Pas même la famille Lolness, qui arriva ce soir-là avec ses porteurs dans le territoire sauvage d'Onessa, au fin fond des Basses-Branches.

Depuis deux jours, ils savaient à quoi ressemblait cette région. Elle défilait devant leurs yeux tandis qu'ils marchaient.

C'était un immense labyrinthe de branches humides et tortueuses. Personne ou presque. Juste quelques moucheurs de larves qui détalaient en les voyant.

Le spectacle de ce pays était saisissant. Des étendues d'écorce détrempée, des fourches mystérieuses où nul n'avait jamais posé le pied, des petits lacs qui s'étaient formés à la croisée de branches, des forêts de mousse verte, une écorce profonde traversée de chemins creux et de ruisseaux, des insectes bizarres, des fagots morts coincés depuis des années et que le vent ne parvenait pas à faire tomber... Une jungle suspendue, pleine de bruits étranges.

Tobie avait pleuré jusque-là, traînant sa peine d'avoir quitté son ami Léo Blue. Mais, arrivant aux portes des Basses-Branches, qu'on lui avait décrites comme un enfer, ses larmes s'étaient séchées. Hypnotisé par le paysage, il comprit tout de suite qu'il serait chez lui, ici.

La région était magique : un gigantesque terrain de jeu et de rêverie.

Plus il avançait et retrouvait sa mine joyeuse des beaux jours, plus il voyait sa mère, Maïa, s'effondrer.

Maïa Lolness était née de la famille Alnorell qui possédait presque un tiers des Cimes, et qui avait des plantations de lichen sur le tronc principal. Une famille riche qui organisait des grandes chasses dans ses propriétés, côté soleil, et des bals qui faisaient tourner la tête des plus jolies personnes jusqu'à l'aube. Les nuits de fête, des chemins de torches dessinaient des guirlandes dans les Cimes. Le père de Maïa s'installait au piano. On dansait autour. Des couples s'égaraient sous les étoiles.

Maïa, petite fille, avait grandi dans cette ambiance de fête, seule descendante Alnorell, fille chérie de son père qu'elle adorait. M. Alnorell était un être délicat comme sa fille, un bel homme généreux et curieux de tout.

Il était mort jeune, quand Maïa avait quinze ans. Et sa femme avait pris le pouvoir, interrompant à jamais les valses et les dîners de banquet sous la lune.

Car Mme Alnorell, la grand-mère de Tobie, était triste et mauvaise comme une araignée du matin. N'ayant pas fait le bonheur de son mari ni de sa fille, elle fit celui de son argentier, M. Peloux, puisqu'elle cessa d'un seul coup les dépenses de sa maison et qu'une fortune immense commença à s'entasser autour d'elle. M. Peloux voyait arriver tous les jours les revenus des plantations de la famille et des autres affaires Alnorell, sans que jamais un sou sorte de ses caisses.

Mme Alnorell aimait tant l'argent qu'elle avait oublié à quoi il servait. Comme un enfant qui collectionne sous son lit des bonbons à la sève. Sauf que l'enfant se réveille un matin sur un tas de sève moisie, alors que l'argent de Mme Alnorell ne moisissait pas. Celle qui moisissait, c'était Mme Alnorell elle-même. Elle était devenue presque verte, et ses sentiments ne paraissaient plus très frais non plus.

Tobie savait qu'en apprenant les fiançailles de Maïa avec un homme des Rameaux, la grand-mère avait dit :

— Tu veux donc donner naissance à des limaces !

La phrase était devenue fameuse entre Sim et Maïa. Ils en plaisantaient. Les Rameaux d'où venait Sim étaient connus pour leurs limaces, énormes animaux complètement inoffensifs, et qui produisaient une graisse idéale pour les lampes à huile. Les gens des Rameaux adoraient leurs limaces, si bien que le père de Tobie, avec tendresse, l'appelait souvent « mon limaçon » en souvenir de la phrase de sa belle-mère.

Maïa Alnorell épousa donc Sim Lolness. Ils s'aimaient. Ils étaient restés aussi amoureux qu'à leur rencontre, à dix-neuf ans, dans un cours de tricot.

Le tricot de soie était le passage obligé des jeunes filles de bonne famille. Et comme Sim Lolness travaillait déjà énormément, passant sa vie entre bibliothèque, laboratoire et jardin botanique, et qu'il n'avait pas le temps de « faire des rencontres », comme disait sa mère, il était allé s'inscrire à un cours de tricot. Il était bien sûr le seul garçon du cours. En une heure par semaine, il avait l'assurance de rencontrer trente filles d'un coup, et de se faire une idée dans les meilleurs délais sur cette espèce inconnue de lui.

La première semaine, il observa.

La deuxième semaine, il inventa la machine à tricoter.

La troisième semaine, le cours ferma.

Ce fut la fin du tricot de soie à la main.

Mais la jolie Maïa avait tout de suite compris ce qui se cachait sous le béret de ce jeune homme, venu de ses Rameaux éloignés pour étudier dans les Cimes. Elle en tomba amoureuse.

Elle alla, un matin de printemps, toquer à sa petite chambre d'étudiant.

– Bonjour.

– Mademoiselle… Euh… Oui ?

– Vous avez oublié votre béret au dernier cours.

– Oh ! Je… Mon Dieu…

Elle fit un pas dans la chambre. Sim recula. En fait, c'était la première fois qu'il regardait vraiment une fille, et il avait l'impression qu'il découvrait une nouvelle planète. Il avait envie de prendre des notes, mais il se dit que ce n'était peut-être pas correct.

À vrai dire, à sa grande surprise, il ne ressentait pas seulement le besoin d'écrire deux ou trois livres sur le sujet : il voulait rester là, à ne rien faire, à la regarder.

Elle finit par demander :

– Je ne vous dérange pas ?

– Si… Vous… Vous mettez… toute ma vie en l'air, si je peux me permettre, avec respect, mademoiselle.

– Oh ! Pardon…

Elle se dirigeait vers la porte. Sim se précipita pour lui barrer le passage. Il rajusta ses lunettes.

– Non ! Je… Vous pouvez rester…

Il lui offrit donc de l'eau froide et une boule de gomme. Elle tenait sa tasse d'eau froide d'une telle manière que Sim voulut encore faire un croquis. Il résista à la tentation. Il avait partagé la boule de gomme avec ses mains, si bien qu'il avait tendance à coller aux objets quand il les prenait.

Maïa riait en secret.

Sim s'appuyait sur les murs pour se donner une contenance, mais il était en train de tendre un fil de gomme aux quatre coins de la chambre.

Au bout d'un temps, Maïa s'excusa de devoir partir. Elle enjamba un fil, passa sous un autre et sortit.

– Merci pour le béret, dit Sim en la regardant s'éloigner.

Il réalisa alors qu'il avait son béret sur la tête, qu'il l'avait aussi quand elle était arrivée, bref, qu'il ne l'avait jamais oublié nulle part.

Alors, il retira ses épaisses lunettes, les posa sur la table et tomba par terre, inanimé.

Il comprit plus tard pourquoi il s'était évanoui ce jour-là. C'était tout simplement parce que, dans la logique des choses, si elle lui avait rapporté un béret qu'il n'avait jamais oublié, ce devait être pour le revoir.

Lui.

Et cela suffisait bien pour s'évanouir.

Un an après, ils se marièrent. Un beau mariage dans les Cimes. La grand-mère Alnorell avait accepté de dépenser quelques miettes de sa fortune. M. Peloux, l'argentier, sortit en pleurnichant deux pièces d'or d'une baignoire pleine à ras bord.

Il disait :

– Madame, nous sommes presque ruinés…

Et il regardait la baignoire débordante et le couloir qui menait aux quatorze salles des coffres où s'entassaient des montagnes de pièces et de billets.

Pendant le mariage, Mme Alnorell s'était tenue correctement, se moquant seulement du père de Sim et de sa maladresse.

Comme il ne connaissait pas les habitudes du beau monde, le père de Sim Lolness s'appliquait un peu trop. Il grignotait les pétales de fleur qui décoraient le buffet. Il soulevait les robes à traîne des femmes pour qu'elles ne prennent pas la poussière. Après quelques verres, il avait tendance à faire des baisemains même aux hommes, tout en tortillant sa cravate comme une papillote.

Pendant vingt ans, les heureux époux n'eurent pas d'enfant, ce qui mettait la grand-mère Alnorell dans un état de fureur.

Et puis un jour…

Tobie.

Il apparut tout d'un coup dans la vie de Sim et Maïa, et fit leur joie.

La grand-mère le trouva très vite trop Lolness, et pas assez Alnorell.

Tobie passait les étés dans les propriétés de sa grand-mère. Elle le confiait à des gouvernantes et faisait tout pour ne jamais le croiser. Un enfant... C'était sale et plein de maladies. Elle fuyait dès qu'elle l'apercevait. Si bien que finalement en sept ou huit étés, elle ne rencontra que rarement son petit-fils.

Et chaque fois, ce fut des crises de nerfs, et des glapissements :

– Éloignez-le ! J'ai mes vapeurs !

On emportait Tobie comme un pestiféré.

Voilà pourquoi en s'enfonçant dans les Basses-Branches, vers le lieu où elle allait vivre désormais avec son mari et son fils, Maïa Lolness étouffait des sanglots. Parce que, ces défauts de la haute société, qu'elle avait tant combattus chez sa mère et chez elle-même, elle les sentait remonter en surface dans son dégoût pour ces territoires noirs et spongieux des Basses-Branches.

Son mari voyait bien qu'elle pleurait. Il lui disait parfois :

– Ça ne va pas, Maïa ?

– Je suis tellement heureuse d'être avec vous deux, essayait-elle de dire avec un impossible sourire.

Et elle reprenait la marche en s'enveloppant dans son châle.

Tobie regardait son père. Il savait qu'il souffrait. Non pas qu'il s'apitoyât sur lui-même, car Sim Lolness aurait trouvé de quoi s'émerveiller dans n'importe quoi, y compris dans l'intestin d'une mouche. Mais il souffrait pour sa femme et son fils, qu'il entraînait dans sa propre punition.

Car cette famille était en exil.

27

Ces trois êtres que les deux porteurs abandonnèrent au milieu de nulle part, dans le territoire d'Onessa, à l'extrémité d'une branche sous laquelle pendaient deux immenses feuilles couleur feu, ces trois êtres avaient été bannis du reste de l'arbre, condamnés à la déchéance et à l'exil.

– C'est là, murmura le père de Tobie.

La branche était tellement humide qu'on croyait marcher sur un fond de soupe froide. Tobie, assis sur sa valise, épongeait ses chaussettes.

– C'est là, répéta Sim d'une voix étranglée.

Maïa Lolness cachait ses larmes dans son châle.

Après la gloire, les honneurs, tous les succès, Sim Lolness et les siens repartaient de zéro.

De bien en dessous de zéro.

3

La course contre l'hiver

Arrivés à Onessa en septembre, Tobie et ses parents comprirent très vite que le compte à rebours avant l'hiver avait commencé. L'automne était déjà glacial et les Basses-Branches promettaient de terribles hivers. La première nuit passée dehors fut douloureuse. Une brise chargée d'humidité parvenait à se glisser sous la couverture où grelottait la petite famille.

– Viens, mon fils. Au travail.

À l'aube, le lendemain, Sim Lolness commença à creuser sa maison.

Dans les Cimes, il fallait compter six mois pour qu'une maison de taille modeste soit creusée, par un groupe de cinq ou six ouvriers, et un attelage de charançons dressés.

On commençait par dégager l'écorce pour ménager les ouvertures, une porte et quelques fenêtres. On taillait ensuite dans la masse du bois trois ou quatre pièces principales, étudiées pour ne pas blesser l'arbre, et respecter la circulation de la sève.

Les plus belles maisons étaient équipées de balcons, d'un mobilier confortable, de cheminées à double foyer. Certaines possédaient un réservoir de pluie qui les alimentait en eau courante.

Les Lolness n'espéraient pour ce premier hiver qu'une petite pièce commune avec un conduit de cheminée. C'était déjà un travail démesuré.

Sim Lolness était un homme de grande taille, presque deux millimètres de haut. Il pesait huit bons centigrammes. Mais cet homme solide d'une cinquantaine d'années avait très peu d'expérience du travail manuel. Lui qui pouvait réciter les tables de multiplication jusqu'à mille dans l'ordre et dans le désordre, lui qui avait écrit des livres de cinq cents pages sur *La Longévité des mégaloptères*, ou *Pourquoi la coccinelle n'a-t-elle jamais cinq points sur le dos ?*, ou encore *L'Optique de la goutte d'eau*, lui qui repérait d'un coup d'œil une étoile nou-

velle, ignorait en revanche dans quel sens on tenait un marteau, et aurait planté son doigt en entier avant de toucher une seule fois un clou.

Il lui fallut tout apprendre seul, aux côtés de sa femme et de son fils.

Tobie progressa en même temps, et beaucoup plus vite que quiconque. Il avait sept ans à l'époque. Il se chargeait de tous les travaux délicats. Sa petite taille lui permit de creuser le conduit de la cheminée. C'était le type de tâche qu'on n'aurait jamais pu confier à des charançons creuseurs.

Avec leurs mandibules aiguisées comme des machettes, ces coléoptères ne faisaient pas dans la dentelle.

L'élevage des charançons pour creuser les maisons posait d'ailleurs un problème très délicat puisque, mal maîtrisée, cette bestiole était capable de réduire l'arbre en poussière. Le père de Tobie s'opposait aux gros élevages de charançons qui commençaient à se développer dans l'arbre, en lien avec les industries de la construction.

Mais les Lolness n'avaient ni charançon, ni ouvrier, ni le moindre outil. Tobie travaillait à la lime à ongles, son père au couteau à pain. Mme Lolness moulait des carreaux de résine pour les fenêtres, rapiéçait des bouts de tissu pour faire des couvertures et des tapis.

L'automne se résuma en un mot : creuser. Deux fois par jour une maigre soupe leur redonnait des forces. La nuit, ils dormaient quelques heures, mais n'attendaient pas que le jour se lève pour se remettre au travail, sous la pluie.

Le matin de Noël, ils fermèrent sur eux une porte de bois et contemplèrent leur travail. Ce n'était pas exactement le genre de maison qu'on achète sur catalogue. Le sol suivait un vallonnement doux, les murs étaient irréguliers, les fenêtres avaient la forme de la Grande Ourse. La cheminée ressemblait à une niche triangulaire et la fumée s'échappait par un conduit en tire-bouchon.

Tobie avait son lit le long de la cheminée, et pouvait tirer un rideau le soir, pour s'isoler. Parmi les bouts de tissu cousus dans le rideau, on reconnaissait : un caleçon, deux chemises, et un jupon violet.

Combien de temps Tobie passa-t-il, pendant ces années, allongé sur son lit, à écouter le bruit du feu et à regarder le reflet des flammes à travers le tissu blanc du caleçon ? Les ombres et les lueurs projetaient une histoire sans fin que Tobie réinventait chaque fois.

Mais le premier soir où les Lolness entrèrent chez eux, Tobie ne se coucha pas.

Ils s'assirent tous les trois sur le lit des parents, face à un feu crépitant. Ils se tenaient par la main. Au moment exact où ils avaient baissé le loquet de la porte, le vent s'était mis à souffler dehors et quelques flocons de neige fondue s'étaient écrasés sur les vitres. L'hiver frappait au carreau.

La maison était boiteuse et minuscule, mais il n'y a pas de plus grande joie que d'entendre le sifflement de la tempête à l'abri d'une maison que l'on a construite de ses mains. Tobie vit refleurir quelques instants le sourire de sa mère, et il se mit à pleurer. Voyant l'émotion de sa femme et de son fils, Sim plaisanta :

– Mettez-vous d'accord… On est bien, ou pas ?

Tobie renifla et dit :

– Mais je pleure d'être trop content, et il se mit à rire.

Alors une larme coula sur la joue de Maïa, et, cette fois, ils se regardèrent tous les trois en riant.

Bizarrement, cet hiver-là resta dans la mémoire de Tobie comme un bon souvenir. Ils ne quittèrent presque pas la maison.

Le matin, ils sortaient pour quelques travaux. Maïa allait prendre un paquet de poudre de feuilles dans le garde-manger creusé dans l'écorce, à quelques pas de la maison. Sim et son fils ramassaient un peu de bois et faisaient les réparations indispensables. Ils retournaient aussitôt tous les trois dans leur pièce commune. Le feu les attendait, tapi dans sa niche.

Tobie avait appelé le feu Flam, et le traitait comme un petit animal. En rentrant dans la pièce, il lui jetait un morceau de bois sur lequel Flam se précipitait gaiement.

Maïa souriait. Un enfant solitaire parviendra toujours à s'inventer de la compagnie.

Sim Lolness sortait alors des étagères un gros dossier bleu et le posait sur la table. Il brandissait une liasse de feuilles qu'il mettait sous le nez de Tobie, et il croisait les bras.

Tobie commençait à lire à haute voix.

Pendant quatre mois, les journées passèrent ainsi. Au début, Tobie ne comprenait pas un seul mot de ce qu'il lisait à son père. Les trois premières semaines, le dossier sur la « Tectonique des écorces » resta pour lui totalement incompréhensible, même si son père laissait parfois entendre un soupir de satisfaction ou un petit grondement qui prouvaient que le professeur Lolness écoutait ces lectures savantes comme des récits d'aventures.

Tobie se concentra donc de plus en plus. Il était tout joyeux quand il reconnaissait un terme comme « lumière » ou « glissement ». Et peu à peu, le sens commença à se montrer par petits éclats. Le deuxième dossier s'appelait « Psychosociologie des hyménoptères », et Tobie comprit très vite que cela parlait des fourmis. Sa voix devenait plus assurée. Par instants, Maïa, qui s'était remise au tricot, levait les yeux de son ouvrage, très attentive aussi.

Tous ces dossiers contenaient les principales recherches du professeur Lolness, et sa femme se souvenait parfaitement du moment où chacun avait été écrit. Le travail sur « La Chrysalide des cuculies » par exemple lui rappelait leurs premières années de jeune couple, lorsque Sim revenait le soir, le béret en bataille, réjoui par une découverte qu'il s'empressait de raconter à sa femme.

Jusqu'au mois d'avril, ils ne virent absolument personne et ne s'éloignèrent pas à plus de dix minutes de leur maison. Mais dans la première semaine d'avril, alors qu'autour d'eux les énormes bourgeons commençaient à gonfler et à craquer sous la poussée de la sève, ils entendirent du bruit.

Tobie pensa d'abord qu'il avait rêvé. On toquait à la vitre. Il crut à une dernière pluie avant les beaux jours. Mais le toc-toc recommença. Il se tourna vers la fenêtre et découvrit un visage barbu qui le contemplait. Il fit signe à son père qui marqua un temps d'arrêt, surpris, et alla ouvrir la porte.

Un vieil homme se tenait devant la maison.

– Je suis votre voisin, Vigo Tornett.

– Sim Lolness, enchanté.

Le nom de Tornett lui disait quelque chose. Il ajouta :

– Pardonnez-moi, je crois vous connaître…

– C'est moi qui vous connais, professeur. J'ai une grande admiration pour votre travail. J'ai lu votre livre sur les origines. Je venais vous faire un petit bonjour, en voisin.

– En voisin ?

Sim jeta un coup d'œil derrière l'épaule de Tornett. Il ne voyait pas comment il pouvait exister des voisins dans un trou perdu comme Onessa. Le vieux Tornett expliqua :

– J'habite la première maison, à trois heures de marche vers le couchant.

Il fit un pas à l'intérieur de la pièce et sortit de son baluchon un paquet de papier brun.

– Je vis avec mon neveu qui est moucheur de larves. Je vous ai apporté du boudin.

Maïa s'avança vers lui et prit le paquet.

35

Le boudin de larve était un plat de fête, qui, dans les Cimes, coûtait affreusement cher. Mais il était produit dans les Basses-Branches, la région la plus pauvre et la moins développée de l'arbre. Maïa ouvrit le paquet où luisaient huit gros boudins.

– Voyons, monsieur Tornett, comment accepter… ?

– Je vous en prie, madame, entre voisins, on peut s'aider un peu.

– Restez au moins déjeuner avec nous.

– Je suis désolé, chère madame, je dois rentrer chez moi. Mais je ne voulais pas laisser passer un jour de plus sans venir vous voir. Mes rhumatismes me paralysent tout l'hiver, je supporte malheureusement très mal ce climat. Pardonnez-moi. Je n'ai pas été jusqu'ici un voisin bien accueillant.

Il serra la main de chacun et s'en alla.

C'est par cette visite que commença la belle saison.

Ce qu'on appelle la belle saison dans les Basses-Branches est simplement une saison un peu moins humide, un peu moins glaciale, un peu moins sombre que le reste de l'année. Mais les vêtements n'en demeurent pas moins toujours mouillés, les pieds et les mains s'engourdissent dès qu'on sort…

Tobie arrêta alors ses lectures savantes et commença son exploration de la région. Il partait le matin après avoir avalé un bol bien noir de jus d'écorce, et revenait le soir, sale et trempé, les cheveux ébouriffés, l'œil épuisé mais brillant.

Il fit bientôt une expédition vers la maison Tornett.

Il se perdit cinq fois avant de se retrouver nez à nez avec trois énormes larves qui ronflaient dans leurs niches. Vigo Tornett avait parlé de son neveu qui mouchait les larves, Tobie devina donc qu'il n'était pas loin du but. Il découvrit finalement la maison. Deux simples pièces sans fenêtre, avec une large porte. Un petit bonhomme curieux était assis sur le seuil. En voyant Tobie, le bonhomme se leva et disparut. Le vieux Tornett sortit de la maison et sourit à Tobie.

– Quel plaisir de te voir, mon garçon. Comment as-tu trouvé ton chemin jusqu'ici ?

L'autre personnage réapparut derrière Vigo Tornett. Tobie n'avait pas rêvé. Tornett expliqua :

– C'est mon neveu, Plum. Nous sommes chez lui, ici. Il a la gentillesse d'héberger son vieil oncle depuis quelques années. Plum, je te présente…

– Tobie, dit Tobie en lui tendant la main.

– Oui, Tobie Lolness, reprit Tornett... Je t'en ai
parlé. Tobie est le fils d'un grand homme, d'un merveilleux savant : Sim Lolness...

Plum fit un petit grognement rassuré et rentra dans
la maison.

– Plum est muet. Il est moucheur depuis vingt ans.
Il a trente-cinq ans maintenant.

Tobie lui aurait donné douze ans et demi.

Ouvrant sa besace, il partagea des biscuits avec
M. Tornett. Il était étonné d'être reçu d'homme à
homme, comme un ami. Vigo Tornett était extrêmement sympathique. Il parlait de la région avec une certaine tendresse, il disait qu'il commençait à s'y atta-
cher. Seules ses jambes se plaignaient d'être là et le
faisaient souffrir à cause de l'humidité.

– J'ai eu une jeunesse d'écervelé. J'ai fait des bêtises. Maintenant, je suis vieux, mal fichu, mais j'ai les yeux bien ouverts. Il me semble que j'ai enfin grandi.

Plum passait parfois la tête par la porte, il dévisageait le jeune visiteur. Tobie lui faisait alors un geste amical et Plum disparaissait comme un courant d'air.

– Tu as quel âge, jeune homme ? demanda Tornett pour finir.

– Sept ans, répondit Tobie.

Tornett mordit dans son biscuit et hocha la tête.

– C'est l'âge de la petite Lee…

– La petite quoi ?

– La petite Lee, à la frontière.

– Quelle frontière ?

– La frontière Pelée, à quatre ou cinq heures de chez toi.

Tobie connaissait très bien l'existence des Pelés, mais c'était la première fois qu'on en parlait ouvertement devant lui. Le mot « Pelé » était comme un gros mot qu'on ne dit pas devant les enfants.

La conversation s'arrêta là parce que Vigo Tornett, prenant conscience de l'heure tardive, pressa Tobie de rentrer chez lui avant la nuit.

Quand Tobie s'allongea sur son lit ce jour-là, à l'écoute du crépitement des braises et du cliquetis des aiguilles à tricoter de sa mère, il crut voir se dessiner sur le caleçon blanc du rideau les silhouettes mystérieuses des Pelés, tandis que revenait à sa mémoire le nom de la petite Lee.

Lorsqu'un garçon de sept ans, isolé, solitaire, apprend

qu'à moins d'une journée de marche existe un autre enfant de son âge, il est capable de tout pour le trouver. C'est la magie de l'aimant, que connaissent bien les enfants.

Et les amoureux.

Il se passa pourtant un mois entier avant que ce grand jour n'arrive.

4

Elisha

Ce jour-là, pour être franc, Tobie s'était vraiment perdu. Ce n'était pas un petit égarement comme il en vivait tous les jours, du genre : léger détour, boucle inutile, trois pas en avant, trois pas en arrière…

– Tes Basses-Branches, mon fils, c'est cul-de-sac et sacs de nœuds ! disait son père qui ne s'aventurait même pas au bout du jardin.

Tobie se perdait dix fois par jour dans le labyrinthe des lianes, des montagnes d'écorce et des forêts de mousse grise, mais il commençait à avoir un sacré sens de l'orientation. Si bien que ce jour-là, il lui fallut plusieurs heures pour reconnaître qu'il était dans une situation beaucoup plus inquiétante.

Il y a la triste règle du promeneur égaré :

1) Quand on est perdu, on marche plus vite.

2) Or chaque pas que l'on fait nous éloigne de chez nous.

3) Donc on se perd encore plus.

Au bout de quatre ou cinq heures, Tobie s'arrêta, essoufflé, en sueur, presque incapable de reconnaître le haut et le bas.

Il fit le bilan qu'il aurait dû faire des heures plus tôt. Sincèrement, il était en très mauvaise posture. La nuit allait tomber. Ses parents ne savaient pas où il était, et de toute façon son père n'aurait pas fait dix centimètres hors de chez lui sans glisser sur une flaque ou tomber dans un trou. Le vieux Tornett était plus ou moins paralysé par ses rhumatismes. Le petit Plum ne s'éloignait jamais de ses larves. Bref, les circonstances n'étaient pas joyeuses. Il n'avait pas grand-chose à attendre de personne.

Seul au monde, il se dit à lui-même : « Je suis perdu… »

Tobie s'assit sur la grosse branche, là où il venait de s'arrêter. Il commença par essorer ses chaussettes, ce qui était toujours sa manière de se poser, et de faire le point. La chaussette mouillée brouille les idées et noie le moral.

Étranglant la chaussette dans ses petites mains, il regarda s'écouler un ruisselet pas vraiment clair. Il le suivit des yeux, remarqua que l'eau tombait dans une fente de l'écorce et coulait un peu plus loin. Il remit ses chaussures, toujours bien concentré sur la trajectoire de son filet d'eau.

Il ne pensait plus à rien. Il se leva et, pas à pas, rêveur, suivit le petit courant qui s'était formé.

Un brin de mousse grise naviguait maintenant sur la vaguelette. Tobie le fixait de son regard perdu.

D'autres infiltrations s'étaient jointes à l'eau des chaussettes, si bien que Tobie devait marcher plus vite pour suivre son petit navire de mousse grise qui dégoulinait le long de la gigantesque branche. Dans ce moment de peur, l'enfance lui était retombée dessus sans prévenir. Il n'était plus le jeune débrouillard qu'on traite comme un grand. Il avait à nouveau vraiment sept ans. Son âge devenait son refuge, avec les jeux et l'insouciance...

La gouttière formait déjà un vrai ruisseau que Tobie suivait en courant. Il grimpait les échardes de bois qui lui barraient la route, contournait les pétioles de feuilles mortes, le cœur palpitant. Toujours plus attentif à son petit bateau, il ne remarqua pas qu'un peu plus loin, l'eau plongeait dans le vide. Il dévalait la pente d'écorce et se serait jeté avec le brin de mousse, si un petit bourgeon ne l'avait fait trébucher juste à temps...

Il tomba du haut de son millimètre et demi, la tête en avant, les trois quarts du corps suspendus dans le vide.

Il demeura ainsi quelque temps, et quand il murmura : « Je suis perdu ! », ces mots avaient un autre sens qu'auparavant.

Sa vie tenait à un fil. Son pied était resté accroché au bourgeon gluant de printemps qui le retenait.

Bien vite, une sensation terrible s'empara de lui. Il commençait à se sentir glisser dans ses chaussettes. Toujours ce point sensible : la chaussette... Tandis que ses chaussures restaient agrippées au bourgeon, Tobie dérivait lentement vers le vide.

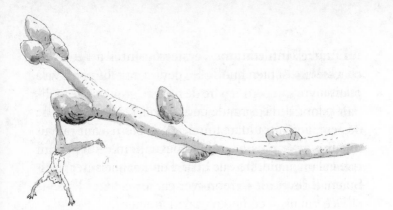

Le vide ? Tobie osa regarder en face le précipice qui était sous lui. Quelque chose lui paraissait étrange dans cette grande masse sombre. Il voyait par endroits des reflets bleutés qui l'intriguaient. Il eut besoin d'une minute entière, aveuglé par l'épuisement et le vertige, pour comprendre à quoi ressemblait ce vide.

À cent pieds sous lui, au milieu d'une énorme branche cabossée, s'étendait un vaste lac.

Un lac suspendu au milieu de l'arbre. Une merveille.

Une branche avait dû s'arracher et laisser un grand trou dans l'écorce où luisait maintenant un lac d'eau claire. Des taillis de haute mousse venaient jusque sur la rive et Tobie voyait même des plages d'écorce blanche, des criques délicieuses où il aurait pu planter sa tente.

Le ruisseau qu'il avait suivi se jetait dans ce lac. Il formait une chute d'eau vertigineuse qui faisait mousser l'eau transparente du lac. Joli destin pour son jus de chaussette.

Tobie avait repris sa respiration, son cœur battait

un air plus lent, et surtout, curieusement, il avait arrêté de glisser. Il était immobile, pendu par les pieds à la falaise.

Il pensa à une formule de son grand-père Alnorell : « C'est la peur qui fait tomber. » Tobie n'avait jamais compris cette phrase que lui répétait sa mère. Il pensait que cela voulait dire que quand on fait sursauter quelqu'un, il risque de se retrouver par terre.

Désormais, il comprenait parfaitement.

Quand on vit dans la peur, on tombe à chaque pas. C'est la peur qui fait tomber. Maintenant qu'il se savait au-dessus d'un lac, il ne craignait plus de glisser : l'eau amortirait sa chute. Et comme il n'avait plus peur, il ne glissait plus.

Tobie remonta ses mains le long de son corps, agrippa un morceau d'écorce rugueuse et tira sur ses bras. En quelques secondes, sa tête était à la hauteur de ses pieds. Encore un petit effort et il se rétablit en s'appuyant sur ses avant-bras. Un mois de va-et-vient dans les Basses-Branches avait fait de lui un petit acrobate.

Tobie était maintenant debout, dressé au-dessus de ce paysage de rêve, bien décidé à aller l'explorer. Il commença à s'aventurer par la droite où un passage escarpé descendait jusqu'au lac.

D'en bas, c'était encore plus beau. Les hautes forêts de mousse se reflétaient à la surface où sautaient parfois de grosses puces d'eau. Le lac était immense, suspendu entre les branches de l'arbre, il aurait fallu une heure pour le traverser à la nage. Tobie n'avait jamais vu cela dans les hauteurs, encore moins dans les Cimes qui lui paraissaient maintenant une prison à ciel ouvert. Tobie n'hésita pas longtemps. En quelques secondes il avait enlevé tous ses habits. Et l'instant d'après, il plongeait.

Un dernier rayon de lumière avait même réussi à s'infiltrer jusque-là. Tobie faisait une brasse maladroite qui éclaboussait autour de lui. L'eau était fraîche et il respirait vite. Il retourna rapidement là où il avait pied. Il s'arrêta ainsi avec de l'eau jusqu'au cou à regarder ce grand miroir bleu nuit.

Il resta là un bon moment.

– C'est beau.
– Oui, répondit Tobie, c'est beau.
– C'est beau…
– Oui, je ne connais rien comme ça.

Tobie resta immobile encore une brève seconde. Avec qui parlait-il ? Très lentement il se retourna. Il venait de parler avec quelqu'un. Oui, il venait de répondre à quelqu'un.

Ce quelqu'un avait des nattes brunes, et le contemplait attentivement. Elle était assise à côté des vêtements de Tobie, sur un copeau de bois. Elle n'était sûrement pas plus vieille que lui, mais son regard paraissait plus sombre et plus assuré. Tobie n'avait que la tête hors de l'eau, il fut très surpris et un peu gêné. Immobile, les yeux écarquillés, il réfléchissait juste à une manière habile de récupérer ses habits. Mais elle ne bougeait pas.

Elle dit :

– Il n'y a qu'un seul autre endroit qui est aussi beau.

– C'est loin ? demanda Tobie.

La fille ne répondit pas. On ne voyait pas ses mains, cachées sous une cape marron. Tobie tenta une autre question.

– Tu es la petite Lee ?

Elle sourit et c'était quelque chose de nouveau que Tobie aima beaucoup. Elle souriait extraordinairement bien pour son âge. En principe, à partir de quatre ou cinq ans, on sourit moins bien. Et ça n'arrête pas de se dégrader. Mais elle paraissait sourire pour la première fois.

– Je m'appelle Elisha.

Tobie commençait à se refroidir dans son eau, il continua quand même :

– Je cherche la petite Lee.

Elle sourit encore, et avec le même talent.

– Qui t'en a parlé ?

– Le vieux Tornett.

– Tu vas avoir froid.

– Oui, dit Tobie en grelottant.

– Tu devrais sortir.

– Oui.

– Tu vas être malade.

– Oui, répéta Tobie.

– Alors sors ! lança-t-elle en criant et en riant à la fois.

Tobie était extrêmement ennuyé, mais il fit un pas vers le bord, puis un autre, puis encore un autre. Maladroitement, il marcha sur la plage d'écorce blanche, tout nu, jusqu'à ses affaires qu'il commença à enfiler une à une.

Elisha ne paraissait ni gênée, ni moqueuse, ni rien de ce genre. Elle semblait juste contente qu'il mette des habits chauds. Tobie resta debout à côté d'elle. Ils regardaient tous les deux un reflet lointain sur le lac.

– Je ne sais pas comment rentrer chez moi, dit Tobie tout simplement.

Elle tourna la tête vers lui et il la dévisagea. Elle avait une figure très particulière. Un visage plat, assez pâle, avec des yeux un peu trop grands pour elle. Ses cheveux bruns tombaient sur ses genoux quand elle était assise.

– Je te montrerai demain, répondit Elisha.

– Demain ?

– On partira tôt.

– Tu sais où j'habite ? demanda Tobie.

– Bien sûr.

– Je dois partir ce soir.

– La nuit tombe. Il ne faut pas marcher la nuit. Viens.

Elle se leva et ses mains apparurent, qui, elles, étaient tout à fait de son âge. Des petites mains de petite fille. Tobie la suivait le long du lac.

– On va où ?

– Chez moi.

Ils marchèrent silencieusement pendant un long moment, longeant d'abord la plage, puis grimpant dans un bois. Tobie remarqua qu'elle était plus petite que lui en taille, et qu'elle avançait pieds nus dans les broussailles. Dans la pénombre, on voyait sous ses pieds comme une lueur bleue.

Parvenue en haut de la côte, Elisha s'arrêta. Tobie était content de cette pause, parce qu'elle escaladait à la vitesse d'une fourmi guerrière et qu'il avait du mal à suivre. Il reprit son souffle. Le lac commençait à se perdre dans une brume noire. La nuit tombante gommait les ombres. Elisha regardait au loin. Elle ne semblait pas lassée par la beauté. Ils reprirent leur chemin. Au bout d'un quart d'heure, une bonne odeur commença à danser autour d'eux. Tobie, qui n'avait rien mangé depuis le matin, sentit son ventre gargouiller. Il n'osa pas dire un mot, mais la faim était là.

– On est arrivé, dit Elisha. Attends-moi ici.

Tobie n'avait pas remarqué une ouverture ronde aménagée dans l'écorce et d'où s'échappait ce divin fumet. Il resta sur place tandis qu'Elisha filait vers la porte et disparaissait à l'intérieur. Après quelques instants, elle se montra dans l'encadrement et cria :

– Alors ? Tu viens ?

Il grimpa la petite côte. C'était une pièce entièrement ronde sans fenêtre et sans cheminée, avec juste un petit feu au milieu, et des grands carrés de tissu tendus à certains endroits. Ces tissus de couleur vive attirèrent d'abord le regard de Tobie, si bien qu'il mit un peu de temps pour remarquer une dame très jeune qui était accroupie près du feu et le regardait en souriant.

– Bonjour.

– Bonjour, répondit Tobie.

– Tu as faim ?

– Un peu, mentit Tobie qui avait une faim monstrueuse.

Il imita Elisha qui s'asseyait près du feu. La dame leur tendit une assiette recouverte d'une serviette. Elisha souleva un coin de la serviette et, dans un nuage de vapeur, Tobie vit apparaître de grosses crêpes ruisse-lantes de beurre et de miel.

Tobie ne mangea peut-être pas très proprement mais en tout cas avec appétit, et ses deux spectatrices avaient l'air de trouver cela assez drôle à voir. Finalement, il posa l'assiette, but d'un seul coup un bol d'eau qu'Eli-sha lui tendait et dit :

– Je m'appelle Tobie.

Cette nouvelle ne semblait pas être une révolution pour elles. Elles paraissaient très bien le connaître, alors il ajouta :

– Je cherche la petite Lee.

Cette phrase-là eut beaucoup plus d'effet : Elisha et la jeune fille éclatèrent de rire. Il préféra rire un peu avec elles sans savoir exactement pourquoi.

– Vous la connaissez ?

Cette fois, Elisha répondit :

– C'est moi.

Tobie sursauta. Elle continua :

– Je suis Elisha Lee, et voilà ma mère.

Tobie faillit tomber à la renverse. Cette dame de vingt-cinq ans était la mère d'Elisha… Elle avait l'air si jeune. Avec le même visage plat, les tresses remontées en macarons sur la tête, on aurait dit sa sœur.

La soirée passa dans la douceur d'un songe. Ils res-tèrent longtemps au coin du feu, et Tobie continua à les faire rire.

Dans la nuit, avec des grosses bougies dégoulinantes, Elisha l'emmena voir les cochenilles qu'elles élevaient.

Sa mère vendait des œufs et de la cire de cochenille. Il fallait prendre grand soin de ces énormes animaux immobiles, blancs comme neige, qui faisaient deux fois la taille de Tobie.

– Elles n'ont pas l'air méchantes, dit Tobie en tapotant le flanc de l'une d'elles.

– Non. Celle-là s'appelle Line. L'autre, c'est Gary.

– Vous n'habitez pas loin de la grande frontière, dit Tobie, vous n'avez pas peur des Pelés qui capturent les troupeaux ?

Tobie avait entendu cela du temps où il vivait dans les hauteurs. Il avait surpris la conversation de deux éleveurs qui parlaient des Pelés. Il ne le répétait que pour se rendre intéressant.

Elisha et sa mère n'y firent même pas attention.

– Il faut juste se méfier des coccinelles, expliqua Elisha Lee.

– Des coccinelles ?

– Les cochenilles se font bouffer par les coccinelles, leurs seules ennemies.

De retour près du feu, Tobie leur raconta des histoires de coccinelles. Son père était un grand spécialiste du sujet. Tobie parla longtemps de la coccinelle à treize points, très rare. Il leur fit répéter, par jeu, le nom savant de la coccinelle à quatorze points.

– *Quatuordecim-pustulata* !

La mère d'Elisha essaya en bredouillant :

– *Quaduorte… tis… Quatuomdecir… putsulana…*

Mais Elisha le prononça du premier coup, alors que

52

Tobie se perdait dans des explications sur les libellules, ce qui n'avait rigoureusement aucun rapport. Quand ils s'écroulèrent de fatigue, ils rampèrent jusqu'à des matelas cachés derrière les carrés de couleur. Elisha choisit le jaune, et Tobie le rouge. Au moment de fermer les yeux, il avait complètement oublié ses parents qui devaient l'attendre depuis des heures. Il entendit seulement la petite Lee qui chantonnait dans son sommeil :

– *Qua-tuor-de-cim-pus-tu-la-ta…*

Le lendemain, Elisha le reconduisit jusqu'à chez lui et se volatilisa dans les buissons avant même que Sim et Maïa aient pu la voir.

Ainsi commença une amitié unique, qui, dans le cœur de Tobie, fit fleurir les Basses-Branches pendant ces longues années d'exil.

5

Papillon de nuit

Lorsque Tobie se réveilla dans son trou d'écorce, il lui fallut pas mal de temps pour savoir où il reposait. Il s'était échappé de longues heures dans ses rêves, revivant ses souvenirs des Basses-Branches et sa rencontre avec Elisha.

L'aube projetait maintenant ses premières lueurs sur l'arbre. Tobie essaya de bouger un peu. Sa jambe gauche était douloureuse, mais lui obéissait toujours. Le reste de son corps paraissait roué de coups.

Souvent, quand on se réveille d'un cauchemar, on se réjouit de voir autour de soi une réalité douce et sans danger, un rai de lumière sous la porte.

Mais Tobie, ouvrant les yeux après une nuit inconsciente, fut au contraire assailli par le cauchemar de sa vie. Il se rappela d'un coup la chasse à l'homme qu'on avait lancée contre lui. Il se rappela qu'il avait tout perdu. Il revécut aussi la visite des chasseurs qui avaient failli le débusquer de son trou.

Il aurait pu retomber dans ce sentiment de chagrin et d'angoisse, mais il sentit un appel plus fort : la faim.

Son père lui répétait toujours :

– Chaque cerveau a son secret. Moi, c'est mon lit. Toi, c'est ton assiette. Mange avant de penser, ou tu penseras mal.

Il avait dit un jour où Tobie manquait d'énergie : « Il n'est pas dans son assiette. »

Et, comme tout ce que disait le professeur Lolness, l'expression avait été reprise dans le langage courant, sans que personne ne sache d'où elle venait.

Tobie avança la tête en s'appuyant un peu sur les coudes et parvint à l'ouverture de la fente du bois. Il observait attentivement.

Il pensa brusquement au chasseur qui était peut-être tapi un peu plus loin. Tobie demeura un instant à l'arrêt.

Même affamé, le cerveau de Tobie parvint à se raisonner : si le chasseur avait été là, il aurait déjà sauté sur lui. Sans crainte, il sortit donc la tête tout entière, s'accrocha à un petit relief du bois et tenta de redresser le reste de son corps.

Il croyait être un pantin de bois. Ses bras et ses jambes étaient tendus comme des bâtons accrochés à un rondin.

Et puisque son nez avait un peu gonflé à cause de ses chutes, il pensa à un pantin célèbre dont on racontait l'histoire aux enfants de l'arbre.

Les blessures tiraient sur sa peau comme des agrafes. Il avait couru dix heures de suite, le jour précédent, il avait pris des coups, chuté vingt fois, s'était relevé autant jusqu'à tomber dans cette fente où il avait passé la nuit.

La première grande nouvelle du jour, c'était malgré tout qu'il pouvait marcher. Son premier pas fut accompagné d'un petit gémissement qui ressemblait à de la douleur, mais qui était un cri de joie. Il pouvait encore marcher, il en avait même envie après une nuit d'immobilité.

Il fit sa seconde belle découverte en dénichant, à quelques pas, une grosse gale brune qui allait lui servir de petit déjeuner. Tobie n'aimait pas particulièrement ces sortes de champignons plats où vivaient parfois des nymphes d'insectes. Il fallait normalement les cuire longtemps avant d'en faire un gratin ou une friture.

Mais Tobie en détacha un épais morceau et le dévora tout cru. Il avait aussi trouvé une minuscule mare dans un creux de l'écorce qu'il lapa comme une fourmi avant de rejoindre son trou. Là, après ce repas improvisé, il sentit la mécanique de son cerveau se remettre en marche.

Il réfléchit à son plan.

Depuis le début de sa fuite, il avait suivi d'instinct une même direction. En quittant les Cimes par des chemins secondaires, en parvenant dans les hauteurs où il se trouvait maintenant, il croyait ne pas savoir où il allait. Mais son corps entier lui indiquait ce cap, et il comprit bientôt que son but était les Basses-Branches. Tous ses réflexes de survie l'attiraient vers là-bas. Il connaissait les Basses-Branches comme les lignes de sa main. N'importe quel poursuivant ne pourrait filer sa trace une fois dans ce monde qui lui appartenait.

Son père avait tenté de lui dire :

– Pars. Ne t'arrête jamais.

Mais Tobie voulait croire que quelque part dans l'arbre existait malgré tout un refuge.

Et puis, il y avait Elisha. Le seul être qui lui restait, la seule qui ne le trahirait pas. Elisha allait l'aider. L'enfer s'arrêtait aux portes des Basses-Branches. Il suffisait d'y arriver.

Il suffisait… Mais les territoires d'Onessa commençaient à cinq jours de marche au moins, et des centaines d'hommes en armes s'étaient lancés à sa recherche. Il devrait donc voyager la nuit tombée, sans lumière, à l'heure où d'autres prédateurs, insectes ou oiseaux de nuit, étaient en chasse.

Tobie passa donc la journée dans son refuge à dormir et à soigner ses plaies avec des rubans de feuille fraîche. Trois fois, il fut réveillé par la vibration de troupes bruyantes qui passaient en désordre. Trois fois il resta là, pétrifié, le souffle court, longtemps après le passage des chasseurs.

On le cherchait toujours. Plus intensément qu'avant.

Jamais combat plus inégal ne s'était déroulé dans l'arbre : un enfant contre le reste du monde.

À neuf heures du soir, en septembre, l'arbre est déjà revêtu de nuit. Tobie sortit définitivement de sa cachette. Il connaissait la direction. Il la ressentait même au fond de lui comme s'il avait avalé une bous-sole. Il se mit en marche, et, après quelques pas, l'esprit de survie avait endormi ses douleurs et il courait sur les branches comme autrefois.

Il fallait voir courir Tobie dans les branches. C'était un papillon. Silencieux, précis, imprévisible. Il avait tout appris dans les Basses-Branches. L'arbre était son jardin.

Tobie connaissait les lieux habités et les fuyait. Il contournait surtout les grosses cités de bois moulu qui se multipliaient dans l'arbre.

Mais les différents groupes de ses poursuivants, qui avaient pris de l'avance sur lui, s'installaient parfois pour la nuit en zone sauvage. Tobie surveillait donc aussi les lueurs des feux de camp.

Soudain, avant qu'il n'ait rien vu venir, il entendit des voix.

C'était à un croisement qu'il ne pouvait contourner sans perdre un temps précieux. Il devait tenter de passer.

Rampant sur ses coudes, il commença son approche. Une dizaine d'hommes étaient affalés autour d'un brasier presque éteint où cuisaient sur une broche quelques belles tranches de grillon. Il devait bien y avoir un demi-grillon pour à peine dix chasseurs, et l'alcool coulait à flots.

Tobie avait faim. Il écouta leurs chansons. Elles étaient belles. De vrais airs de chasse. La beauté vient parfois se glisser dans les cœurs endurcis. Tobie reconnaissait ces chansons qui avaient marqué sa petite enfance.

Dans les propriétés des Cimes où il passait ses étés, il n'y avait plus les immenses chasses qui avaient fait le bonheur de son grand-père. Mais ses nourrices l'accompagnaient parfois aux battues paysannes qu'on organisait encore dans les branches voisines. Tobie, accroché au dos des chasseurs, déviait leurs flèches. Il chatouillait les meilleurs archers. Son jeune âge faisait qu'on lui pardonnait tout. Une fois, il garda même toute une journée un puceron caché sous sa chemise, pour le libérer, le soir venu, loin des chasseurs.

Cependant, il aimait se retrouver au crépuscule, allongé sous la table du relais. Là, écoutant les chants et les ballades, alors âgé de cinq ou six ans, il se sentait plus chasseur que n'importe qui. Il adorait les chansons, les vieilles histoires, et ces odeurs de grillades et de bottes qui le rejoignaient sous la table.

Mais cette nuit-là, venant imprudemment écouter les chants de ses poursuivants, il n'était plus le petit Tobie qu'on passe de main en main autour de la table et qui fait rire tout le monde. Il était dans la peau d'un gibier à bout de souffle qui s'approche du campement des chasseurs.

Il resta un bon moment allongé sur le sol. Un crissement attira tout à coup son attention. Le bruit venait de la droite, tout près de lui. Il tourna la tête et étouffa un cri. Son sang se glaça.

Deux yeux rouges le fixaient dans la nuit.

Il se laissa rouler sur le côté. Les chasseurs continuaient leurs berceuses. Tobie, sortant la tête qu'il avait enfouie dans ses bras, osa regarder à nouveau les yeux. Le grondement devenait plus agressif.

C'était une fourmi de combat.

Un enclos la retenait. Mais elle commençait à s'agiter et à faire battre la barrière. Tobie remarqua une autre paire d'yeux qui se braqua, elle aussi, dans sa direction. Et il y avait encore une troisième fourmi dans l'ombre. Trois énormes molosses, d'un rouge de braise, que l'odeur de Tobie avait dû réveiller.

Les chasseurs n'étaient donc pas seuls. On leur avait confié ces terribles bestioles. Tobie se préparait à filer mais le bruit de la veillée s'était soudainement interrompu. La nervosité des fourmis avait attiré l'attention des chasseurs. Un géant hirsute d'au moins deux millimètres et demi s'était levé et s'approchait déjà de l'enclos.

– On se calme là-dedans !

Tobie fit une roulade de plus vers l'obscurité. Les fourmis étaient toutes regroupées de son côté, et l'homme cherchait la raison de cette agitation.

– Falco ! Enok ! Vous allez vous calmer ?

L'homme commença à contourner l'enclos. Il parlait aux bêtes. Tobie cherchait une solution. Il fallait qu'il se passe quelque chose. N'importe quoi. Il fouilla ses poches à la recherche d'un objet qui ferait diversion. Rien. Pas un bout de bois à jeter dans une autre direction. Le chasseur continuait à longer l'enclos. Derrière lui, d'autres s'apprêtaient à le suivre. Qu'est-ce qui pouvait attirer les bêtes vers ce coin sombre ?

Tobie regarda ses pansements. Le geste qui le sauva ne dura pas une seconde. Arrachant ses bandages noircis de sang, il en fit une boule qu'il jeta derrière la barrière.

L'instant d'après, les fourmis étaient dessus. Le sang les mettait en transe. Elles se battaient déjà.

– Un morceau de feuille ! Elles se disputent une feuille !

L'homme donna un coup sur la barrière et s'en retourna vers le feu pour rassurer ses compagnons.

Une minute plus tard, Tobie était déjà loin.

Il était passé. Il ne s'arrêtait plus. C'était une course effrénée, comme s'il avait encore les fourmis à ses trousses.

Se confiant entièrement à l'appel des Basses-Branches, il laissait ses idées vagabonder. L'action libère l'esprit. Il avait connu des courses de ce genre du temps de l'exil d'Onessa. Des journées dans les branches où les distances ne comptaient plus.

Il se rappelait par exemple le matin où le petit Plum Tornett était arrivé chez les Lolness, méconnaissable. Le visage couvert de boue, il gémissait, montrant la direction d'où il avait surgi. Sim Lolness tenta de le calmer, mais Plum poussait des hurlements de plus en plus forts. Désignant toujours la direction du couchant, il s'agrippait au menton du professeur. Tobie comprit très vite. Pour le garçon muet, le geste vers le menton rappelait la barbe de son oncle.

Il était arrivé quelque chose à Vigo Tornett.

Tobie choisit de partir seul pour savoir rapidement ce qui s'était passé. Trop tard pour demander l'aide de la famille Asseldor, ou des Olmech, qui habitaient plus haut. Ses parents le laissèrent filer à contrecœur et firent rentrer le pauvre Plum dans la maison.

C'était la troisième année de Tobie dans les Basses-Branches. Il se rendit chez Tornett en moitié moins de temps qu'il ne lui avait fallu les premières fois. Il connaissait de dangereux passe-branches, ces raccourcis de brindilles jetés entre des rameaux, qui lui évitaient bien des détours, et il filait de branche en branche, bondissant d'une feuille à l'autre.

Quand il arriva à la maison Tornett, il ne remarqua rien de particulier. Le feu était éteint dans la cheminée et le couvert était dressé pour deux.

C'est en contournant la branche, et en se dirigeant vers les niches des larves qu'il découvrit le vieil homme.

Il faisait peine à voir.

Tornett gisait sur l'écorce, inanimé, les vêtements arrachés.

Tobie avait alors dix ans, il avait traversé bien des épreuves, mais il ne s'était jamais retrouvé face à un homme dans cet état. Il se jeta sur lui.

– Tornett ! Monsieur Tornett !

Il prenait la tête barbue dans ses mains.

– Répondez-moi, je vous en supplie.

L'homme ne bougeait pas. Il était trop tard. Il reposa le visage de son vieil ami. Un courant d'air froid le fit frissonner.

– Adieu Tornett, déclara-t-il comme au théâtre.

C'est alors qu'il sentit la pression des doigts du blessé sur ses bras. C'était même plus qu'une pression. Tornett enfonçait ses ongles dans la chair de Tobie. Un peu plus et ils ressortiraient de l'autre côté. L'enfant ne pouvait imaginer une telle force chez un si vieil homme. Tobie finit par hurler de douleur ce qui réveilla tout à fait Tornett, qui lâcha prise.

Une heure plus tard, Tobie passait une éponge d'eau sur le corps meurtri du brave Tornett. Bien vivant, il ne semblait pas avoir de blessures graves, seulement un fin quadrillage d'écorchures qui le recouvrait entièrement de striures rouges. En caleçon long sur son lit, le vieux Vigo Tornett ressemblait à l'homme-araignée. Tobie essayait de s'interdire de rire, mais le tableau avait quelque chose de comique.

Quand il put parler, Vigo Tornett commença par dire :

– À Tomble… Ils me mettaient dans cet état pour un rien… À Tomble… ils frappaient tellement…

Tobie ne comprenait pas vraiment. Tornett ne paraissait qu'à moitié conscient. Le choc devait faire ressurgir des souvenirs plus anciens. Des souvenirs de cette autre vie de Tornett, du temps où il était mauvais garçon. Il en avait parlé à Tobie. Il avait passé dix ans dans la prison de Tomble. Et ces terribles années ne pouvaient s'oublier.

Vigo Tornett ouvrit les yeux complètement. Au bout de quelque temps, il raconta ce qui venait de lui arriver.

Le métier de moucheur de larves exigeait une grande précision.

Le mouchage lui-même n'était qu'une question de savoir-faire. Un drap blanc servait de mouchoir. On essorait ensuite le drap dans une bassine pour recueillir le lait. Mais la tâche la plus délicate du moucheur était la surveillance de la larve.

Chacun sait qu'une larve est appelée à devenir un insecte. Cependant, même le meilleur moucheur ne distingue pas forcément une larve d'une autre. Il fallait donc suivre attentivement la maturation de la larve pour pouvoir s'en débarrasser à temps. Le gentil Plum au cœur pur s'attachait parfois tellement à ses larves qu'il les gardait au-delà d'un temps raisonnable. Plus d'une fois, son oncle l'avait aidé précipitamment à pousser dans le vide une larve qui déjà se craquelait et laissait paraître des antennes agitées ou des mandibules.

Mais cette fois-là, c'est avec un scarabée-rhinocéros que Vigo Tornett se trouva nez à nez en pleine nuit. Le scarabée avait encore des lambeaux blancs gluants sur la carapace. Surpris par cette première rencontre, à

peine sorti de sa larve, l'insecte ne semblait pas d'humeur pacifique. Il aurait pu facilement déchiqueter Tornett. L'homme se jeta courageusement à la tête du scarabée. Bien accroché à son unique corne, il fut secoué dans tous les sens, fouetté contre des branchages, et laissé pour mort, là où Tobie finit par le trouver.

À partir de ce jour, Tornett n'autorisa son neveu qu'à moucher des petites larves de nosodendrons.

Tobie repensait à ce qui lui avait semblé à l'époque une terrible aventure. Il l'avait racontée à Elisha le lendemain, lui laissant croire qu'il avait lui-même mis en fuite le scarabée-rhinocéros « qui faisait cinquante fois ma taille ». Elisha l'écouta et chuchota :

– Et Plum ?

Elisha était très touchée par Plum, le neveu muet de Tornett. Parfois, Tobie se demandait si Elisha aurait préféré un Tobie muet… Elle avait devant elle le héros sauveur de Vigo Tornett et elle lui demandait des nouvelles de Plum !

– Et ton Plum ? Il s'est déjà battu avec un scarabée-rhinocéros ? demanda-t-il.

– Non, mais toi non plus.

À partir de ce jour, Tobie comprit qu'il ne mentirait plus à Elisha.

Maintenant, dans cette nuit qu'il traversait en bondissant, il aurait été prêt à se battre à mains nues avec n'importe quelle mante religieuse assoiffée de sang, plutôt que de fuir ainsi la haine de son peuple.

Il termina sa deuxième nuit de fugitif dans un trou étroit dont il chassa une vrillette engourdie. Il se mit en boule pour dormir. Le jour commençait à poindre. Il était temps qu'il disparaisse comme ces animaux nocturnes, anonymes, invisibles, dont il avait rejoint le clan.

6

Le secret de Balaïna

– Qu'est-ce que tu fais ?

Elisha s'était jetée dans le lac, et Tobie avait détourné la tête, pudiquement, le temps qu'elle disparaisse sous l'eau.

– Qu'est-ce que tu fais, Tobie ? Tu viens pas ?

– Non...

Elle avait fait quelques mouvements vers la cascade qui lui tombait maintenant dessus. On entendait à peine sa voix sous le claquement de la chute d'eau.

– Viens, Tobie !

Mais Tobie restait sur la plage.

Parfois Elisha plongeait sous le miroir bleuté pour aller toucher le fond. Ses pieds disparaissaient les derniers. Elle réapparaissait, haletante, les cils brillants de gouttes d'eau, lumineuse.

Ce matin-là, exceptionnellement, Tobie la regardait à peine. Le visage fermé, il était perdu dans ses pensées.

C'était la quatrième année du long séjour dans les Basses-Branches. La vie y avait pris un rythme régulier.

Par les grands froids, chacun hibernait chez lui. Tobie oubliait l'existence de la lumière et s'enfermait au travail avec son père. Son corps devenait comme une branche endormie, tandis que son cerveau bourgeonnait.

Il apprenait avec gourmandise, et les gros dossiers de Sim Lolness étaient dévorés en un temps record. On obligeait même Tobie à retravailler plusieurs fois sur un sujet, pour que la réserve de savoir ne s'épuise pas trop vite. Mais le professeur Lolness savait que la connaissance est un monde qui repousse sans cesse ses limites. Parfois, il comparait la connaissance à l'arbre lui-même.

Car le père de Tobie défendait l'idée folle que l'arbre grandissait.

C'était un des thèmes les plus méconnus, la vraie passion du professeur. Tous les savants se disputaient à ce sujet. L'arbre change-t-il ? Est-il éternel ? Quelle est son origine ? Y aura-t-il une fin du monde ? Et surtout : existe-t-il une vie en dehors de l'arbre ? Ces questions provoquaient un grand débat, sur lequel Sim Lolness ne partageait pas les idées à la mode.

Son livre sur les origines avait été plutôt mal accueilli. Il y racontait l'histoire de l'arbre comme celle d'un être vivant. Il disait que les feuilles n'étaient pas des plantes indépendantes, mais qu'elles représentaient les extrémités d'une immense force de vie.

Ce qui avait choqué les lecteurs, c'était que ce livre sur les origines parlait en fait de l'avenir. Si l'arbre était vivant comme une forêt de mousse, il était terriblement fragile. Il fallait prendre soin de cet être qui leur ouvrait ses bras.

Dès que le printemps montrait son nez, Tobie mettait le sien dehors.

Il ne pensait plus, il sentait.

Il ne réfléchissait plus, il respirait.

Il abandonnait ses lourds dossiers et tentait de suivre Elisha qui s'engouffrait dans un tourbillon de projets et de découvertes. Ensemble, ils exploraient les Basses-Branches, allaient toucher le tronc principal et camper dans ces régions obscures. Ils s'aventuraient jusqu'à la grande frontière qui attirait tant Elisha. Ils s'enfonçaient dans des marécages, ou dans les grottes lumineuses de nids de guêpes abandonnés.

– Viens te baigner, dit Elisha à Tobie.

Cette fois, cela ressemblait à un ordre, mais Tobie ne bougea toujours pas de la plage. Il avait sur le cœur un voile de tristesse qu'il ne comprenait pas. Il fixait de l'œil une brindille à moitié tombée dans l'eau. Pour la première fois, Tobie pensait à sa vie d'avant. Les Basses-Branches lui avaient tout appris, mais brusquement, à onze ans moins le quart, la nostalgie de son enfance reprenait le dessus.

Il pensait à Léo. Il n'avait aucune nouvelle de lui.

Que devient une amitié écartelée aux deux bouts du monde ? Tobie ne s'était jamais posé la question. Pour lui, Léo Blue était comme une partie de son être.

Tobéléo. Rien ne pouvait les séparer. Ils avaient fait un pacte, front contre front, un soir d'automne dans les Cimes. Tobie savait que son père et celui de Léo avaient signé le même pacte d'amitié quarante ans plus tôt. Même la mort d'El Blue ne l'avait pas brisé.

Blue & Lolness, amis de père en fils, à jamais.

Quatre ans venaient de s'écouler sans que Léo et Tobie puissent échanger un seul message. Mais Tobie n'oubliait rien. Il se réveillait parfois violemment la nuit quand il avait rêvé de son ami.

Dans son rêve, retrouvant Léo, il ne le reconnaissait même pas. C'était devenu un petit vieillard habillé avec le pantalon court de Léo, le bonnet de Léo, et cette dent cassée qui lui avait toujours donné un sourire qui ressemblait à un clin d'œil. Tobie n'aimait pas ce cauchemar.

Assis au bord du lac, il replongeait dans la vie d'autrefois. Il aurait tellement voulu faire le tour de son ancienne maison des hauteurs. Elle s'appelait Les

Houppiers. Il n'y avait qu'un petit jardin mais il était dans un ordre parfait, avec deux allées bien ratissées. Au fond du jardin pendait une petite branche creuse où il n'avait pas le droit d'aller. Une branche creuse au-dessus du vide. Le passage était trop étroit pour un adulte, mais Tobie pouvait s'y glisser facilement. Son père l'avait rattrapé par le pied un jour où il voulait s'y aventurer. Tobie s'était blessé au visage. C'est de ce jour que datait la cicatrice horizontale qu'il avait sur la joue, dans le prolongement des lèvres.

Tobie s'était beaucoup ennuyé dans le jardin et dans la maison des Houppiers, mais, quatre ans plus tard, ce temps disparu le faisait maintenant rêver. Même sa grand-mère Alnorell, qu'il connaissait peu et n'aimait pas du tout, rejoignait le grand panier des bons souvenirs, avec les goûters dans les Cimes, les jeux d'enfants et les cabanes.

Elisha sortit de l'eau, et Tobie se jeta la tête la première sur le côté pour ne pas la voir. Quand comprendrait-elle qu'il ne voulait pas la voir en dehors de l'eau ? Elle se fichait complètement de cela et traînait avant de remettre ses habits. Elle s'était même montrée très étonnée quand il avait donné des explications à cette pudeur. Il avait simplement pu dire :

– Ça ne se fait pas.

Elle n'avait pas compris un mot de cette phrase curieuse. « Ça ne se fait pas. » Voilà le genre de raison qui ne correspondait à rien chez Elisha. Elle en riait, maintenant, quand elle le faisait rester des heures les yeux fermés alors qu'elle était déjà depuis longtemps emmitouflée dans sa cape.

Mais cet après-midi-là, elle comprit que Tobie n'était pas d'humeur à entrer dans son jeu. Vêtue des pieds à la tête, les cheveux encore mouillés tombant dans son dos, elle s'assit à côté de lui.

– Ça va pas ?

– Non…

– Tu boudes ?

– Non…

– T'es triste ?

Tobie ne répondit pas. Il pensait très fort « OUI », mais il n'osait pas le dire. Il resta silencieux.

– J'ai bien entendu, murmura-t-elle.

Tobie la regarda, il croyait vraiment qu'il n'avait pas répondu à voix haute. Après un nouveau silence, il dit :

– Je ne t'ai jamais raconté pourquoi on est venu dans les Basses-Branches.

– Tu n'étais pas obligé de me raconter.

Non, il n'était pas obligé. On n'est jamais obligé de dire les choses importantes à ses amis, mais le jour où on le fait, la vie devient plus douce. Tobie se lança donc.

Tu n'as jamais vu mes parents, Elisha… Tu t'en vas toujours dès qu'on s'approche de la maison. Mais je sais que tu les aimerais. Ma mère raconte les histoires comme un livre bourré d'images. Elle fait des petits pains au pollen.

Mon père a de très larges mains. Il m'appelle « mon limaçon ». Ma tête peut tenir dans ses deux mains.

Il y a autre chose : c'est un très grand savant.

Je ne dis pas ça parce que c'est mon père. Je dis ça parce que c'est vrai.

Mon père a fait des découvertes que personne n'avait imaginées avant lui. Le papier, par exemple, il a presque inventé le papier. Jusque-là, on se servait de la pâte à bois et le papier était cassant. Mais en prenant seulement la cellulose du bois de l'arbre, on fait du bon papier... Je te parle de cette invention, mais je pourrais te dire qu'il a découvert que le lichen qui pousse sur l'écorce est en fait le mariage d'une algue et d'un champignon : deux plantes qui ont décidé de ne plus se quitter. Il s'est aussi rendu compte que l'arbre transpirait : cinquante litres par jour ! Les secrets des bourgeons, des mouches, du ciel, de la pluie, des étoiles... Il m'a même donné une étoile qui s'appelle Altaïr...

– Donné ?

Devant l'air incrédule d'Elisha, Tobie expliqua :

– Oui. Il me l'a montrée et il m'a dit qu'elle était à moi. Ça suffit... Si tu veux, je te prêterai Altaïr, un soir...

Elisha voulut poser une question, mais Tobie avait déjà repris :

– Mon père a cherché sur tout, et trouvé sur presque tout. Les gens l'admiraient pour ça. Mais il y a une découverte qu'il aurait préféré ne pas faire. Celle qui a changé notre vie...

Ils regardaient tous les deux vers le bout du lac où les falaises d'écorce se dressaient. Tobie inspira un grand coup et commença son histoire.

Ce jour-là, mon père aurait mieux fait de ne pas se lever et de laisser dormir ses neurones. Au contraire, il s'est levé de bonne heure, il est allé dans son atelier et a commencé à faire des expériences.

Je me souviens, c'était le jour de mon anniversaire, et pour la première fois, il l'avait oublié… Il est resté enfermé un jour et une nuit. Même son assistant Toni Sireno n'avait pas le droit d'entrer.

Avec ma mère, on plaisantait : « Il fait des confitures ? » C'est vrai que ça sentait le caramel brûlé… Mais Sireno n'avait pas l'air de trouver ça drôle du tout. Il n'aimait pas être mis à l'écart des travaux du patron.

Le lendemain matin, mon père est sorti de l'atelier. Sireno n'était pas encore arrivé. Mon père avait un grand sourire. Il s'est assis à la table, a bu une tasse de jus d'écorce bien noir. Il tapotait le plateau avec ses ongles. Il avait l'air très content même si ses paupières tombaient de fatigue comme deux polochons sur le haut de ses joues. Il a retiré son béret et ses lunettes, il s'est gratté la tête et a dit :

— Vous n'entendez pas un bruit bizarre ?

Ma mère et moi, on a tendu l'oreille. Oui, on entendait un petit bruit inhabituel qui sortait de son atelier. On est entré : il y avait quelque chose qui bougeait sur le parquet de son bureau. Je connaissais très bien ce quelque chose. C'était Balaïna.

Avec ma mère, quand on a vu Balaïna qui marchait tout seul, on a failli tomber sur la tête...

Elisha écarquillait les yeux.

Je ne t'ai jamais parlé de Balaïna, continua Tobie... C'est un modèle réduit de cloporte que j'ai fabriqué quand j'étais petit. Un morceau de bois avec quelques pattes. C'est tout.

Ce matin-là, Balaïna s'était mis à marcher à travers la pièce. Il portait sur le dos une boîte noire et une petite bouteille. Je n'en revenais pas. Ça, c'était un cadeau d'anniversaire...

Toni Sireno est arrivé. Mon père l'a rattrapé au moment où il s'effondrait de stupeur. Sireno connaissait parfaitement Balaïna, il lui avait réparé une patte l'année d'avant. Et ce matin-là, il le voyait marcher sans l'aide de personne.

Quand Sireno a repris connaissance, il a entendu le bruit des pas de Balaïna et il s'est encore évanoui. Ma mère lui a finalement renversé un seau d'eau sur la tête.

Je n'ai pas tout de suite compris l'importance de la découverte.

Si mon père pouvait faire marcher Balaïna pour mon anniversaire, il pourrait aussi faire voler mon abeille en mousse l'année prochaine, ça me paraissait déjà extraordinaire. Mais le professeur et son assistant se regardaient maintenant avec un air étrange. Mon père a pris Balaïna dans sa main, l'a mis dans un placard qu'il a fermé à clef. Je n'ai pas osé lui rappeler que c'était mon cadeau… Je crois que Sireno est rentré chez lui aussi excité que déçu, il ne savait pas par quel miracle Balaïna s'était mis à marcher.

Toni Sireno n'aimait vraiment pas être tenu à l'écart.

Ensuite, tout est allé très vite.

La semaine suivante, Balaïna a été présenté au Conseil de l'arbre. La salle était pleine à craquer. J'étais venu avec ma mère et on avait pris place dans la dernière galerie tout en haut. Ma mère était très fière d'être là. Elle serrait ma main dans la sienne. Elle avait mis son petit chapeau rouge avec la voilette. Moi, je portais une cravate en tricot, parce que j'avais quand même eu sept ans la semaine d'avant. J'avais un chapeau noir que je devais garder à la main. Je ne comprends toujours pas à quoi servent les chapeaux qu'on ne peut pas mettre sur la tête.

Les gens attendaient en bavardant.

J'ai vu entrer Sireno. Il était tout en haut, comme nous, au dernier balcon de la salle, mais de l'autre côté. Il poussait les gens pour atteindre le premier rang. Il était tout rouge et suant. Il n'avait pas l'air content d'être là.

En bas, on a vu mon père se diriger vers l'estrade et demander le silence. Il tenait une petite caisse dans les mains. Plus personne n'a dit un mot. Il a commencé à parler, et ma mère a serré ma main encore plus fort.

– Quand je viens ici, mes chers amis, je vous parle toujours de l'arbre. Je vous parle de la force de notre arbre. Si je vous décris la punaise, c'est qu'elle tète sa sève. Si je vous parle de l'eau de pluie c'est qu'elle lui donne la vie. Aujourd'hui, je vais vous présenter Balaïna. Mais l'arbre reste au cœur de cette découverte. La semaine prochaine seulement je vous dirai son secret…

Il a levé les yeux vers le ciel. La salle du Conseil était aménagée dans un trou de pic-vert au milieu d'une branche horizontale. Le plafond restait toujours ouvert laissant apparaître l'entrecroisement des branches et le ciel au-dessus, parce qu'on était très près des Cimes. Un rayon de soleil traversait la salle, éclairant au passage une fine poussière en suspension. En levant les yeux dans la lumière, mon père nous a aperçus, tout en haut, ma mère et moi. Il nous a fait un petit froncement des narines que personne ne pouvait remarquer mais qui était notre signe de reconnaissance. La foule était silencieuse.

Il a posé la caisse minuscule, retiré l'une des faces, et tout le monde a vu Balaïna sortir. Mon cadeau se promenait sur le sol de son pas régulier, toujours avec sa petite boîte noire et sa bouteille fixées sur le dos. Un frisson passa comme une vague sur l'assemblée. Les gens étaient émerveillés… J'ai même vu un vieux sage du Conseil se mettre à pleurer. Comment mon brave Balaïna pouvait-il faire cet effet ? Balaïna était en train de bouleverser l'histoire de l'arbre.

Alors, une ovation s'est élevée de la salle du Conseil, un grand hourra qui est venu caresser la tête de ma mère, faire rougir d'agacement Toni Sireno, et onduler les feuilles de l'arbre jusqu'à la dernière branche.

La semaine d'après a été un enfer.

Chaque jour, à la maison, vingt, trente ou cinquante personnes faisaient la queue pour parler à mon père. On les laissait patienter dans la cuisine, en leur servant des boissons chaudes. Ma mère restait souriante avec chacun, mais elle s'inquiétait de son mari qui changeait peu à peu de visage.

Sim ne parlait plus. Il ne mangeait plus. Il ne dormait plus.

En cinq jours, il avait pris trente ans. Et le sixième jour, tous ceux qui l'attendaient ne virent jamais s'ouvrir la porte du bureau de mon père. Ma mère présenta les excuses de son mari et leur demanda de rentrer chez eux. Ils se laissèrent convaincre en traînant les pieds.

Je vis ma mère disparaître dans l'atelier. J'étais occupé à fabriquer une mouche en pâte de chlorophylle, pour qu'un jour mon père la fasse voler. J'en avais plein les doigts.

Quelques heures plus tard, ma mère est sortie. Elle avait le visage apaisé. Elle me dit simplement :

– Demain, ton père parlera au Grand Conseil.

Le lendemain, la salle du Conseil était encore plus pleine et vibrante que la semaine précédente. Cette fois, mon père nous avait permis de descendre à côté de lui, tout près de l'estrade. De là on pouvait voir un parterre de beaux personnages en grande tenue et, aux différents balcons qui s'étageaient tout autour de la salle, une foule populaire, joyeuse, qui était venue comme au spectacle.

Tout le monde savait que mon père allait expliquer la méthode Balaïna. Personne n'espérait vraiment comprendre cette démonstration scientifique compliquée, mais chacun voulait être là. Je sais que des centaines de gens n'avaient pas pu rentrer et devaient maintenant s'entasser autour de cette branche. On voyait des têtes se pencher au grand trou du plafond. Et l'un d'entre eux s'était même laissé pendre au-dessus de la foule, accroché à un trapèze en bois. Des spectateurs lui lançaient en riant des friandises sur son perchoir. Il était ravi d'attirer l'attention.

J'ai vu que mon père avait fait venir son assistant, Toni Sireno, à côté de nous. Le petit homme paraissait un peu moins furieux que la semaine précédente, il portait une chemise ridiculement serrée, et se tenait bien droit, au premier rang. Il était content : pour une fois, on ne l'oubliait pas trop.

On annonça que mon père allait parler. Je me souviens de ce moment. Les gens nous souriaient, à ma mère et moi. Ce sont les derniers sourires qu'on nous a faits dans les hauteurs. Les derniers.

Tobie regarda Elisha. Elle lui sourit. Il y avait heureusement dans les Basses-Branches des sourires qui valaient bien tous ceux des hauteurs. Il hésita quelques secondes…

Quand il reprit le récit, sa voix ne tremblait même pas.

7

La haine

Mon père s'est placé au milieu de cette foule silencieuse, recueillie. Ma mère avait la main froide. Elle regardait le professeur Lolness, son mari, et quelque chose était comme tissé dans l'air entre eux. Quelque chose que j'étais le seul à voir. Comme un arc-en-ciel transparent.

Je me souviens de chacun de ses mots. On s'attendait à une explication technique un peu aride. Je crois que tout le public a été surpris d'entendre que, comme d'habitude, les paroles de mon père étaient simples.

– Vous connaissez tous la sève. Elle est au cœur de votre vie quotidienne. Vous l'entendez même parfois bruire sous vos pieds. Vous en faites des tasses, des assiettes, des meubles, vous en tirez du sucre pour les bonbons, vous en faites de la colle, des carreaux, des jouets, du ciment pour vos maisons… Elle est là, à tout moment derrière l'écorce. Il suffit de faire un petit trou, comme le puceron qui s'en nourrit. Oui, comme le puceron. Moi, j'adore les pucerons. Je vais vous dire un secret. J'aurais voulu être un puceron. Parfois la nuit, je me déguise en puceron, et je saute…

Le rire timide qui commençait à naître à certains niveaux du public finit par se répandre partout dans la salle. Seul le gros Jo Mitch, qui était assis sur deux chaises dans les premiers rangs, continuait à ronfler. De chaque côté de lui, ses compères, Limeur et Torn, s'appliquaient à ne même pas sourire. Mon père, d'un geste ferme, rétablit le silence.

– Laissez-moi revenir à mes histoires… Mes histoires de sève… Comme je suis un puceron raté, j'ai fait ce petit trou dans l'écorce, moi aussi, et j'ai regardé. Alors j'ai vu quelque chose auquel je ne m'étais jamais intéressé. J'ai vu que la sève descendait… Rien d'extraordinaire… La veille, la sève descendait déjà, il y a cent ans la sève descendait, et l'année prochaine, si tout va bien, elle descendra. Mais en bon puceron myope, je n'y avais pas vraiment réfléchi…

Il a levé les yeux et regardé le spectateur accroché à son trapèze.

– Écoutez bien ce que je vais dire. Écoutez mon raisonnement… Si M. le clown, là-haut, tombe de son perchoir. Si les gens qui se penchent au plafond tombent
aussi. Si tout le monde saute des balcons. Ça va faire
un mouvement qui descend. Un mouvement du haut
vers le bas, comme celui de la sève. Je dirais même un
joli mouvement, si la petite demoiselle avec l'ombrelle
saute aussi…

Une fille de la troisième galerie s'est mise à rougir. On
a entendu quelques garçons siffler. Mon père a fait un
sourire vers ma mère.

– Donc, pendant un temps, tout ça va descendre.
Mais au bout d'une heure ou deux, quand tout le monde
sera entassé dans le fond de cette salle du Conseil, il
n'y aura plus personne pour tomber. Le mouvement
s'arrêtera. Pendant ce temps, la sève, elle, continue de
descendre. Sans arrêt, elle descend le long de l'arbre.
Alors je me suis posé la question que vous vous posez
tous maintenant : d'où vient-elle ? Elle ne peut pas se
créer à partir de rien dans les Cimes. D'où vient la sève
qui descend ?

Un silence perplexe répondit à la question.

– Comme vous, je n'ai pas tout de suite trouvé la
réponse. Au début, j'ai pensé que les feuilles des Cimes
buvaient la pluie qui ensuite redescendait sous forme
de sève, mais j'ai découvert qu'au contraire les feuilles
rejetaient de l'humidité… Vous vous souvenez peut-
être de mon discours sur la transpiration de l'arbre…

Un sourire vint éclairer certains visages. Je crois que
tout le monde se souvenait de cette présentation où

mon père, dans un bruit de marmite mijotante, avait imité la feuille qui transpire.

– J'en suis arrivé à cette conclusion : puisqu'elle ne tombe pas du ciel, la sève monte quelque part pour redescendre sous l'écorce. Mais où monte-t-elle ? J'ai eu l'idée d'aller voir dans la profondeur de la branche et du tronc.

Il fit une courte pause.

– Vous savez que je m'oppose depuis le début au grand tunnel qui est en train d'être creusé dans le tronc principal. Je trouve ce projet ridicule et irresponsable. Mais puisque ce tunnel existe, je suis allé le voir. Quand je suis arrivé, on m'a dit que les travaux étaient interrompus. Surprise ! Plus personne ne pouvait travailler. À une certaine profondeur, d'énormes quantités de liquide surgissaient du sol. Impossible de continuer à creuser. Il devait y avoir cinquante charançons qui travaillaient sur ce chantier, cinquante charançons élevés spécialement pour ce projet. Ce sont des grosses bêtes extrêmement gourmandes. Depuis l'arrêt du chantier, comme elles ne mangeaient plus le bois du tunnel, on ne savait pas quoi leur donner. On avait fait naître ces cinquante bestioles et on ne pouvait plus les nourrir ! J'ai rarement vu un spectacle aussi épouvantable que ces charançons affamés dans leur cage. Je ferme cette parenthèse, mais je vous répète que notre monde marche sur la tête.

On entendait quelques chuchotements. Personne n'avait imaginé qu'on pouvait critiquer ce tunnel. La preuve, il s'appelait « l'écotunnel du progrès »…

Mais tout le monde avait surtout les yeux fixés sur Jo Mitch. Le gros Jo Mitch s'était réveillé en sursaut et roulait ses yeux humides en montrant les dents. À côté de lui, Limeur et Torn, les deux maigrichons acérés comme la tranche d'une feuille, ne savaient pas comment réagir. Jo Mitch est un énorme éleveur de charançons, qui est à l'origine de tous les travaux de creusage des dernières années. Critiquer le tunnel, c'est critiquer Jo Mitch, et cela peut le rendre très dangereux.

Mon père lui a adressé une petite révérence et un sourire poli. Il a repris son discours :

– J'ai mis un casque et je suis rentré dans le tunnel. Arrivé à l'endroit inondé, j'ai vu exactement ce que j'espérais. Le liquide sortait à gros bouillons du sol. Oui, il allait du bas vers le haut. Ce n'était pas vraiment de l'eau, ni la sève qu'on connaît. J'ai bien regardé dans les parois du tunnel, le liquide montait à grande vitesse dans la fibre du bois. D'après mes calculs, il s'élevait d'environ la taille de mon fils à chaque seconde. Cinq mètres par heure à peu près. J'en ai mis un peu dans une bouteille et je suis rentré chez moi.

Cette fois, mon père s'est arrêté un assez long moment. Tout le monde était suspendu à ses lèvres. Ils avaient presque oublié les aventures de Balaïna. On était en plein dans le mystère de l'arbre.

– Je suis rentré chez moi, et je me suis lavé les mains.

Le public protesta, on voulait la suite.

– J'ai embrassé ma femme et mon fils, Tobie.

Nouvelle protestation. Mon père parut agacé de cette impatience.

– C'est très important d'embrasser sa femme et son fils. Ce n'est pas une parenthèse, c'est le cœur de tout.

Le silence revint. Je bombais le torse sous ma cravate, en faisant tourner mon chapeau dans mes mains. La voix de mon père remplissait à nouveau la salle.

– Je me suis donc remis au travail. J'ai très vite compris que je venais de trouver à quel endroit ça monte avant de redescendre. Dans le bois de l'arbre, dans ce qu'on appelle l'aubier, monte la sève brute. Toute l'énergie de l'arbre est là. La vie de l'arbre. Elle va être transformée par les feuilles, l'air, la lumière, et redescendre sous la forme de cette sève différente qui coule sous l'écorce. Mais l'origine est dans la sève montante, cette sève brute que je venais de découvrir dans le cœur de l'arbre.

Le public commençait à comprendre un peu mieux où il voulait en venir. Mon père reprit, en ménageant des silences entre ses phrases.

– Mon seul but est de prouver que l'arbre est vivant. Que la sève est son sang. Que nous sommes les passagers de ce monde vivant. Vous savez que toutes mes recherches ont cet objectif. En montrant l'énergie contenue dans la sève, je pouvais parvenir à mon but… J'ai donc inventé une petite mécanique qui utilise la sève brute pour produire de l'énergie, comme la feuille de l'arbre. C'est quelque chose de très simple qui tient dans une petite boîte noire. Pour la fabriquer j'ai seulement regardé un bourgeon, une feuille… J'ai mis ma jolie boîte magique sur le dos de Balaïna, avec un petit baril de sève brute, et je l'ai reliée à ses pattes. C'est tout. Balaïna s'est mis à marcher.

Moi, sur mon banc, j'ai senti que le public était un peu déçu. Le professeur n'avait pas encore expliqué le vrai secret de son invention. La main de ma mère, dans la mienne, devenait nerveuse, froide et humide. Je crois maintenant qu'elle savait ce qui allait arriver. Mon père a repris la parole pour dire :

– Cette semaine, des centaines de personnes sont venues chez moi. Tous voulaient me présenter une utilisation possible de mon invention. Tous étaient très malins, parfois très sincères. On me parlait de systèmes pour faire le pain plus vite, pour voyager plus vite, pour faire le chaud, pour faire le froid, pour couper, creuser, transporter, communiquer, mélanger, et même des systèmes pour réfléchir. La méthode Balaïna allait changer la vie.

La foule a applaudi. Oui, la méthode Balaïna allait changer leur vie. Ils étaient prêts à porter mon père en triomphe.

Mais il continuait :

– Le seul ennui, c'est que j'aime bien cette vie, et que je n'ai pas spécialement envie de la changer. Le seul ennui est que je veux juste prouver que l'arbre est vivant. Est-ce que je peux livrer la sève brute à tout le monde pour qu'ils fassent des machines à plier le journal en quatre, ou des machines à penser sans se fatiguer ?

Les gens n'ont pas bronché. L'atmosphère était lourde. Mon père est devenu très pâle. On sentait qu'il allait dire l'essentiel.

– Hier, j'ai parlé avec ma femme. J'ai décidé de ne pas dévoiler comment marche ma petite boîte noire. Je pense que la sève brute appartient à notre arbre. Je pense que l'arbre vit grâce à elle. Utiliser son sang, c'est mettre le monde en danger. Chacun est libre de chercher pour trouver ce que j'ai trouvé. Je n'empêcherai personne de chercher le secret de Balaïna. Je vous redis qu'il suffit de bien regarder une fleur ou un bourgeon pour comprendre comment ça marche. Mais moi, je préfère ne rien dire de plus, pour que le fils de mon fils puisse encore un jour se pencher sur une fleur ou un bourgeon.

Je suis resté cloué sur mon banc. Je n'avais pas bien compris pourquoi il parlait de mon fils, alors que je venais d'avoir sept ans. Je ne voyais pas de quel fils il parlait, mais j'ai pensé que ce petit mensonge, de faire croire que j'avais un fils, lui était utile pour son explication. Comme quand il disait devant tout le monde qu'il se déguisait en puceron sans que je ne l'aie jamais vu une seule fois se déguiser en aucun insecte.

Pour le reste, je crois que j'avais tout compris et je trouvais ça magnifique. Comme il y avait un grand silence, j'ai eu l'idée de commencer à applaudir pour lancer le mouvement. Mais je me suis retrouvé tout seul à taper des mains dans le silence. Finalement je les ai reposées sur mes genoux.

C'est venu de tout en haut, presque au ralenti. Ça s'est écrasé sur le visage de mon père.

C'était un beignet à la compote.

Ensuite je ne me souviens plus de grand-chose. Une sorte de folie qui s'est emparée de tout le monde. Les gens hurlaient, jetaient des objets vers la scène, insultaient mon père, me poussaient vers l'avant, criaient dans les oreilles de ma mère. Je me rappelle que Toni Sireno, l'assistant de mon père, s'était discrètement éloigné de nous.

Mon père, au contraire, s'est précipité vers notre banc. Il nous a protégés avec ses longs bras, et on s'est dirigé vers la sortie. Même les vieux barbus du parterre, entraînés par les hommes de Jo Mitch, criaient des mots que je n'aurais pas pu dire sans recevoir une claque, tellement ils étaient mal élevés. Les injures montaient, et les premiers coups pleuvaient sur nous.

Je commençais à me dire que mon père n'aurait pas dû faire croire que j'avais un fils, si ça les mettait tous dans cet état.

Quand ma mère a reçu un coup sur l'épaule, mon père a rangé ses lunettes qu'il a roulées dans son béret, et il s'est mis dans une colère que je n'avais jamais vue.

Il rugissait, envoyait ses mains et ses pieds dans tous les sens. La foule avait reculé devant les vociférations du professeur Lolness. Nous avons réussi à sortir et à rentrer chez nous, dans la maison des Houppiers. On a fermé la porte à clef. Des gens avaient fouillé toute la maison. Les meubles étaient renversés, la vaisselle gisait en morceaux sur le parquet. Mon père nous a serrés contre lui.

J'ai dit :

— Je pense qu'ils ont découvert que je n'ai jamais eu de fils.

Mon père a ri à travers ses larmes.

– Tu en auras peut-être un jour. C'est ça que je voulais dire, Tobie. J'espère que tu auras un fils ou une fille quand tu seras grand.

Comme il avait l'air très triste, j'ai préféré ne pas lui enlever cette idée de la tête.

On est resté enfermé chez nous plusieurs jours. Ma mère avait demandé à ma grand-mère, Mme Alnorell, de nous héberger quelques semaines dans une de ses propriétés des Cimes.

La grand-mère avait répondu par un petit mot, sur un joli carton :

Évidemment, ma chère enfant,
dans votre situation,
soyez assurée
qu'il n'en est pas question.

La carte était signée : Radegonde Alnorell.

Mon père a beaucoup plaisanté avec ce prénom. Mais ma mère pleurait. En pensant à ce qui nous arrivait, elle n'arrêtait pas de répéter :

– Ça va passer.

Mais ça n'est pas passé.

Impossible de sortir sans recevoir des objets ou des insultes. J'avais commencé une petite collection de champignons pourris et de projectiles en tout genre qui tombaient devant notre porte dès qu'elle s'ouvrait.

Un jour, mon père a été convoqué par le Grand Conseil. Il y est allé. Ma mère et moi, on était resté à la maison. Quand il est rentré, il marchait en chaussettes, le visage blanc, décomposé comme un nuage de printemps. Il avait des épluchures sur les épaules de sa belle veste grise.

J'ai compris que le Grand Conseil de l'arbre lui avait retiré ses chaussures. C'était le plus grand blâme qui existait. On retirait leurs chaussures aux criminels et aux voleurs d'enfants. Mon père avait été puni pour « dissimulation d'information capitale ». Je ne comprenais rien à ces mots.

Il a dit à ma mère qu'on allait partir très loin. On nous confisquait notre maison des Houppiers. On allait nous donner en échange un petit terrain à Onessa, dans les Basses-Branches. C'est ce soir-là que je suis allé retrouver mon ami Léo Blue. Depuis le début de l'affaire Balaïna, on se donnait un rendez-vous secret, tous les jours, dans un bourgeon sec. Cette fois-ci, on y a passé deux jours et trois nuits. Léo Blue était mon ami, on avait fait un pacte ensemble. Je ne voulais pas partir. Mon père a fini par nous trouver. Léo s'accrochait à mes habits.

Tout s'est passé tellement vite. Le monde s'écroulait…

Elisha avait si bien écouté qu'on aurait pu suivre tous les épisodes de l'histoire dans la chambre noire de ses yeux. Elle ignorait tout de cette aventure. Vigo Tornett lui avait juste expliqué que les Lolness n'avaient pas choisi de vivre là. Et la famille Asseldor qui habitait tout en haut des Basses-Branches n'arrêtait pas de dire « ces pauvres Lolness ! » avec des airs tragiques.

– Si tu veux dormir chez nous, ce soir, ma mère a un énorme pilon de criquet que lui ont donné les Olmech. On va le griller. À la sauce au miel.

Cette phrase qui pourrait sembler bien maladroite, adressée à un petit garçon dans la peine, était exactement ce qui pouvait faire du bien à Tobie. Elisha le connaissait, son Tobie. Elle le connaissait si bien qu'elle ajouta :

– Je vais aider ma mère à préparer. Tu peux te baigner avant de venir.

Et elle lui posa la main sur les cheveux, ce qu'elle ne faisait jamais.

Elle disparut dans les bois. Tobie demeura tout seul. Devant lui s'étendait le lac de leur rencontre.

Quelques instants plus tard, il faisait la planche, regardant la voûte des branches au-dessus de lui. Les feuilles étaient vert tendre, immenses. Une seule aurait pu abriter de la pluie cent personnes. Tobie sentait le clapotis des vagues contre ses jambes. L'eau lui paraissait un peu salée. Pourtant, il ne pleurait plus.

8

Nils Amen

Il faut maintenant s'écarter des souvenirs, heureux ou malheureux, pour revenir au présent, à ces longues nuits que Tobie passa, comme un fugitif, à traverser l'arbre vers les Basses-Branches.

Pour la seconde fois, il partait vers les branches d'en bas, empruntant le chemin qu'il avait pris dans le même sens, des années plus tôt, avec ses parents et les deux porteurs grincheux. Mais, cette fois, il était tout seul, poursuivi par des centaines d'hommes et par quelques redoutables fourmis de combat. Il lui fallait compter cinq ou six nuits depuis les Cimes pour rejoindre cette région sauvage, se sentir enfin en sécurité et retrouver des amis qui l'aideraient.

Tobie avait déjà marché deux nuits entières, et la troisième aurait dû être la plus calme. Il avait pu rejoindre le tronc principal et il descendait dans les forêts de lichen dont chaque pousse faisait trois fois sa taille. L'écorce devenait montagneuse, moins habitée, avec des gorges et des canyons profonds. Des forêts de lichen dégringolaient de ces reliefs vertigineux.

La troupe des poursuivants avait voulu éviter la région. Ils étaient passés par d'autres branches moins accidentées. Tobie ne croisait donc que des hameaux de bûcherons, et quelques huttes de trappeurs.

Il lui arriva de passer très près d'une plantation qui appartenait à sa grand-mère. Même si la vieille vivait dans les Cimes, les propriétés de Mme Alnorell allaient jusque dans des branches assez basses. Celle-ci s'appelait les bois d'Amen, à cause du nom des planteurs qui s'en occupaient. Tobie connaissait le fils du bûcheron. Il avait joué avec lui quand il était petit.

Un long moment, Tobie hésita à toquer à la porte de cette cabane. Il se demandait s'ils étaient au courant de la grande chasse lancée contre lui. Y avait-il dans cet arbre une personne encore pour l'aider ?

Comme il avait faim, Tobie finit par frapper trois coups légers. Personne ne vint ouvrir. Il insista, mais la cabane était silencieuse. Pouvait-il faire confiance à cet ami qui avait partagé un été de vacances avec lui, il y a longtemps ?

Tobie poussa la porte. La maison était dans le noir, mais un reste de feu, au fond de la cheminée, permit à Tobie de distinguer les limites de la pièce. C'était une cabane modeste où vivaient le bûcheron et son fils, Nils Amen.

Tobie n'était jamais venu dans ces lieux reculés, mais, cinq ans auparavant, durant l'été qui avait précédé l'affaire Balaïna, le père et le fils Amen étaient montés travailler dans une propriété des Cimes où Tobie passait le mois de juillet. Il y avait un chantier de coupe dans une forêt de mousse. Les deux enfants sympathisèrent immédiatement. Et ils se seraient sûrement revus s'il n'y avait eu ces cinq années d'exil de la famille Lolness.

Tobie fit un pas vers la table et appela :

– Nils...

Habitué à l'obscurité, Tobie parvenait maintenant à voir que la pièce était vide. Sur la chaise, à gauche de la table, était pendu un baluchon de toile bleue. Tobie s'approcha. Dans le sac, il y avait un gros morceau de pain, quelques tranches de viande séchée et des biscuits. Tobie n'hésita pas très longtemps. Il prit le sac en bandoulière et, avant de disparaître dans la nuit, il écrivit deux mots sur une feuille de comptes qui traînait sur la table.

Merci.
Tobie.

Ces deux mots allaient suffire à resserrer une fois de plus le piège autour de Tobie.

Quelques minutes après son départ, quatre hommes et deux garçons de treize ou quatorze ans entrèrent à leur tour dans la cabane.

– Je veux juste prendre de quoi manger.

– Dépêche-toi, Nils, espèce d'idiot.

– Le sac est prêt, papa…

Le garçon qui venait de parler était près de la table. Il alluma une bougie avec un tison. Nils, parce que c'était lui, resta stupéfait.

– Le sac n'est plus là.

– Tu es sûr que tu l'avais préparé ?

– Je l'avais laissé sur la chaise.

Un autre homme les pressait :

– J'ai ce qu'il faut, je partagerai avec vous. Dépêchez-vous, on nous attend.

– Mais… je sais que je l'avais posé là, répéta Nils.

– Laisse tomber, imbécile. Il faut surveiller les bois, même si on est presque sûr que le petit Lolness ne passera pas par ici.

Tous étaient déjà sortis. Nils restait à côté de la chaise, songeur. Finalement, il fit mine de suivre le reste du groupe. Arrivé à la porte, il réalisa qu'il n'avait pas éteint la bougie. Nils revint vers la table, prit sa respiration pour souffler… Il s'arrêta net.

Devant lui brillait le petit mot de Tobie.

Il se passa quelques instants où son cœur balança. Oui, Tobie venait de passer par là. Fallait-il donner l'alerte ? Nils revit en une seconde dans son souvenir le visage de son ami et tout ce qui les avait rapprochés pendant quelques jours passés ensemble dans les Cimes.

C'était certainement les meilleurs souvenirs de Nils. Le plaisir nouveau de parler avec quelqu'un. Parler, tout simplement.

Mais aussitôt, il repensa à son père qui l'appelait « fillette » devant les autres, parce qu'il le trouvait mou et rêveur pour un fils de bûcheron. Il imagina aussitôt sa fierté s'il retrouvait la trace du fugitif. Lui, Nils, en qui son père croyait si peu, il serait le héros dans l'arbre.

Alors Nils poussa un cri. La silhouette colossale de son père apparut immédiatement. Celui-ci vit le message de Tobie, bouscula Nils d'un grand coup de coude, et hurla :

– T'aurais pas pu le dire plus tôt, fillette !

Le père bondit vers l'extérieur brandissant le mot et criant :

– Il est pas loin ! On va l'avoir !

Recroquevillé dans l'angle de la pièce, Nils pleurait à gros bouillons. C'était un gémissement faible et douloureux, il se frappait le front avec sa main :

– Pardon… Pardon… Oh… Tobie…

Un courant d'air souffla la bougie.

Tobie avait pris une petite heure d'avance, mais tout le monde savait maintenant qu'il suivait l'axe du tronc principal. Le petit fugitif ignorait qu'il était repéré.

Il décida de couper légèrement vers le versant nord, très humide, où son expérience des Basses-Branches lui donnait un avantage. Il n'avait pas peur des zones glissantes qu'il attaquait pieds nus, les chaussures nouées à la ceinture, à la façon d'Elisha.

Il avait mangé une partie de ses réserves et retrouvé une vraie énergie. Tobie remerciait Nils intérieurement pour ce repas qu'il lui avait offert sans le vouloir.

Un peu plus haut dans la ramure, Nils, désespéré, venait de se relever, le visage blafard.

Les nouveaux poursuivants se rassemblèrent dans une clairière où on leur donna les consignes. Limeur, le bras droit de Jo Mitch, prit la parole. Le fugitif mesurait un millimètre et demi, était âgé de treize ans et portait une petite cicatrice horizontale sur la joue. Il devait être attrapé vivant. Une prime d'un million venait d'être promise à celui qui le capturerait.

Découvrant le montant de cette prime, les bûcherons se regardaient. Il aurait fallu travailler cent ans dans les forêts de lichen pour gagner la moitié de cette somme.

— Et qu'est-ce qu'il a fait, ce Tobie ? osa demander un bûcheron aux cheveux blancs très courts.

— Crime contre l'arbre, dit simplement Limeur.

Un murmure accueillit cette réponse. Personne ne savait ce qu'elle voulait dire, mais cela devait être grave pour que tant d'efforts et d'argent soient mis en jeu pour cette cause.

Les bûcherons partirent par groupes de deux dans toutes les directions. Ces hommes des bois pacifiques se retrouvaient tout d'un coup dans un état de grande violence, comme excités par la récompense promise. Certains avaient leur hache de travail, d'autres le bâton à pointe des chasseurs.

Les autres poursuivants, ceux qui étaient venus des Cimes, se reposaient dans une autre clairière, un peu plus haut dans les bois de lichen. Tous dormaient, et on entendait un sourd ronflement qui s'élevait au-dessus des centaines de corps allongés.

C'est l'horrible Torn, le bras gauche de Jo Mitch, qu'on avait chargé de les remettre en chasse. Il s'approcha d'un petit groupe qui montait la garde autour d'un feu.

— Les bûcherons viennent de partir…

— C'est vrai ?

— Oui, on me l'a dit, assura Torn.

— Ils cherchent le petit ?

— Ils vont l'attraper alors que c'est vous qui l'avez épuisé depuis tout là-haut. Il faut y aller avant qu'ils le trouvent. Un million ! Vous vous rendez compte ? Bougez-vous, les gars.

Un homme acquiesça. Puis un deuxième. Tout cet or brillait déjà dans leurs yeux fatigués.

Les poursuivants des hauteurs commençaient à se passer le message. Ils se levaient les uns après les autres malgré la lassitude et se remettaient en marche. Torn avait gagné.

La compétition entre les deux groupes de chasseurs commença.

Les poursuivants arrivés des hauteurs n'hésitaient pas à lancer leurs fourmis contre les bûcherons qui leur coupaient la route. Ces derniers profitaient de leur connaissance de la forêt pour tendre des pièges ou saboter des passe-branches. La guerre était déclarée.

Cette rivalité et la grande agilité de Tobie auraient dû lui permettre d'atteindre les Basses-Branches avant tous ses poursuivants.

Mais il ne pouvait se déplacer que la nuit, tandis que les autres ne s'arrêtaient presque jamais.

Les bûcherons avaient une résistance exceptionnelle, ils étaient habitués à parcourir leur forêt, à grimper dans ces montagnes d'écorce qui sont le paysage habituel du tronc principal. Ils étaient aussi plus frais parce qu'ils ne suivaient la chasse que depuis une nuit et un jour. Les bûcherons avaient donc la certitude qu'ils seraient les premiers à trouver Tobie.

Alors, comment dire leur colère et leur surprise quand ils apprirent la nouvelle au milieu de la seconde nuit ?

– La chasse est finie !

– Quoi ?

– Ils l'ont capturé.

L'homme qui annonçait cela était un bûcheron aux yeux gris. Les deux autres lui demandèrent :

– Qui l'a capturé ?

– Ceux des hauteurs, ils l'ont attrapé après une poursuite de trois heures. Il est dans un pauvre état…

– Comment ils l'ont trouvé ?

– C'était à la tombée de la nuit. Il marchait au fond d'une vallée d'écorce. Il avait quitté les buissons de lichen, cet inconscient. Il faisait encore un peu jour. Un commando de quatre hommes marchait sur la crête. Le petit a été vu à huit heures du soir.

– Et nous ? Comment il nous a échappé ?

– En tout cas, il les a fait courir, dit l'homme en souriant. Moi, j'aurais pas trop aimé être à leur place. Ils ont monté et descendu des sommets pendant trois heures. Quand ils l'ont enfin coincé, ils l'ont ramené dans la grande clairière. Ils étaient tellement énervés qu'ils l'avaient traîné au bout d'une corde pendant des heures pour arriver là. Le petit est très mal en point. On dit qu'il est comme une grande écorchure.

– On avait la consigne de le trouver vivant, mais pas forcément en pleine forme !

Le père de Nils avait dit cette phrase en riant. Il s'appelait Norz Amen. Il avait perdu sa femme à la naissance de Nils et n'avait jamais su comment s'y prendre avec son fils. On croyait Norz méchant. En fait c'était un grand bûcheron maladroit et, surtout, malheureux. Mais ça ne l'empêchait pas de jouer à la brute en répétant avec de gros rires :

– Ah ! Le petit Lolness, ils en ont fait du boudin !

Norz Amen mit sa hache sur son épaule et repartit vers la grande clairière avec ses deux collègues. Ils avaient plusieurs heures de marche devant eux. D'après les informations qui couraient, Jo Mitch, le gros Jo Mitch, allait remettre la prime aux quatre chasseurs qui avaient trouvé Tobie. La cérémonie aurait lieu dans la clairière, tout près de la maison de Norz et Nils.

Norz pensait à Nils, d'ailleurs.

Il avait d'étranges regrets.

Il se disait qu'il n'aurait pas dû se mettre dans cette colère au moment où Nils avait trouvé le message de Tobie. Norz n'arrivait pas à être gentil avec son fils. Il réalisait cela en marchant, et il détournait la tête pour que ses deux amis ne voient pas qu'il avait les yeux embués.

Il pensait à sa femme. Une fille plus légère que sa hache quand il la prenait sur son épaule. Il ne savait pas comment elle était tombée amoureuse de lui, un grand bûcheron rugueux qui s'exprimait mal.

Par-dessus tout, il ne savait pas comment il avait survécu à sa mort.

Pour la première fois, il se disait que Nils ressemblait à sa mère, avec son amour des mots. Norz préférait le langage des gestes un peu rudes. Une claque dans le dos pour dire « je t'aime bien », une autre dans la figure pour dire « je ne suis pas d'accord ».

Pour la première fois aussi, Norz se rendit compte qu'il en voulait à son fils. Il lui reprochait secrètement d'avoir fait mourir sa mère en naissant.

Pourquoi, cette nuit-là, en marchant vers la grande clairière, Norz comprit-il enfin que Nils n'était pour rien dans ce drame ? Comment lui vint la certitude que Nils était comme une partie d'elle qui survivait ?

Tout ce que l'on sait, c'est que l'immense Norz Amen se mit tout à coup à aimer son fils. Comme si un pont de soie fine avait été jeté entre eux par une araignée céleste.

C'était très étrange, ce qu'il ressentait : un battement inconnu en lui. Il avait même hâte de revoir le visage de Nils, après ces longues heures de chasse.

Si les deux autres bûcherons avaient entendu les pensées du géant Norz Amen, sur le chemin de la grande clairière, ils se seraient moqués de lui et ils l'auraient sûrement appelé « fillette » à leur tour.

Dans le langage des bûcherons, quand une forêt a été coupée sévèrement, on parle de « coupe claire » parce que l'écorce apparaît comme une tache claire entre l'étendue sombre des bois. Mais à l'aube de ce jour, en plein cœur des branches de l'arbre, la grande clairière de la forêt de mousse était noire de monde. Les bûcherons se mêlaient aux poursuivants venus des hauteurs. Ils voulaient tous voir celui qui les avait fait courir, cet ennemi numéro un, ce criminel de treize ans, Tobie Lolness.

Le grand Norz Amen était appuyé à une souche de

lichen à l'orée de la clairière. Il essayait de distinguer Nils dans la foule. Il avait décidé de lui parler, de lui parler comme à un fils. Il n'arrivait pas encore à le voir. Il cherchait les mots qu'il voulait lui dire. Ça commencerait par : « Tu sais, Nils… » Le reste était trop intime pour qu'il ose y penser à l'avance.

On vit apparaître Jo Mitch, encadré comme d'habitude par Limeur et Torn. Torn portait une valise qui devait être pleine des billets de la prime. Jo Mitch avait les mains posées sur la naissance du ventre. Il ne parvenait pas à les joindre devant lui. C'était une des rares personnes qui n'avait jamais vu ni touché son propre nombril tellement il était éloigné de ses yeux par la montagne de son ventre.

Jo Mitch fixait mollement un petit groupe qui avançait vers lui.

Ils étaient donc quatre. Ils avaient maintenant mis Tobie dans un sac qu'ils traînaient. Les quatre chasseurs avaient essayé de se faire beaux pour recevoir l'argent.

Ils s'étaient plaqué les cheveux avec de l'eau et cela faisait à chacun une raie ridicule qui leur cachait un œil.

L'un d'eux se mit à parler à Jo Mitch, très fort, pour que toute la clairière entende. Sa voix tremblait d'émotion.

– Grand Voisin…

Il toussa. Jo Mitch exigeait qu'on l'appelle « Grand Voisin »…

– Grand Voisin, voilà le gibier que nous traquons depuis des jours. Je veux juste m'excuser pour l'état de la marchandise qui n'est plus très fraîche… Nous l'avons un peu abîmée sur le chemin du retour…

Le public riait et Norz se crut obligé de faire comme les autres.

Jo Mitch qui avait un petit bout de cigarette éteinte aux lèvres commença à le mâcher comme une boule de gomme.

Il faisait toujours ça, Jo Mitch. J'allume mon mégot, je le mâchouille, je l'avale, puis, dans un hoquet, je le recrache, je le rallume, je le remâchouille, je le ravale. Le genre de choses à la fois appétissantes et élégantes.

Cette fois-ci, il le fit réapparaître entre ses lèvres, le prit dans ses gros doigts boudinés et s'en servit pour se gratter l'oreille. Il le remit dans sa bouche et le mégot disparut pour un long moment.

L'un des quatre chasseurs voulut lui serrer la main, mais Mitch ne le regardait même pas. Il était assis sur un tout petit tabouret qu'on ne distinguait plus sous son postérieur astronomique. Limeur s'était même un peu écarté pour que son patron ne l'étouffe pas si le tabouret cédait sous son poids.

– Qu'est-ce qu'on fait, Grand Voisin ? interrogea le chasseur.

Jo Mitch lança un regard à Torn et sa valise. Ces petits coups d'œil gluants, c'était sa manière à lui de donner des ordres. Torn dit d'une voix grinçante :

– Ouvrez le sac.

Les quatre chasseurs se penchèrent sur le sac en tremblant. Ils s'arrêtèrent avant d'ouvrir. L'un d'eux reprit la parole pour dire :

– On vous a prévenus qu'il n'est plus très frais. Mais il respire…

Même de très loin, Norz Amen reconnut le petit corps qu'ils sortirent du sac.

C'était Nils.

9

Le cratère

Le hurlement de Norz Amen fit une déchirure au beau milieu de ce petit matin d'automne.

La foule se dressa brutalement.

Norz se précipita vers le cœur de la clairière, il faisait rouler sur le côté tous ceux qui étaient sur son chemin. Il ne pouvait rien exprimer d'autre que ce cri de douleur et cette violence qui écrasait tout.

– Niiiiiiiiiiiiiiiiillls !…

La plupart des bûcherons avaient aussi reconnu le petit Amen, le fils de l'un des leurs. Mais tous les autres ne saisissaient pas la tragédie qui était en train de se jouer. Ils regardaient ce grand bonhomme devenu fou qui courait vers un enfant couvert de sang.

Les quatre chasseurs, eux, ne comprenaient rien. Cela valait mieux pour eux. Quand on va être réduit en bouillie, il n'est pas indispensable de le savoir à l'avance.

Quant à Jo Mitch, Limeur et Torn, ils étaient totalement immobiles, la bouche ouverte, fixant simplement le sac et l'enfant. Ils réalisaient juste que ce n'était pas Tobie.

Norz se jeta au sol et prit Nils dans ses bras. Le garçon avait les yeux ouverts. Il regardait son père. Norz n'avait plus honte de ses propres larmes qui recouvraient les plaies de son fils.

– Nils, mon Nils…

Nils avait un trait horizontal dans le prolongement des lèvres. Non pas une cicatrice comme Tobie, mais un trait dessiné à la peinture. Un trait marron. Norz repensa à la description : treize ans, une cicatrice sur la joue. Oui, avec ce trait marron, on aurait pu prendre Nils pour Tobie.

– Pourquoi ? gémissait Norz Amen. Pourquoi ?

Il s'était levé et portait l'enfant dans ses bras.

– Pourquoi ?…

Alors il pencha son oreille vers le visage de son fils. Nils essayait de dire quelque chose. Sa bouche bougeait un tout petit peu. On entendit à peine un murmure, un souffle qui s'échappa de ces lèvres bleues :

– Pour... Tobie...

Norz comprit d'un coup. Nils avait voulu sauver Tobie. Il avait dessiné cette cicatrice sur son visage. Il s'était fait passer pour lui. Il avait interrompu la chasse de milliers d'hommes. Il s'était fait traîner trois heures durant sur l'écorce rugueuse pour faire gagner du temps à Tobie. Il avait livré sa peau pour celle de son ami.

Ce que ressentit Norz était quelque chose de nouveau encore. Quelque chose qui fit cesser ses hurlements et ses larmes.

Norz prit conscience du courage de son fils.

Cet enfant qu'il n'avait jamais regardé vraiment, qu'il n'avait jamais écouté, son propre fils, était tout simplement un héros.

Un héros.

Norz Amen était resté debout, immense au milieu de la clairière. La foule demeurait dans le plus impeccable silence.

Seul un petit cliquetis attira l'attention de Norz. Il tourna la tête. C'étaient les dents des quatre chasseurs. Un bruit plus mou accompagnait ce claquement. Les genoux des quatre malheureux battaient le rythme en tremblant de terreur.

Si Norz Amen avait aussi été un héros, il serait passé à côté d'eux. Il leur aurait dit : « C'est mon fils » avec un regard noir, et il serait rentré chez lui, emportant Nils dans ses bras.

Mais Norz n'était que le père du héros, alors il s'autorisa juste une petite chose. Il confia Nils quelques instants aux bras d'un ami. Il s'approcha du chef des quatre joueurs de castagnettes. Il le regarda assez longuement. L'homme tremblait toujours et commença même à baver un peu mais il parvint à dire :

– Je... crois qu'on s'est trompé.

– Je crois, oui, répondit Norz.

On raconte plusieurs versions de la minute qui suivit.

Soit Norz prit le chef par le cou pour assommer les trois autres. Soit il les frappa deux par deux comme des cymbales. Soit il les prit tous les quatre en bouquet dans son poing, et les frappa avec sa main libre. Soit ils s'écrasèrent sur le sol comme un petit tas de bouse de limace avant même qu'il ait eu le temps de lever la main sur eux.

Norz jura longtemps que la dernière version était la bonne. Mais la première est certainement la plus vraisemblable.

Norz Amen reprit son fils dans ses bras et disparut dans la foule.

Le mégot de Jo Mitch mit très longtemps à réapparaître entre ses lèvres. On le vit même surgir un instant par une narine. Mitch semblait dans une colère pâteuse. Torn avait pris la valise sous son bras. Limeur ne put s'empêcher d'aller lâchement donner un coup de pied dans le corps d'un des chasseurs écrasés sur le sol.

On entendit juste trois mots à propos de Tobie, trois mots que Jo Mitch lâcha comme un crachat qui rebondit sur son triple menton :

– Je le veux.

Mais ce matin-là les bûcherons décidèrent de ne plus poursuivre Tobie, car le fils Amen avait été victime de cette chasse.

Ce jour est resté dans l'histoire sous le nom du « matin de Nils Amen ». Pour la première fois les bûcherons choisirent de ne plus obéir à Jo Mitch, le Grand Voisin. Ils rentrèrent chez eux.

Qu'il survécût ou non à ses blessures, Nils avait changé quelque chose dans l'histoire de l'arbre et dans celle de Tobie.

Il se trouve que Nils Amen allait vivre. Sa mission n'était pas terminée.

Les bûcherons repartirent donc dans leurs forêts. Les autres, ceux qui poursuivaient Tobie depuis les hauteurs, se remirent en chasse du petit criminel. En quittant la clairière, ils contemplaient la valise de billets sous le bras de Torn. L'argent. Ils voulaient cet argent.

Aucun d'eux ne pouvait imaginer qu'il n'y avait pas le moindre billet dans la valise. Jo Mitch, aussi menteur que cruel, n'avait jamais eu l'intention de donner un sou à personne. On n'aurait pu trouver dans cette valise que quelques instruments terribles qui devaient forcer Tobie à parler quand il serait capturé.

Jo Mitch ignorait que Tobie, au matin de cette quatrième nuit, était arrivé dans la région mouillée des Colonies inférieures, c'est-à-dire dans un grand ensemble de branches qui appartenaient entièrement au Grand Voisin. Tobie était entré sans s'en rendre compte dans ce territoire interdit. Il était chez Jo Mitch.

Jo Mitch avait une bande de cent cinquante hommes à son service, en plus des milliers de gens qui le suivaient parce qu'ils n'avaient pas le choix. Ces cent cinquante hommes étaient les pires crapules que l'arbre ait jamais portées. Cent cinquante brigands qui en valaient cent mille en cruauté et en bêtise. La plupart travaillaient dans l'énorme propriété de Jo Mitch.

Tobie risquait à chaque instant d'en croiser et d'être transformé en viande à charançon. Mais il ne savait rien de cela et marchait tranquillement dans ce paysage morne où l'écorce pendait en lambeaux maladifs. Tobie n'était jamais passé par ce coin en allant vers les Basses-Branches. Mais il découvrait que les Basses-Branches ressemblaient décidément au paradis à côté de ces régions intermédiaires, grises et lépreuses.

Tobie bondit sur le côté et se cacha derrière une pelure d'écorce.

Il avait entendu du bruit derrière lui. C'était la première fois qu'il continuait à marcher après six heures du matin, mais l'impatience commençait à lui faire prendre des risques. Le lendemain, il serait à Onessa, chez lui. Cette idée lui faisait oublier le danger.

Bien caché, il regarda passer un lugubre cortège.

Il vit d'abord le charançon. C'était un des plus gros charançons qu'il ait jamais croisé. On l'avait entravé dans des cordes que tendaient tout autour de lui une dizaine d'hommes à chapeaux. Ces hommes avaient dans le dos les lettres JMA gravées sur leur manteau de peau.

Tobie réalisa très vite où il était. Même après cinq ans d'exil, on connaît Jo Mitch Arbor, l'entreprise grignoteuse qui appartenait au Grand Voisin.

Les hommes s'interpellaient, en tirant sur les cordes de chaque côté.

– Ne le lâchez pas, cria l'un d'eux.

– Chaque nuit, il y en a qui s'échappent… Ça n'en ferait qu'un de plus dans la nature…

– Si on les compte, on verra qu'il manque un charançon.

Un autre bougonna :

– Le patron en a tellement qu'il ne sait plus combien !

Tobie se trouvait donc très près des élevages de Jo Mitch. Il décida de suivre le petit groupe qui raccompagnait cette bestiole évadée vers la clôture. Il savait que les évasions de charançons faisaient planer un grand danger sur l'arbre. Un charançon creuse dix fois son volume en une journée. À ce rythme, en peu de temps, l'arbre pouvait être réduit en sciure.

Le petit groupe parvint à une barrière qui faisait tout le tour de la branche. Ils s'arrêtèrent pour ouvrir l'immense portail et laisser passer le charançon saucissonné dans ses cordes.

Tobie, qui suivait de loin, pensa qu'il en avait assez vu. Aplati au sol, il allait faire demi-tour quand un autre homme, coiffé du chapeau et du manteau Jo Mitch Arbor, surgit derrière lui. Heureusement, le bonhomme était nerveux et ne remarqua pas Tobie. Il cria à ses collègues :

– Une centaine de chasseurs arrivent. Ils viennent des hauteurs. Ils cherchent le petit. Il ne faut pas qu'ils voient le charançon échappé.

L'un des hommes qui tiraient la bête releva son chapeau avec le pouce. Tobie le reconnut immédiatement.

Cet homme, il l'avait vu dans les Basses-Branches quelques semaines plus tôt. Ce souvenir fit frémir Tobie.

Il n'était pas plus grand que Tobie, mais il avait un visage ridé, jaunâtre qu'on ne peut pas oublier. Il avait surtout une toute petite tête et son chapeau lui tombait sur les yeux. Il dit aux autres :

– Ouvrez la barrière, bande d'incapables !

Tobie n'avait pas le temps de réfléchir. Il était piégé

entre la clôture et les chasseurs qui allaient arriver. Le seul espoir se trouvait derrière cette clôture. Il fallait la franchir. L'homme à la petite tête donnait d'autres ordres en vociférant.

À cet endroit des Colonies inférieures, l'écorce est détrempée, pourrie, et on s'enfonce parfois jusqu'aux genoux. Tobie, en rampant, pouvait donc laisser sa tête dépasser de la boue de bois décomposé. Il profita de l'agitation des hommes qui se pressaient autour de la barrière et tentaient de l'ouvrir en pataugeant.

Sous les hurlements du chef à la petite tête jaune, Tobie avança comme un asticot à travers la boue.

Il glissait droit vers l'énorme charançon qui était dix fois gros comme lui. Seuls les yeux et le front de Tobie sortaient de la matière visqueuse. Il passa à un millimètre de Petite-Tête qui continuait à insulter ses hommes. Tobie rampa entre les pattes du charançon. Se redressant un peu, il agrippa une corde qui sanglait le ventre de la bête. Il tira sur ses bras et passa les pieds dans une autre corde à l'arrière. À ce moment exact, la barrière s'ouvrit en grinçant et le cortège se remit en marche.

Tobie était accroché sous le charançon qui commençait à s'agiter un peu.

Ils entrèrent ainsi dans l'enclos. Tobie, couvert de boue, se confondait avec le corps de l'animal. Petite-Tête donnait toujours ses ordres en relevant son chapeau qui lui tombait sur la moitié du visage.

Ils refermèrent le portail derrière eux.

Les chapeaux et le charançon avaient marché ainsi un quart d'heure quand Petite-Tête hurla :

– Halte !

Lentement, il s'avança vers l'animal, fit reculer ses hommes, et passa la main sous le ventre du charançon.

Il prit la corde dans sa main et la tira d'un coup.

La bête se retrouvait libre de ses mouvements.

Tobie s'était laissé tomber une minute plus tôt dans la boue. Il était temps. Il vit au loin l'animal partir en pataugeant dans le sens de la pente. Les hommes avaient grimpé la côte dans l'autre sens.

Tobie resta quelque temps immobile dans le marécage. Il était presque midi. Une odeur insoutenable flottait à la hauteur des narines de Tobie.

Le jeune fugitif commença à regretter d'être entré dans ce lieu.

Quelques heures plus tôt, il se croyait tout près du but. Mais il se retrouvait maintenant dans un enclos, prisonnier de barricades et de barbelés. Comment en sortir ?

Deux voies s'offraient à lui. D'un côté, la direction prise par les hommes. De l'autre, celle du charançon. Il fit le choix de l'insecte et ne fut pas déçu de ce qu'il découvrit après s'être traîné dans la boue pendant une heure.

Il y a des images qui ne s'oublient pas. Il y a aussi des images qui sont comme des présages de l'avenir. Ce que Tobie avait devant les yeux faisait ce double effet. Une vision monstrueuse qui se grave à jamais en vous.

Tobie s'était arrêté au bord d'un trou démesuré, un gigantesque cratère à ciel ouvert dans la branche. Mais ce cratère semblait vivant, il grouillait, il ondulait. On avait l'impression d'un bouillonnement puant. Une armée de charançons fouissait et fourrageait le bois tendre, les pattes engluées dans la boue. Sur leur carapace, marquée au fer rouge, on lisait le sigle de Jo Mitch Arbor.

De cet élevage venaient les centaines d'animaux qui minaient les branches depuis des années en creusant ces sordides cités JMA qui prétendaient sauver l'arbre de toute surpopulation.

Ce qui était impressionnant, c'est que Tobie avait lu dans les dossiers de son père une description qui ressemblait extraordinairement à ce spectacle.

Sim Lolness avait prédit cette dégradation dans ses moindres détails. Même le cratère était décrit dans un livre sorti huit ans plus tôt et qui s'appelait *Le Grignotement du monde*, puis dans un article *Splendeur et grignotement*. À la suite de ces deux textes, Jo Mitch avait proposé au Grand Conseil une loi pour interdire le papier, les livres et les journaux. C'était soi-disant une loi écologique pour le respect de l'arbre. C'était surtout pour faire taire une fois pour toutes le professeur Lolness. Heureusement, la loi n'avait pas été votée cette fois-là.

Tobie resta un long moment devant ce terrible panorama. Il comprenait les raisons du grand affaiblissement de l'arbre que son père avait remarqué pendant ses cinq années dans les Basses-Branches. En étudiant simplement la courbe des températures, le professeur Lolness avait découvert un réchauffement des étés.

Tobie se réjouissait de ces étés plus longs et lumineux, mais son père paraissait préoccupé.

– Les choses ne changent pas pour rien, répétait-il.

Cette phrase était sa règle d'or.

Il expliquait ce changement par des trous dans la couche de feuilles au sommet de l'arbre.

Même à des dizaines de mètres sous les Cimes, Sim Lolness était capable de deviner par raisonnement les changements qui se produisaient au sommet.

Tobie, à plat ventre dans la boue, sortit de sa rêverie. Il voulut se remettre à ramper pour contourner le cratère, mais il se sentait comme plaqué au sol, incapable de faire un mouvement. Il insista, se croyant victime d'une crampe qui l'immobilisait. Toujours sur le ventre, il passa la main derrière ses jambes pour les masser et les remettre en marche.

Il toucha alors quelque chose de dur qui pesait directement sur lui. Quelque chose de dur, de doux, d'arrondi…

Il tourna péniblement la tête pour comprendre et découvrit une botte. Une botte le maintenait écrasé dans la boue. D'un geste du bras, Tobie essaya de balayer cette botte, mais elle n'était pas toute seule. Il y avait une autre botte. Tobie retomba en avant, le visage dans la vase.

Quand on se trouve face à deux bottes dans la bouillasse, et quand, par ailleurs, commence à grincer un ricanement stupide, on peut être à peu près sûr qu'il y a quelqu'un dans les bottes.

Après les bottes, après le rire, il entendit une voix. Cette voix, il la reconnaissait. C'était celle de Petite-Tête, le dégoûtant personnage qui avait dirigé le retour du charançon dans l'enclos.

– Alors, mon morpion ? On visite ?

Cette fois, Tobie comprit que c'était la fin.

Il pensa un instant se laisser étouffer dans la boue pour échapper aux hommes de Jo Mitch.

10

Un messager

Le grand pouvoir de Jo Mitch et de ses hommes n'avait cessé d'augmenter pendant les cinq années d'exil de la famille Lolness. Mais Tobie et ses parents n'en avaient jamais rien su. Dans les Basses-Branches, il était impossible de se tenir informé de l'évolution du reste de l'arbre.

Pendant ces années, pas une seule lettre n'était arrivée pour eux, pas un seul journal. Les nouvelles qu'ils pouvaient obtenir venaient toutes de la famille Asseldor.

Cette famille habitait les Basses-Branches depuis très longtemps. Les rares personnes qui peuplaient la région étaient arrivées dans les années récentes, mais les Asseldor y vivaient depuis plusieurs générations. Le père Asseldor était même né dans les Basses-Branches. Sa femme venait de plus haut, mais leurs trois fils et leurs deux filles avaient grandi dans la ferme de Seldor qui fascinait Tobie.

La ferme marquait le début des Basses-Branches. C'était une vieille maison creusée à l'ancienne, avec de grandes pièces au plafond voûté. Le grand-père Asseldor avait tout bâti de ses mains. Il était arrivé avec un rêve de Branche-Nouvelle. Vivre unis, ensemble, pour être mieux. Il avait créé Seldor, un petit paradis dans un monde qu'il trouvait hostile.

Le grand-père était mort depuis longtemps, mais le père, la mère, et les cinq enfants faisaient durer le rêve d'une Branche-Nouvelle.

La ferme était magnifique. La famille parvenait à produire tout ce qui lui était nécessaire. Jamais davantage. Le but des Asseldor était de ne dépendre de personne. Ils ne vendaient rien, n'achetaient rien à personne. Mais, heureusement, ils savaient partager.

Tobie pouvait arriver sans prévenir, après cinq ou six heures de marche, il avait toujours l'impression d'être attendu. Son couvert était mis sur la grande table avec les sept autres. Il y avait au cours de ces repas une atmosphère extraordinaire. On chantait, on plaisantait, on buvait sans mesure. Les garçons, âgés d'une vingtaine d'années, avaient un puissant appétit. Les deux filles, un peu plus jeunes, dévoraient presque autant. Elles s'habillaient pour chaque repas comme pour une fête ou un mariage. Elles avaient dix ans de plus que Tobie, mais il les trouvait sublimement belles, intelligentes et drôles. Il en parlait à Elisha qui n'aimait pas trop ce sujet de conversation.

Les Asseldor représentaient une famille d'adoption pour Tobie qui était né enfant unique. Il eut donc l'impression de voir partir un frère quand le troisième fils, Mano, décida de s'en aller.

Mano avait toujours été différent des autres enfants Asseldor. Même physiquement il paraissait plus frêle que ses deux frères, moins rose et vigoureux que ses sœurs. À table, il était moins bavard, il riait moins, mangeait sans passion.

Ce qui était plus grave : il ne jouait pas de musique.

Cela faisait le même effet que si un être sans coquille était né dans une famille d'escargots. La musique représentait la moitié de la vie des Asseldor. Ils chantaient et jouaient tous merveilleusement. Sauf Mano, qui savait à peine battre le rythme en tapant sur ses genoux.

On avait tout tenté avec lui, du balando à l'ordonéon, mais il avait fini par se buter et refusait d'essayer à nouveau.

À la veillée, Tobie le voyait souvent quitter discrètement la salle, tandis que ses sœurs chantaient des chœurs d'ange, et que les autres faisaient naître un orchestre entier avec leurs bouches. Même Tobie était réquisitionné pour jouer de la bille. Il avait été sacré meilleur joueur de bille de Seldor. Il suffisait de frotter deux billes l'une contre l'autre pour en sortir des sons. Mais Mano n'était même pas capable de jouer correctement de la bille.

Un soir, Tobie avait vu le père Asseldor suivre Mano devant la maison.

– Où tu vas ? dit le père.

– Je sais pas, répondit Mano.

– Qu'est-ce que tu as ? Tu veux pas essayer de faire comme les autres ?

– Non, dit Mano.

– Qu'est-ce que tu as, Mano ? Regarde tes frères, tes sœurs… Ils n'ont pas l'air heureux ?

– Si.

– Mais, fais comme eux !

Mano s'était mis en colère :

– On est là parce que notre grand-père a décidé de ne pas faire comme les autres et de venir créer Seldor… Et maintenant tu me demandes de faire comme les autres ?

Tobie était resté caché à écouter. Le père dit à son fils :

– Tu ne parles pas comme un Asseldor, Mano. Tu ne fais rien comme un Asseldor.

– Je sais. Alors, je m'en vais, papa.

Le père était demeuré muet. Il croyait seulement que son fils voulait aller respirer quelques minutes dehors. Il lui dit :

– Ne tarde pas, il y aura le miel à récolter demain matin.

Mano ne se retourna pas. Le père Asseldor aperçut Tobie :

– Il a besoin d'air, expliqua-t-il.

– Oui, dit Tobie.

Quand Tobie revint un mois plus tard chez les Asseldor, il y avait une ambiance différente autour de la table. Tobie surgit au beau milieu du souper, un soir de juin. Mia, la seconde des filles, se leva pour lui donner une assiette. Elle avait une gaieté un peu plus forcée que d'habitude.

– Monsieur Lolness, je n'avais pas mis votre assiette.

Mia appelait Tobie « monsieur Lolness » alors qu'il avait à peine neuf ans à cette époque. Rien ne pouvait autant faire gonfler le cœur du petit garçon. Il dit :

– Mademoiselle Mia, je vous pardonne parce que vous vous êtes fait la coiffure que j'aime, avec les nœuds.

Les hommes lançaient des petits sifflements moqueurs, mais avec assez peu de conviction.

Normalement, il y avait toujours un garçon prêt à sauter sur la table et à provoquer Tobie en duel pour avoir fait des avances à sa sœur. Tobie saisissait alors un bâton, commençait à se battre, et tout se terminait dans des rires.

Mais ce soir-là ni duel, ni scène de jalousie de l'autre

sœur, Maï, qui était pourtant capable de faire semblant d'éclater en sanglots.

La première fois, Tobie y crut tellement qu'il souffla à l'oreille de cette jeune fille qui avait presque le double de son âge :

– Je vous aime bien aussi, mademoiselle Maï.

Un fou rire général avait suivi. C'était la seule fois où Tobie s'était senti un peu mal à l'aise dans cette maison de Seldor.

Ce soir de juin, ce n'était pas chez Tobie que planait le malaise, mais chez tous les autres. Quelque chose sonnait creux dans cette tablée silencieuse des Asseldor.

Tobie comprit très vite. Il jeta un regard sur la famille rassemblée.

Le creux, c'était Mano.

Il n'était plus là.

Voilà donc pourquoi on n'avait pas mis, comme d'habitude, une assiette de plus pour un invité de passage. Parce que cette assiette vide aurait amèrement rappelé l'absence de Mano. Le père Asseldor observa Tobie qui ne bougeait pas devant sa soupe.

– Mano est parti. Il est allé dans les hauteurs. Il dit qu'il veut tenter sa chance. Voilà.

Mme Asseldor ajouta :

– Je pense qu'il peut réussir là-haut. Il n'était pas fait pour Seldor. J'espère juste qu'il écrira.

Maï et Mia avaient les yeux rouges, et elles ne faisaient pas semblant. Les deux frères, eux, baissaient le regard vers leur soupe. Tobie comprit qu'ils pardonneraient difficilement le départ de Mano.

Le vœu de Mme Asseldor se réalisa. Au bout de deux mois, ils reçurent une lettre. C'était une lettre pleine d'espoir. Mano disait qu'il avait trouvé un travail dans la vente, qu'il était l'employé préféré de son patron, et qu'il espérait très vite progresser.

Toute la famille lut et relut cette lettre des Cimes comme un message du ciel. Les hommes ne voulaient pas s'attendrir trop vite, mais les femmes se réjouirent immédiatement. Mme Asseldor répétait :

– Je vous le disais… Chacun son chemin…

Les lettres de Mano devinrent donc des moments à part dans la vie de la ferme de Seldor. La famille se rassemblait autour de la table. Mme Asseldor posait ses petites lunettes sur son nez. À chaque lettre, ses mains tremblaient moins, sa voix était plus claire.

Car ces lettres racontaient une progression fulgurante. Le patron, trop âgé, avait confié à Mano la conduite de son entreprise. Mano en avait créé une autre qui allait dépasser la première. Il dirigeait donc deux entreprises de vente. Mano disait qu'il reviendrait bientôt les voir, qu'il attendait le bon moment, qu'il possédait une armoire avec cinquante-sept cravates. La famille Asseldor ne voyait pas vraiment ce qu'était la vente, ni à quoi la moindre cravate pouvait servir, mais ils apprirent tous à se répéter « chacun son chemin ».

Tobie racontait souvent à ses parents les aventures de Mano. C'étaient les seules nouvelles qui arrivaient des hauteurs. Maïa Lolness était très impressionnée, comme tout le monde, par la réussite du fils Asseldor.

Mais le père de Tobie prenait toujours un air grave pour dire :

– C'est curieux, ce que tu me racontes... Mais ton ami Mano ne parle pas du reste ? De la vie dans les hauteurs, de la situation des gens qui y vivent ?

– Il dit que ceux qui veulent réussir y trouvent toutes les chances. Il dit que tout va très vite.

Le professeur Lolness n'aimait pas ce qui va vite, alors il gardait son visage un peu ronchon. Il répétait à Tobie en marmonnant :

– Moi, je continue à penser qu'à part le petit Asseldor et quelques autres, il y a de moins en moins de gens heureux par là-haut. Je n'ai aucune information, mais j'ai cette impression.

– Sim ! criait Maïa, ton fils vient te donner des bonnes nouvelles des hauteurs et tu continues à faire ta mauvaise tête. Est-ce que tu ne vas jamais te réjouir un peu ?

– J'aimerais vraiment, concluait Sim en regagnant son petit bureau.

Les nouvelles de Mano étaient donc les seules informations qui parvenaient aux Basses-Branches.

On peut imaginer la surprise quand arriva la lettre du Conseil de l'arbre.

Cette lettre parvint au début du mois d'août à Onessa, chez les Lolness. Le porteur avait un sourire édenté, une face jaune comme le pollen, et une toute petite tête. C'était la première fois que Tobie et ses parents voyaient le chapeau, le manteau et les bottes d'un homme de Jo Mitch. Petite-Tête tendit la lettre.

– Je vais attendre la réponse là-bas, papy.

L'homme parlait à Sim Lolness. Il venait de l'appeler papy. Il attrapa sur la table la petite bouteille d'alcool de noix du professeur.

Le père de Tobie était arrivé avec cette bouteille cinq ans plus tôt. Il en prenait une goutte après chaque dîner, en regardant le feu.

L'alcool de noix était très rare. On le tirait des quelques noix oubliées par les écureuils dans les trous de l'arbre. Sim avait bien sûr écrit un petit livre qui s'appelait : *D'où viennent les noix?*, un essai poétique sur une vie possible en dehors de l'arbre. Il imaginait qu'il y avait quelque part un autre arbre qui donnait des noix. Des collègues agacés avaient demandé à Sim de choisir entre la poésie et la science.

Le professeur n'avait pas osé dire que son choix était fait.

Les trois Lolness virent donc s'éloigner Petite-Tête avec l'alcool de noix. Il s'assit un peu plus loin et commença à siroter.

– C'est ta bouteille, papa, dit Tobie.

– Laisse-le, mon fils. Ce n'est pas grave. Il a beaucoup marché…

Cela faisait des années que les Lolness n'avaient pas ouvert une lettre, et le professeur la retourna longuement dans ses mains comme s'il cherchait par quel côté l'attaquer.

– Viens Tobie, dit Maïa en entraînant son fils vers l'extérieur.

– Non, vous pouvez rester tous les deux.

Sim s'installa, dos à la fenêtre, et commença à lire à haute voix :

Excellence, monsieur le professeur,
Dans le cadre du renouveau scientifique, nous serions très honorés de vous voir réintégrer notre Conseil. Le temps est passé sur vos erreurs d'autrefois, le moment est venu pour que la science de l'arbre retrouve son esprit. Votre maison des Houppiers vous attend, ainsi que notre digne assemblée.

Sim Lolness s'arrêta. Sa femme et son fils le dévisageaient. Ils essayaient de lire une impression sur ses traits, mais, à ce moment précis, le visage de Sim était illisible. Il y passait tellement d'idées et de sentiments contraires qu'on aurait dit un livre entier oublié sous la pluie et dont toutes les pages mélangent leur encre. Les scènes de joie, de colère, de tristesse, d'angoisse, d'espérance, de révolte, de honte, d'amour et de haine se superposent dans une flaque sombre.

Pour Tobie et Maïa, c'est la fierté qui vint la première. Ils allaient sauter dans les bras de Sim.

Mais Sim continua sa lecture :

Pour consolider les bases de votre nouveau départ, vous rejoindrez, pour un an seulement, en observation, les services des Comités de voisinage, sous la haute direction de M. le Grand Voisin Jo Mitch.

Cette dernière phrase envoya une averse de plus sur le paquet de messages contraires qu'on lisait sur le visage du professeur. Une douche de plus qui balaya tout et ne laissa qu'une expression, étincelante dans les yeux de Sim : la fureur.

Il commença à bouillonner, tempêter, maudire… Ni Tobie, ni ses parents ne savaient ce qu'étaient ces Comités de voisinage, mais Tobie vit son père se lever d'un bond.

Jo Mitch. Ce seul nom rendait fou le professeur.

Sim fit de la lettre une grosse boulette entre ses mains. Il fila vers la porte qu'il ouvrit d'un coup de pied et marcha à grands pas vers le messager de Jo Mitch qui était debout, à moitié ivre, devant la maison. Petite-Tête, les yeux troubles, regardait approcher Sim. Il avait enlevé son chapeau et sa tête avait l'air vraiment minuscule. Il tenait la bouteille à la main. Il souriait en vacillant d'un pied sur l'autre.

– Alors papy, on part avec bobonne et son morpion ? C'est décidé ?

Petite-Tête avait la bouche grande ouverte et gloussait d'un rire niais.

Tobie vit alors son père lancer d'un geste habile la boule de papier froissé qui atterrit dans la bouche de l'horrible bonhomme. Le temps que Petite-Tête réalise, sa bouche s'était refermée.

Les yeux exorbités, il fut traversé de secousses et de hoquets. Du jaune pollen, l'homme de Jo Mitch passa au vert pâle, puis par bien des couleurs inconnues dans l'arbre. Il finit blanc comme un cumulo-nimbus quand il comprit qu'il venait d'avaler son message.

Sim Lolness le regarda ramasser son chapeau. Sim était beaucoup plus grand que lui. L'homme n'osa pas riposter, d'autant plus que la boulette commençait à lui retourner l'estomac.

– Il y a bien longtemps, dit le professeur, il y avait une pratique barbare. On ouvrait l'estomac des bestioles pour connaître les réponses à ses questions. On appelait ça les augures. Vous pourrez le raconter à votre chef. Vous avez la réponse dans le bide…

Petite-Tête parvint à dire en éructant :

– Je me vengerai.

Il disparut en claudiquant.

Tobie et ses parents restèrent un long moment devant la maison. Sim retira ses lunettes et s'essuya le visage. Tobie alla ramasser la bouteille. Il la tendit à son père.

– Elle est vide.

– Tant mieux, dit Sim, c'était mauvais pour mon cœur.

Il s'assit devant la porte. On entendit un craquement. Il s'était assis sur ses lunettes.

Tobie se disait pour la première fois que son père allait vieillir, un jour. Il n'avait que cinquante-cinq ans, mais le type l'avait appelé « papy », et maintenant, assis sur le seuil, il paraissait épuisé. Maïa Lolness se serra contre son mari et l'embrassa sur la joue :

– Sim, mon chéri, je t'ai dit de ne pas te bagarrer avec tes camarades, dit-elle en prenant une voix tendre.

Sim Lolness enfouit son visage dans le cou de sa femme et marmonna, comme un enfant :

– C'est lui qui a commencé.

Tobie s'éloigna pour les laisser tous les deux. En marchant dans une déchirure de l'écorce, un peu plus loin sur la branche, il repensa aux derniers mots du porteur de lettre : « Je me vengerai. »

Voilà pourquoi Tobie, quelques semaines plus tard, aurait préféré être n'importe où plutôt que sous la botte dure et glacée de Petite-Tête. La vase commençait à lui rentrer dans la bouche et les narines.

11

W. C. Rolok

L'homme desserra légèrement la pression de son pied, et Tobie put sortir la tête une seconde. Mais, aussitôt, Petite-Tête recommença à le plaquer au fond du marais.

Quand il le relâcha une nouvelle fois, Tobie sentit que l'homme voulait lui dire quelque chose.

– Ce que ton père m'a fait… J'ai pas trop avalé…

– … avalé… la boulette ? demanda Tobie avec impertinence.

Et Petite-Tête lui enfonça brutalement la face dans la vase.

Cette fois il le laissa presque une minute entière sans respirer. Mais Tobie devinait qu'il ne le ferait pas mourir avant quelques punitions supplémentaires. Bizarrement, ces punitions, c'était la chance de Tobie pour gagner du temps. Il n'avait qu'un seul espoir : que Petite-Tête veuille être encore plus méchant.

C'est exactement ce qui arriva.

Petite-Tête tira Tobie jusqu'à une butte d'écorce qui dominait le cratère. Il le ficela bien serré, les pieds et les mains complètement immobilisés. Les charançons commençaient à approcher par groupes de deux ou trois. Petite-Tête avait sorti un long fouet qu'il faisait claquer pour les maintenir à distance. Tobie regardait ce visage hilare encore enlaidi par la joie de faire du mal.

Derrière la couche de boue qui lui couvrait le visage, Tobie gardait un certain calme. Il se rassura d'abord en pensant que la méchanceté peut rendre riche et puissant, mais qu'elle rend toujours laid. Il se demanda ensuite ce que le bonhomme allait inventer d'horriblissime, de monstrueux. Pensait-il l'abandonner au milieu des insectes ? Voulait-il l'éliminer dans ce marécage ?

L'idée de Petite-Tête était pire encore. C'était une idée répugnante, une idée qui lui ressemblait.

Il sortit de la poche de son manteau deux petites capsules blanches, et tous les charançons tournèrent la tête vers lui.

– Ils adorent ça, regarde, mon morpion. On donne ces boules de sève concentrée à ceux qui travaillent le mieux. Ils les sentent à des kilomètres. Des fois, on en met une dans les nœuds de bois durci. Les charançons font exploser le bloc pour arriver à la capsule.

Il en jeta une au fond du cratère. Une vingtaine de bêtes se précipitèrent en même temps. Un petit et deux femelles furent pratiquement écrasés dans la bataille. Tobie regardait Petite-Tête qui faisait tournoyer son fouet en disant :

– Il m'en reste une. Qu'est-ce que je peux en faire… ?

Tobie pouvait tout imaginer, mais pas ce qui suivit. Le type continua :

– C'est simple. J'invente rien. Je fais comme ton père avec le message… La capsule, je te la fais avaler et je m'éloigne. Si ces bestioles vont chercher à dix centimètres sous l'écorce, elles sont bien capables de la trouver dans tes tripes, même en remuant un peu de chair fraîche. Je compte jusqu'à cent, en laissant les charançons travailler. Je te récupère très amoché, mais avec encore un petit souffle de vie, comme tous les morpions qui n'arrivent pas à crever. Je t'apporte à Jo Mitch, et j'empoche le million. Voilà le programme !

Il riait très fort. Tobie le regardait. À un certain niveau d'horreur, le mécanisme de la peur s'arrête. C'était déjà arrivé à Tobie. Petite-Tête lui inspirait surtout de la pitié. Il se disait exactement ceci : « La cruauté, c'est ton problème, Petite-Tête. Mon problème à moi, c'est survivre. »

Il respirait donc assez tranquillement. Ses idées revenaient. Il découvrait qu'on avait offert une récompense pour lui. Il coûtait un million. Tobie n'en était pas mécontent. Il pensa qu'un million valait la peine d'être défendu.

Mais le million était ficelé comme un paquet sur un bout d'écorce qui lui sciait le dos.

Lui sciait le dos.

Pourquoi l'esprit de Tobie s'arrêtait-il à ces mots ?

Lui sciait le dos.

Sa mère, qui lui avait appris à lire à l'âge de trois ans,

lui disait que les mots sont des combattants de l'ombre. Si on choisit de devenir leurs amis, ils nous aident toute la vie. Sinon, ils se mettent en travers de notre chemin. Maïa lui expliquait que c'était à cause de cela qu'on disait « connaître » un mot ou un langage, comme « connaître quelqu'un ».

Tobie, après pas mal d'efforts, était devenu l'ami des mots. Tous les jours, il voyait les miracles qu'ils font. Ils l'avaient sauvé de la solitude et de l'ennui. Ils avaient été à ses côtés pour étudier avec son père. Et surtout, ils ne l'avaient pas lâché pendant les conversations avec Elisha.

Elisha connaissait très peu de mots, mais elle les habillait d'une telle manière que Tobie risquait de tomber à chaque phrase. Il avait donc appris, en l'écoutant, à faire vivre les mots grâce à la voix et au silence.

Les mots pourtant nous soufflent souvent bien des conseils qu'on ne saisit pas. Tobie, cette fois-ci, entendit leur message : « … un bout d'écorce qui me scie le dos… »

Un masque de boue cachait le sourire de Tobie. Une écorce qui scie le dos peut aussi scier autre chose…

Quelques instants suffirent pour que, par un léger mouvement sur l'arête de l'écorce, la cordelette qui paralysait les mains de Tobie soit coupée en deux.

Petite-Tête n'avait rien vu. Tobie n'était pas beaucoup plus avancé, mais cela représentait malgré tout un progrès. Il gardait soigneusement les mains dans le dos.

Les charançons avaient été repoussés par quelques cla-
quements de fouet. Petite-Tête venait maintenant vers
Tobie, le visage lézardé d'un sourire aux dents rares. Il se
pencha vers sa victime. Il tenait la capsule dans la main.

Tobie savait que, s'il avalait la capsule, il aurait un
demi-millier de charançons prêts à lui ouvrir le ventre
pour la récupérer.

Cette perspective faisait rire Petite-Tête à gorge
déployée. Vue de plus près, la bouche de son agresseur
était dans un état pire encore que ce que Tobie imaginait. Une douce odeur d'œuf pourri s'ajoutait à cette
vision d'enfer. Petite-Tête agrippa la mâchoire de Tobie,
le força à ouvrir les lèvres. Il lui glissa la capsule entre
les dents.

Prudemment, les charançons commençaient déjà à
s'approcher. Leurs pattes et leurs cisailles brillaient à la
lumière de midi.

Petite-Tête avait maintenu la bouche de Tobie fermée, le temps qu'il avale la capsule. Il allait maintenant

pouvoir l'abandonner mais il ne put s'empêcher de dire :

– Bon appétit.

Tobie, épuisé, réussit à dire :

– Merci, mais c'est dégoûtant votre capsule…

– Non, non… Je disais bon appétit à ces petites bêtes, dit l'homme en faisant un geste vers six ou sept charançons, juste derrière son épaule.

Petite-Tête trouva sa propre blague irrésistible, et il éclata d'un rire infâme, qui dévoila aux yeux de Tobie le fond de sa gorge. En comparaison de l'état répugnant du palais et des amygdales, la dentition de Petite-Tête paraissait maintenant une véritable cour d'honneur.

Tobie choisit ce moment pour cracher de toutes ses forces la capsule qu'il avait réussi à garder dans sa joue. Le projectile entra à grande vitesse dans la bouche rigolarde du petit homme. Et l'on vit passer dans ses yeux l'étonnement, la stupéfaction, puis la terreur quand il réalisa qu'il l'avait avalée.

La réaction de Petite-Tête fut pitoyable. C'était la deuxième fois qu'un Lolness lui faisait le coup… Il s'effondra. Il gigotait par terre en essayant de cracher, martelait le sol avec ses poings, gémissait dans la boue comme un enfant qui fait un caprice.

Tobie n'eut pas de mal à profiter de la crise, pour se défaire de ses autres liens avec ses mains libres. Il réussit même à déshabiller entièrement son ennemi sans qu'il s'en rende compte. Les charançons devenaient menaçants, ils ne se trouvaient maintenant qu'à quelques pas. Tobie fit siffler une seule fois le fouet, et les bêtes s'arrêtèrent pour un moment. Il accrocha ensuite son tortionnaire avec la lanière du fouet.

Quand Petite-Tête releva la tête, sortant peu à peu de sa crise de nerfs, il réalisa d'abord qu'il était entièrement cloué au sol. Ensuite, il vit les charançons qui s'avançaient en se poussant les uns les autres. Cette deuxième image lui secoua la mâchoire de tristes tremblements qui risquaient fort de faire tomber ses dernières dents.

Enfin, Petite-Tête découvrit juste à côté de lui une paire de bottes. Au-dessus s'élevait une silhouette qui lui rappelait quelque chose. La silhouette d'un petit bonhomme avec un manteau, et un chapeau qui lui tombait sur les yeux et lui cachait la moitié du visage. Il poussa un hurlement qui fit piaffer les charançons.

Ce bonhomme, c'était lui.

Lui, Petite-Tête.

Il crut à un cauchemar. Ce devait être l'effet de la capsule de sève. Une hallucination. Il y avait deux Petite-Tête au bord du cratère.

Mais quand Petite-Tête-en-manteau souleva son chapeau avec le doigt, Petite-Tête-tout-nu-comme-un-saucisson reconnut deux yeux pétillants qu'il haïssait.

Vêtu ainsi, Tobie était le portrait exact de l'homme de Jo Mitch.

Tobie en avait lui-même des frissons. Mais il venait de transformer sa pire épreuve en une chance d'évasion, et c'était assez pour lui donner une grande confiance.

– Je vous laisse le fouet, dit Tobie, le nœud n'est pas

très serré. Vous allez vous en sortir. Mais je ne sais pas ce que vous préférerez entre les cisailles des charançons, ou les ricanements de vos hommes quand vous leur expliquerez, tout nu, que vous êtes un incapable.

Tobie abandonna Petite-Tête à son cauchemar. Une étiquette dans la doublure du manteau lui révéla que le type s'appelait W. C. Rolok. Pour sortir de l'enclos, Tobie devait porter ce nom.

Il s'éloigna sans regret du cratère des charançons et grimpa vers le dessus de la branche. Tobie avait bien enfoncé son chapeau sur sa tête. Il se forçait à ne pas marcher trop vite, imitant les petits pas raides de Rolok-Petite-Tête, et sa manière de rentrer le cou dans les épaules.

Tobie savait imiter les postures et les attitudes. Un jour, ses parents avaient découvert la grand-mère Alnorell en train de jouer à la maronde derrière leur maison des Basses-Branches. La maronde était un jeu d'enfant, stupide mais difficile, qui consistait à jouer au ballon avec les mains posées sur les pieds.

Les parents de Tobie, déjà sous le choc de découvrir Mme Alnorell chez eux, à Onessa, alors qu'ils n'avaient pas eu un seul signe d'elle en quatre ans et demi d'exil, furent encore plus surpris quand ils la virent galoper les mains sur les pieds en poussant un ballon de bois creux. C'était quelque chose d'inimaginable. La grand-mère ne savait même pas ce que voulait dire le verbe jouer.

Ils ne purent s'empêcher de pouffer d'abord, puis de rire aux éclats, puis de s'étrangler de rire, tellement le spectacle était prodigieux. Quand Mme Alnorell les remarqua, ils redevinrent sérieux, comme ils pouvaient. Mais les pommettes de Maïa faisaient encore des petits bonds irrépressibles, et ses yeux se mouillaient d'un fou rire étouffé.

En s'approchant à quelques millimètres de la grand-mère, ils eurent un choc. Ils avaient devant eux Tobie Lolness, leur fils, ravi de sa plaisanterie.

Après cet épisode, Tobie passa des soirées entières à faire rire ses parents. Il pouvait imiter n'importe qui, simplement en se penchant en avant, ou en haussant les épaules. Son meilleur numéro s'appelait « Jo Mitch dans son bain ». Ses parents étaient sidérés par la mémoire de Tobie, qui n'avait pas vu tous ces gens depuis l'âge de sept ans.

Il faisait aussi « M. Peloux et l'argent de poche ». L'argentier de la grand-mère était chargé de donner l'argent de poche de Tobie pendant ses vacances dans les Cimes. Sim lui avait confié quelques pièces qu'il devait verser au petit garçon chaque semaine. Cela donnait des scènes très drôles où M. Peloux présentait une petite pièce d'or à Tobie, la reprenait précipitamment, lui rendait un grain d'or qu'il se dépêchait de récupérer, comme s'il s'était trompé. Il lui tendait un demi-grain, mais il n'arrivait pas à le lâcher et le remettait dans sa poche. Finalement, M. Peloux disait qu'il n'avait pas la monnaie et qu'il lui donnerait le lendemain.

L'imitation faisait beaucoup rire Sim et Maïa, mais le père de Tobie découvrit à cette occasion que les petites pièces d'or qu'il donnait chaque été pour les dépenses de son fils allaient toutes dans la poche de Radegonde Alnorell et de son argentier.

Quand Tobie-Rolok surgit au milieu de quatre hommes tranquillement allongés sur le sol humide, il était trop tard pour reculer. Tobie enfonça simplement ses mains dans ses poches et rentra le menton dans son col.

Les quatre hommes avaient étalé leurs manteaux et terminaient une sieste. À l'instant où ils virent la silhouette de Rolok, ils sautèrent sur leurs pieds, terriblement gênés.

– Chef, pardon… On prenait juste notre pause…

– Cinq minutes de pause… Pardon, chef…

– Chef… Pardon…, répéta un troisième.

Tobie ne pouvait pas dire un mot. Sa voix l'aurait trahi. Mais son silence rendait chaque seconde encore plus inquiétante pour les autres. Dans le fond de sa poche Tobie sentit la forme d'un carnet et d'un crayon.

Pour corser la menace, il sortit le carnet, nota un ou deux mots en regardant chaque homme, puis il tourna les talons.

Il respirait. En marchant il jeta un coup d'œil au carnet. Il avait écrit quatre fois « courage Tobie », pour se donner de la force. Il feuilleta les autres pages. Elles étaient couvertes d'une écriture bien appliquée d'enfant de cinq ans, l'écriture de Rolok sûrement. Rolok avait noté en première page :

Cahié de dénonciassion de W. C. Rolok

Plus loin, on pouvait lire des phrases comme :

Piéro Salag a manjé deux sandouich au lieu din, il serat pandu deux heure par le pié goche.

Ou bien :

Geralt Binou n'a pas bien fraper les charansson, il sera lui maime fraper.

Tobie comprit que les hommes de Jo Mitch n'étaient animés que par une seule énergie : la peur.

Peur d'être dénoncés, d'être punis. Dénoncer avant d'être dénoncé. Frapper fort pour ne pas être frappé.

Au bout de quelques minutes, Tobie eut la désagréable sensation qu'il était suivi. Il jeta un œil pardessus son épaule. Les quatre hommes lui avaient emboîté le pas. Tobie essaya de marcher plus vite, les hommes accélérèrent derrière lui. Il fit quelques détours, mais ils le suivaient toujours. Finalement il s'arrêta net, droit dans ses bottes, et les regarda venir vers lui. Ils avaient l'air d'écoliers pris en faute et tenaient leur chapeau sous le bras. L'un d'eux voulait parler :

– Chef, on prenait juste notre pause. On veut s'excuser.

– On voulait pas, continua un deuxième.

– On veut bien dénoncer les autres si ça peut aider…

– Pouzzi, il arrête pas de jouer aux fléchettes sur les fesses de Truc…

– Et Truc il ose pas le dire, parce qu'il a perdu son fouet dans le cratère…

– Il y a le grand Rosebond qui a crevé l'œil d'un charançon qu'il devait garder…

Tobie avait repris sa marche : ces dénonciations le dégoûtaient. À sa suite, ils trottinaient tous les quatre en continuant leur triste fayotage :

– On peut vous dire des choses plus graves, chef…

– Pilou et Magne, ils jouent au ballon avec Truc…

– Ils lui disent : « Mets-toi en boule, ça roule mieux. »

– Truc, il doit donner toute sa soupe aux cousins Blett…

– Il fait la garde de nuit à leur place, alors qu'il a peur des charançons…

Tobie suffoquait de devoir écouter ces petites atrocités, mais il commençait à ressentir un certain malaise. Au milieu de tout ce qu'ils racontaient, un personnage se dessinait lentement : Truc. Truc martyrisé par ses collègues, effrayé par les insectes qu'il devait surveiller toute la journée, Truc le malheureux. Le sort de ce Truc lui paraissait tout à coup bien pire que le sien.

En quelques confidences, un lien s'était créé avec cet être que Tobie n'avait jamais vu.

Les quatre pauvres types avaient continué à dénoncer tout ce qu'ils pouvaient, mais Tobie n'écoutait plus, jusqu'à une phrase qui s'imprima profondément dans son esprit :

– Mais le pire, c'est Marlou. La nuit, il va faire peur aux fermiers du coin. Pour ça, il a fait un trou dans la clôture derrière les bidons.

Tobie se figea. Lentement, il se retourna. Les trois mots, « trou », « clôture », « bidons », l'intéressaient beaucoup plus que les autres. Un des hommes posa exactement la question qu'il attendait :

– Les bidons ? Quels bidons ?

Le gars répondit :

– Les bidons, juste par là-bas… Je peux vous montrer

si vous dites pas à Marlou que je vous ai dit de pas dire que c'est moi qui vous ai dit de pas dire que c'est moi…

Tobie l'interrompit d'une bourrade dans le dos, il le poussa devant lui. Ils se mirent en marche vers les bidons. Les trois autres suivaient en bourdonnant :

– Nous aussi, on vous aura aidé, hein ? Nous aussi ?

Ces abrutis venaient encore de perdre deux ou trois ans d'âge mental. Ils régressaient à vue d'œil. Encore un effort et ils se retrouveraient dans le ventre de leur mère, ce qui correspondait sûrement à la période la moins nuisible de leur pauvre vie.

Ils arrivèrent à la clôture. En effet, des dizaines de barils pleins s'entassaient là. Tobie ne fut pas étonné de constater qu'il y avait écrit « sève brute » sur chacun. Comme il le craignait, Jo Mitch avait déjà fait des réserves.

Il ne lui manquait plus que la fameuse boîte noire de Balaïna pour changer ce carburant en énergie destructrice.

Tobie frappa une fois dans ses mains. Les quatre hommes se mirent au garde-à-vous. Il passa devant chacun en leur tirant affectueusement l'oreille pour les féliciter. À vrai dire, le visage couvert de son chapeau, il ne voyait rien de ce qu'il faisait, et il n'a jamais su s'il leur avait tiré l'oreille, la narine ou n'importe quoi d'autre.

De la main, il balaya l'air devant lui pour leur faire signe de se disperser. Par chance, ils comprirent et se volatilisèrent dans la nature, soulagés.

En poussant quelques bidons, Tobie découvrit le trou dans la clôture, il passa de l'autre côté.

Comme il aurait aimé quitter son déguisement de Rolok, et fuir ce monde ignoble ! Comme il aurait aimé s'éloigner en gambadant pour sauver sa peau !

Mais en passant le grillage, Tobie pensa à Truc. Le souffre-douleur de la bande de Jo Mitch.

Cette pensée se ficha en lui comme une flèche empoisonnée.

Et il fit demi-tour.

12

Tête de Truc

Truc était assis sur une boîte. Le grand Marlou lui avait dit de la surveiller, et qu'il serait écrabouillé si quelqu'un la prenait.

C'était une boîte en forme de cube. Truc la gardait depuis une heure et demie. Il commençait à être inquiet parce que, dans peu de temps, il allait devoir assurer la surveillance des charançons, et qu'il ne saurait pas quoi faire de cette boîte impossible à porter.

Truc avait une feuille sur les genoux et il écrivait. Il écrivait à sa mère. C'était la seule chose qui l'aidait à vivre. Écrire des grandes lettres, à condition que les autres ne les déchirent pas, et surtout, ne les lisent pas.

La garde de la boîte lui donnait une raison de rester là.

C'est ce qu'il avait dit aux collègues qui étaient passés en courant. Tous criaient des histoires pas possibles. Ils hurlaient qu'il fallait aller au cratère, qu'il s'y passait des choses incroyables.

Truc était sûr que c'était un piège pour l'attirer là-bas.

Il ne bougea donc pas de sa boîte. Il avait la certitude qu'on voulait lui faire une mauvaise farce. Un homme avait même crié :

– C'est le chef Rolok ! Il paraît qu'il est tout nu dans le cratère, en train de jouer du fouet avec les charançons. Hé, Truc, tu viens ? Tout le monde y va…

Là, c'était un peu gros… Il ne fallait pas le prendre pour un imbécile.

Il resta donc tout seul devant la grande galerie qui servait de dortoir. Le temps était doux. C'était comme une petite éclaircie dans sa terrible vie.

Truc avait tout de suite été repéré par les hommes de Jo Mitch. Un garçon sensible, gentil et triste : l'asticot idéal à jeter à un régiment de fourmis. Et les fourmis en question s'appelaient Blett, Marlou, Rosebond ou Pilou… C'étaient d'irréprochables sauvages que le gros Mitch avait recrutés sans hésiter.

L'affreux bonhomme se débrouillait aussi toujours pour embaucher dans ses troupes ce qu'il appelait une « Tête de Truc ». Celui sur lequel tout le monde peut se défouler en lui disant : « Truc, cire-moi mes bottes… Truc, donne-moi ton pain… »

L'élu devait alors oublier son vrai nom, il s'appelait Truc pour tous et pour toujours.

Truc avait donc été choisi pour ce rôle tragique dont personne n'avait réchappé jusque-là. L'histoire des autres Truc était une longue litanie de malheurs.

Le dernier Truc avait été rattrapé alors qu'il voulait fuir l'enclos. On ne sait pas exactement ce qui lui arriva après, mais la seule famille qui lui restait, sa petite sœur Lala, avait reçu un mot annonçant sa disparition. Pour unique explication, on pouvait lire deux mots : « promenade interrompue ».

Le Truc d'avant, lui, avait péri dans un jeu au cours duquel on lui avait fait manger entièrement ses deux chaussures. Il n'avait pas bien supporté le dernier lacet. La cause officielle était : « indigestion ».

Truc vivait dans l'angoisse de terminer de la même manière. Le seul moyen pour en réchapper était de tout faire le mieux possible. Il obéissait à chacun, courait d'une mission à l'autre, faisait la vaisselle pour cinquante, mangeait son bonnet à la demande. Mais ses collègues s'étaient juré d'avoir sa peau comme les autres et les corvées étaient de plus en plus lourdes.

C'était un vrai sport dans la clôture. Ça s'appelait « finir un Truc ». Il s'agissait de pousser le Truc jusqu'à sa dernière limite. Le faire craquer. C'est Rolok lui-même qui avait fini les deux dernières Têtes de Truc. Il s'en vantait et gravait une croix dans son chapeau à chaque victime.

Truc avait fait une erreur, une seule erreur. Il avait perdu son fouet dans la boue quelque part. Si quelqu'un le disait au chef, il était fichu. Il fuyait donc Rolok le terrible.

Quand il l'aperçut au loin, une sueur glacée commença à couler dans son cou. Rolok errait devant la galerie déserte. Il n'avait pas encore remarqué Truc qui se retourna et se pencha sur sa boîte pour ne pas être reconnu.

Truc avait bien fait de ne pas croire les autres. L'histoire de Rolok tout nu dans le cratère était une invention complète puisqu'il était là, juste derrière lui, avec son chapeau enfoncé sur la tête. Pourtant ils étaient tous partis vers ce fichu cratère. Est-ce qu'ils lui préparaient encore un mauvais coup ?

Truc restait accroupi derrière sa boîte, la tête rentrée dans les épaules. Il entendit alors une voix, sûrement celle de Rolok, qui disait dans son dos :

– Je cherche un certain Truc.

Truc répondit d'une voix cotonneuse :

– C'est moi.

Il prit le temps avant de se retourner.

La minute suivante se passa comme au ralenti. S'il y avait eu un témoin habitué à la vie dans l'enclos, il n'aurait pas pu en croire ses yeux.

Jamais une pareille scène ne s'était déroulée dans ces lieux.

Truc tourna lentement la tête.

Il découvrit Rolok, dressé devant lui, le chapeau enfoncé presque jusqu'au menton. Truc se recroquevilla. Mais la silhouette de Rolok commençait à reculer pas à pas, comme prise de tournis. Truc écarquillait les yeux. Qu'est-ce que ce diable de Rolok allait encore inventer ?

Truc vit alors le petit bonhomme s'immobiliser, et, d'un geste brutal, enlever son chapeau. Stupeur ! Là, sous le chapeau, il n'y avait pas la face jaune de Rolok. Il y avait un visage aimable et familier. Le visage d'un enfant de treize ans : Tobie Lolness, le garçon des Basses-Branches, le fugitif le plus recherché de l'arbre. Tobie !

Truc se redressa. Son corps semblait se déplier pour la première fois depuis qu'il était entré dans ce terrible enclos. Il ouvrit même les bras en grand.

Le plus extraordinaire n'était pas encore arrivé. Tobie était resté d'abord figé de stupeur, mais progressivement ses traits s'animèrent. Un sourire bouleversé trempa ses yeux puis ses joues.

Dans un élan, Tobie sauta dans les bras ouverts, en criant :

– Mano, c'est toi, Mano ?

Truc le serra très fort contre lui.

– Non, Tobie… Ce n'est plus moi.

Ils restèrent un moment à s'étreindre. Aucun des deux n'avait tenu un ami dans ses bras depuis longtemps. Ce simple geste gonflait autour d'eux une bulle d'air bleutée.

Le temps passa dangereusement. Quelqu'un pouvait surgir à tout moment, mais ils se sentaient protégés. Tobie finit par murmurer :

– Qu'est-ce que tu fais là, Mano Asseldor ? Tes lettres… Tes lettres parlaient de…

– Oui, fit Mano, d'une voix étranglée… Est-ce que ces lettres n'ont pas fait plaisir à ma famille ?

– Mais c'était faux ! cria Tobie. Tu es l'esclave des pires esclaves de Jo Mitch… Tu as menti.

– Tobie ! Est-ce qu'ils n'étaient pas heureux de ces lettres ?

Tobie ne put dire un mot de plus. Mano avait tout inventé pour faire rêver sa famille. Il avait échoué partout, erré des semaines entières, mendié pour un bol de semoule d'aubier. Et puis, il s'était engagé chez Jo Mitch. Le dernier recours des hors-la-loi et des paumés.

Au fil de ses lettres, il s'était inventé une autre vie, dans la vente… Une vie pleine de gloire. Celle qu'il aurait tant aimé vivre, celle qui inspire la fierté à des parents, à des frères, à deux sœurs adorées.

– Je t'emmène, Mano, dit Tobie.

Mano demeura silencieux.

– Je t'emmène. Je retourne dans les Basses-Branches. Tout le monde sera heureux de te voir.

– C'est trop tard, répondit Mano. Laisse-moi… Ne dis rien à personne. Oublie-moi.

Tobie s'écarta brusquement du fils Asseldor.

– Jamais ! Je ne te laisserai jamais. Dépêche-toi, ils vont revenir. Rolok va donner l'alerte.

– Non.

– Vite, Mano. Ils arrivent. Je sais comment sortir. Nous serons demain à Seldor.

– Tu ne connais pas la honte, Tobie. C'est pire que la mort.

– Non, c'est faux ! Rien n'est pire qu'ici.

Tobie tira le bras de Mano. Des clameurs commençaient à s'élever du cratère. Ils ne pouvaient pas rester là. Tobie attrapa un gourdin en bois qui traînait devant le dortoir. Il le prit à deux mains, le souleva très haut et l'abattit sur la grosse boîte de Marlou. Elle se brisa en morceaux. Mano le regarda, stupéfait, il cria :

– La boîte !

– Puisqu'il n'y a que la peur qui te fait bouger…

– Qu'est-ce que je vais dire à Marlou ?

– À toi de voir. Je m'en vais… Adieu, Mano.

Il commença à courir, mais Mano le rappela :

– Tobie ! Attends.

Tobie s'arrêta. Il vit Mano se baisser, ramasser le gourdin, et frapper à son tour avec une immense violence sur les derniers restes de la boîte de Marlou. Mano enchaînait les coups, sans s'arrêter, il ne restait que des miettes sur le sol, mais il continuait à s'acharner en tapant avec le morceau de bois. Tobie lui arrêta le bras.

– Ça suffit, maintenant. Viens.

Ils partirent tous les deux. Les cris se rapprochaient derrière eux. Mais quand ils franchirent le trou dans le grillage, ils s'arrêtèrent un instant.

– Merci, Tobie, chuchota Mano.

Tobie avait retiré son manteau qu'il avait jeté sur le sol, Mano fit comme lui. Ils lancèrent leur chapeau en l'air.

– On rentre à la maison, dit simplement Tobie.

Et ils s'élancèrent vers la liberté.

Quand les poursuivants de Mano Asseldor et Tobie Lolness arrivèrent au trou dans la clôture, ils reçurent l'ordre d'interrompre les recherches. Rolok rassembla les troupes.

Dix rangs de quatre ou cinq hommes s'étaient formés. Rolok apparut devant eux, habillé d'un peignoir qui lui arrivait aux chevilles et dans lequel il se prenait les pieds. Rolok n'était plus jaune, il était transparent. Ses lèvres violettes étaient pincées en cul de mouche.

Il passa devant les troupes qui avaient beaucoup de mal à garder leur sérieux devant lui.

Rolok avait absolument refusé de dire comment il s'était retrouvé tout nu dans le cratère au milieu du troupeau. Il avait juste dû reconnaître que Tobie n'y était pas pour rien. On l'avait sorti de là, choqué, sur un brancard, et une troupe joyeuse avait accompagné le chef jusqu'aux dortoirs.

Maintenant il tentait de ne pas s'évanouir de honte devant ses hommes rassemblés.

Et surtout devant Jo Mitch qui apparut dans l'encadrement de la galerie, accompagné de ses deux ombres, Torn et Limeur.

Jo Mitch venait d'arriver de la clairière des bûcherons et avait retrouvé son enclos dans un état proche du chaos. Asphyxié de fureur, il avait du mal à respirer et aurait bien voulu étrangler quelqu'un…

Limeur lui annonça que Truc avait aussi disparu. Tout le monde se tourna vers Marlou en souriant. Il était tout rouge et se tortillait dans son rang.

On venait de retrouver sa boîte écrasée. Il avait toujours laissé croire qu'elle était pleine d'armes et de couteaux, mais les morceaux retrouvés ne montraient la trace que de petits jouets pour enfants, une toupie, des dominos, deux poupées de mousse, et une carte signée « Maman », avec écrit en grosses lettres fleuries : « pour mon Marlounet qui aime toujours les joujoux ».

Le grand Marlou ne faisait plus le même effet à ses collègues. Il avait d'ailleurs l'air beaucoup moins grand, tout aplati par le ridicule.

Un autre homme s'avança, il tenait un manteau à la main. Il le tendit à Jo Mitch.

– On a aussi trouvé ça derrière la clôture. Tobie Lolness a dû s'en servir pour s'échapper. Il y a une étiquette
avec un nom : W. C. Rolok.

Jo Mitch fit un signe à Torn qui prit le manteau. Tous
les yeux étaient fixés sur Rolok qui ressemblait à un
vieux caramel mâché, collé dans un peignoir.

Torn interrogea Rolok :

– Ça te dit quelque chose ?

– Je… Je… Oui, c'est mon nom… Je crois…

– Non, bafouilla Mitch.

Il s'avança en secouant la tête, attrapa le manteau et
regarda l'étiquette en disant toujours non. Ses grosses
bajoues claquaient quand il bougeait de gauche à droite.

– Mais si ! gémit Rolok. Je vous jure que c'est mon
nom.

– Non, glapit encore Jo Mitch.

– Mais, Grand Voisin, vous savez bien, je suis
Rolok… W. C. Rolok, votre chef d'élevage.

Jo Mitch s'éloignait déjà. Torn et Limeur tenaient
Rolok à distance.

– Mais enfin, gémit Rolok, je vous en supplie ! Je
suis qui moi, alors ? Je suis qui ? C'est quoi mon nom ?

Jo Mitch se retourna une dernière fois. Dans un de
ces hoquets dont il avait le secret, il répondit :

– Truc.

Un seul mot avait suffi. Rolok était cuit.

13

La veuve noire

L'élevage de Jo Mitch Arbor ne se situait qu'à quelques heures de marche des Basses-Branches. Mano venait donc de passer des mois tout près du petit paradis de Seldor, et de sa famille. Mais il en était séparé par le plus haut des remparts : la honte.

Maintenant, progressant vers les Basses-Branches, mettant ses pas dans ceux de Tobie, Mano retrouvait un peu d'espoir. Il prenait même auprès de son jeune guide une vraie leçon de confiance et de courage.

Pourtant, par moments, Mano regardait autrement ce garçon qui virevoltait entre les branches devant lui. Qui était-il exactement ?

Mano avait connu le Tobie venu des Cimes, ce Tobie arrivé dans les Basses-Branches à sept ans à peine, avec ses parents et rien d'autre. Il avait vu ensuite grandir le Tobie des Basses-Branches, l'enfant malin, agile, feu follet de l'arbre, curieux de tout, qui débarquait à Seldor les yeux brillants.

Mais il y avait un troisième Tobie, celui dont tout le monde parlait depuis quelques semaines.

Mano avait suivi par la rumeur les derniers épisodes de la vie des Lolness. Il avait appris qu'ils étaient remontés vers les Cimes, mais il ne savait pas pourquoi. Il avait ensuite entendu parler du drame : ce qu'on avait appelé « la trahison des Lolness ». On parlait de « complot contre l'arbre », de « crime irréparable ». Une simple famille, les Lolness, avait trahi le reste de l'arbre. Ils avaient été condamnés à mort, mais un petit groupe du Conseil de l'arbre était parvenu à changer la peine des trois coupables en prison à vie. S'il était retrouvé, Tobie rejoindrait ses parents en captivité. Chacun s'attendait même à ce que la condamnation se durcisse à nouveau. En effet, le Conseil de l'arbre perdait peu à peu tous ses pouvoirs au profit des Comités de voisinage.

Un jour, c'était certain, les Lolness seraient exécutés.

Quand il s'arrêtait pour souffler, Mano se disait qu'il suivait peut-être un dangereux terroriste. Mais quand il voyait Tobie tourner la tête vers lui, il retrouvait ces mêmes yeux clairs du Tobie de toujours. Un garçon de treize ans qui bondissait, pieds nus, attentif à chaque hésitation de son coéquipier, lui indiquant les périlleux passe-branches, le faisant boire avant lui dans les flaques.

Mano devait surtout s'avouer qu'il accordait plus de confiance à Tobie qu'à Jo Mitch et à ses fameux Comités de voisinage.

À son arrivée dans les hauteurs, trois ans plus tôt, complètement perdu et sans un sou, Mano avait pu assister à la montée en puissance des Comités de voisinage.

Ce n'était à cette époque que quelques associations de voisins qui, voyant augmenter la population de l'arbre, s'étaient rapprochés pour défendre leurs coins de branche.

Jo Mitch les avait très vite soutenus. Il n'était qu'un gros éleveur de charançons, incapable de prononcer un mot de plus d'une syllabe. Mais, après six mois de leçons, il en avait appris un de cinq syllabes : « so-li-da-ri-té », un mot long mais magique. Jo Mitch se traînait dans les branches en répétant le mot « solidarité » et en serrant des mains.

Tout le monde était ébloui qu'un homme qui avait aussi bien réussi puisse passer ses journées à dire « solidarité » dans les branches. En fait, Mitch disait le plus souvent « sodilarité », ou « sotilaridé », ou encore « soriladité », mais, pour la foule, l'impression était la même.

Mano, alors qu'il venait d'arriver dans les hauteurs, avait un jour réussi à serrer la main de Jo Mitch. Cela faisait beaucoup d'effet, c'est vrai. Mano, fraîchement immigré, affamé, avait serré cette grosse main molle et moite qui incarnait la réussite. Oui, ce Mitch avait quelque chose. Il était proche des gens.

Jo Mitch avait ensuite proposé aux Comités de voisinage son Plan populaire de bon voisinage.

Il proposait de creuser gratuitement, au début de chaque branche, de grandes cités de bienvenue. C'était en fait des trous en série, façon bois vermoulu, où l'on parquait tous les candidats à l'installation. Cela permettait de préserver la vie des quartiers traditionnels. Les Comités de voisinage recueilleraient la moitié du prix des loyers, l'autre moitié étant versée au constructeur, Jo Mitch Arbor.

À regarder le résultat du vote, tout le monde était enthousiasmé par cette généreuse proposition. Ceux qui ne l'étaient pas n'avaient d'ailleurs pas été invités à voter.

Les charançons de Jo Mitch affluèrent dans les branches pour creuser les cités de bienvenue. Mano eut pendant cette période un peu de travail dans ces chantiers. Il pouvait manger un repas de temps en temps et dormir au sec. C'était l'époque où, dans ses lettres, il créait sa deuxième entreprise de vente et achetait sa quarante-troisième cravate. C'était l'époque où il glissait dans ses lettres des phrases comme « Mon assistant m'appelle, je dois vous laisser » ou « J'héberge en ce moment une jeune chercheuse en économie qui ne me déplaît pas ». Tout était faux. S'il avait été sincère, il aurait écrit : « Aujourd'hui, j'ai fait cuire un bout de ma ceinture. Ce n'est pas si mauvais. Vous me manquez. Je veux revenir à la maison. »

La dernière étape du plan Mitch visait le Conseil de l'arbre. Petit à petit il se débrouilla pour affaiblir le Conseil et le ridiculiser. Il suffisait de saupoudrer des petits jeux de mots ou d'insister sur la première syllabe de Con-seil. On disait le « con-con-seil ». On commençait à dire « ces messieurs du con-con-seil », puis « le vieux Rolden qui n'a plus toute sa tête », enfin « les vieux » ou « les vieux croûtons ».

Comme Jo Mitch faisait lui-même partie du Conseil, on trouvait très courageuses ses critiques. On disait : « Jo Mitch parle pour le peuple. Il prend des risques. »

Il avait fini par démissionner du Conseil. En partant, il cracha sur le conseiller Rolden. Et il y eut quelques idiots pour répéter que c'était vraiment courageux de cracher sur un homme de quatre-vingt-dix-huit ans qui représentait l'ancien pouvoir.

Aussitôt, le Conseil de l'arbre cessa d'être écouté. Tous les regards se tournèrent vers les Comités de voisinage qui décidaient chaque jour de nouvelles lois. C'est à ce moment-là que Jo Mitch fut nommé Grand Voisin. Il présidait l'ensemble des Comités de voisinage. L'interdiction des livres et des journaux fut enfin votée.

Mano comprit très vite la méthode Mitch. C'était tout le contraire de ce qu'il avait appris à Seldor, dans sa famille. Mais la faim et la peur étaient plus fortes que tout. Il s'engagea comme volontaire chez Jo Mitch Arbor.

C'est ainsi que Mano devint l'esclave de la peur.

À côté de lui, le jeune Tobie, traqué, mis à prix, pourchassé, paraissait plus libre qu'un papillon.

La nuit tombait. Si bas, dans les branches, les changements de lune sont très peu sensibles. Mais Tobie devinait à la pâle lueur qui éclairait son chemin, qu'il

devait y avoir un premier croissant de lune. Les dernières nuits avaient été complètement noires et la lune n'allait cesser de grandir tout au long du mois. Pourtant, un lointain grondement annonçait un orage. Un éclair dessina des ombres autour d'eux. Déjà, la lune disparaissait.

Tobie remonta son col. Il entendit derrière lui :

– Tobie…

– Oui, Mano ?

– Tu n'as pas une cravate à me prêter ?

Tobie croyait rêver.

– Une cravate, Mano ?

– Quand on fait de la vente, on doit avoir une cravate. Il faut que j'aie une cravate pour arriver chez mes parents.

Tobie s'arrêta.

– Mano…

– Je vais dire à ma famille que j'ai pris quelques jours pour venir les voir, je ne veux pas leur avouer tout de suite la vérité.

Tobie réalisa calmement :

– Tu ne vas pas recommencer à leur mentir ?

– Je… Euh… Un jour, je leur dirai tout.

Un retentissant coup de tonnerre l'interrompit. L'orage venait. Tobie s'était tourné vers Mano.

– Tu veux dire que j'ai risqué ma vie pour un menteur, que je suis en train d'aider un menteur à rentrer chez lui ? C'est ça ?

– Je ne fais pas ça pour moi, expliqua Mano. Je veux juste ne pas les choquer.

– Très bien, Mano. Tu as sûrement raison. Bonne chance !

Mano avait baissé la tête pour voir où il posait son pied. Quand il releva les yeux, il était seul.

– Tobie… ? Tu es là ?

Non. Tobie n'était plus là. L'ombre d'une gigantesque feuille morte passa sur Mano. Il était seul au milieu de nulle part. Il ne savait ni où il était, ni où il devait aller. En un dixième de seconde, Tobie s'était volatilisé dans l'air.

– Je t'en supplie, Tobie, cria-t-il. Je t'en supplie, reviens…

Sa voix résonna dans l'obscurité :

– Tobiiiiiiiiie !

Il n'y eut que le sifflement du vent pour lui répondre. Mano s'effondra contre l'écorce. Il sentit une goutte de pluie qui lui tombait dessus. Puis une autre, à côté. Mano resta là, incapable de se relever et de faire un pas. La pluie tombait plus fort. L'orage grondait.

On n'imagine pas ce que représente une goutte de pluie quand on mesure moins de deux millimètres. En quelques instants, Mano était à essorer. Il sanglotait à l'endroit exact où Tobie l'avait abandonné.

– Je dirai toute la vérité, Tobie… Je ne mentirai plus jamais…

Au début, il n'entendit pas le vrombissement qui approchait.

En une demi-minute, ils étaient là, dans un vacarme bourdonnant. Un nuage de moustiques qui cherchaient un refuge sous l'orage. Apercevant Mano, désarmé sur la branche, ils filèrent en grappe vers lui. Avec quelques oiseaux et d'autres insectes, les moustiques étaient parmi les plus dangereux prédateurs de l'arbre. Une seule piqûre suffisait à vider de son sang un homme vigoureux.

Cette fois-ci, ils étaient bien quinze à tournoyer autour de Mano. Des moustiques à la trompe aiguisée comme une lame, qui avaient oublié la pluie et le vent, surexcités par le sang chaud qui coulait dans les veines de Mano.

Perdu sur sa branche, sans défense, au milieu des éclairs qui déchiraient l'air, le pauvre garçon vit venir son dernier instant. Les battements des ailes des moustiques faisaient voler en éclats les gouttes de pluie. Une brume d'eau enveloppait cette armée sanguinaire.

Où était passé Tobie ?

L'orage qui déversait des flots de pluie ne suffisait pas à disperser les moustiques. Mano parvenait encore à les repousser en agitant bras et jambes et en poussant des cris d'horreur. L'un des moustiques avait réussi à l'atteindre au ventre, lacérant son vêtement, éraflant à peine la peau.

Mano vit alors rouler vers lui, le long de l'écorce, une vague d'eau dans laquelle apparaissait parfois le pantalon rouge de Tobie. Les moustiques reprirent un peu d'altitude pour laisser passer ce torrent.

– Accroche-toi, Mano !

Mano n'eut que le temps de voir sortir de l'eau une main qui l'agrippa en passant et l'attira dans sa dégringolade. Tobie et Mano roulèrent ainsi plusieurs secondes, sur la pente de la branche, sans pouvoir respirer.

Puis ils ne sentirent plus rien sous eux. Ils se retrouvèrent en suspension dans l'air.

Tobie passa ce temps à revoir sa courte vie qui s'achevait dans cette chute. Il se disait que cela avait été une belle vie malgré tout. À treize ans, il avait vécu bien des choses. Il pensa à ses parents qui n'entendraient plus parler de lui. À la famille Asseldor.

Il pensa à Elisha.

Elle lui avait dit au revoir au bord de leur lac, un mois plus tôt.

Elle n'aimait pas les adieux. Elle portait sa robe verte. Les pieds dans l'eau jusqu'aux chevilles, elle soulevait un peu le bas de sa robe. Tobie avait roulé son pantalon aux genoux. Aucun des deux ne pouvait regarder l'autre. Ils contemplaient l'eau qui dessinait des ronds autour de leurs jambes. Elle n'avait pas fait de grandes phrases.

– Tu pars ?

– Oui, mais je vais revenir, répondit Tobie.

– Tu dis ça…

– C'est vrai, je vais revenir, répéta Tobie. Je remonte juste dans les Cimes, pour ma grand-mère, et je reviens.

– On verra.

– Non, on verra pas, Elisha. Tu me crois pas ?

Elisha lâcha sa robe, comme si elle n'avait plus rien à faire qu'elle soit mouillée. Elle avança même d'un pas dans l'eau. Tobie était un peu en retrait. Il imita le bruit de la cigale. C'était leur signe de reconnaissance.

171

– Quand je reviendrai, je ferai la même chose. Il y aura encore une cigale pour chanter à l'automne. Ce sera moi.

Elisha avait répondu par une phrase très dure :

– Tu sais, des cigales, dès l'été prochain, il y en aura plein les Basses-Branches… Alors… On va pas arrêter de vivre…

Elle faisait ça, Elisha, parfois. Des petits coups de poignard avec les mots. C'était toujours quand elle était triste.

Tobie ne dit plus rien. Il posa sur l'eau une petite coquille rouge vif qu'il avait trouvée, et il s'en alla. La coquille dériva très lentement vers Elisha. Elle la cueillit quand elle vint s'échouer sur les plis de sa robe qui flottait, formant de longues plages de soie verte.

Elisha ne rentra chez elle que très tard, la coquille rouge dans le creux de la main.

Tobie repensa aux dernières paroles d'Elisha : « On va pas arrêter de vivre. » Il se les répétait alors qu'il ne cessait de chuter dans le vide.

L'averse avait cessé. Un lointain écho d'orage parcourait encore l'arbre.

Au bout de plusieurs minutes, il commença à se poser des questions. Il se sentait comme sur un matelas d'air. Il trouvait cette chute bien confortable. Et si c'était ça, arrêter de vivre ?

Il se disait que ce n'était pas si terrible. Il entendit une voix :

– Tobie…

Et en plus, il y avait de la compagnie ! Bonne surprise…

– Tobie… C'est moi, Mano. Tu m'entends ?

– Oui, répondit Tobie. Tu tombes aussi ?

– Non, je crois qu'on s'est arrêté. Mais je vois rien.

Tobie bougea la main. Ses gestes semblaient freinés
par quelque chose. Un peu plus loin, Mano commençait à s'agiter. Il marmonnait :

– Mais qu'est-ce que c'est que cette histoire ?

Alors Tobie hurla :

– Ne bouge pas, Mano ! Surtout ne bouge pas !

Mano se figea :

– Qu'est-ce qu'il y a ?

– Ne fais pas un seul geste.

Mano n'osa plus dire un mot.

– On est dans une toile d'araignée. On est tombé dans
une toile.

Mano et Tobie avaient été arrêtés par cette toile qui
leur avait sauvé la vie. Elle deviendrait maintenant

leur tombe s'ils ne s'en dégageaient pas avant l'arrivée de l'araignée.

Chaque mouvement risquait de les emmêler davantage dans la toile. Chaque vibration pouvait avertir l'araignée veuve noire qu'il y avait deux biftecks dans le filet à provisions.

Tobie considéra la situation le plus calmement possible. Il connaissait bien les araignées. Il savait repérer la toile en chausse-trappe de la veuve noire. Son père, Sim Lolness, avait passé son doctorat en écrivant une thèse sur les arthropodes, consacrant trois chapitres à la veuve noire, mortellement dangereuse.

Par ses travaux, Sim avait encouragé dans l'arbre l'utilisation de la soie d'araignée, beaucoup plus fine et résistante que n'importe quel fil végétal.

Mais Tobie avait surtout appris qu'une proie prise au piège de la toile disposait de quelques minutes au maximum avant que l'araignée ne décèle sa présence.

Tobie tira sur un fil de la toile. Il l'embobina autour de son poignet. Il devait accumuler assez de fil sans affaiblir la structure qui les portait. En même temps qu'il travaillait, il donnait ses instructions à Mano :

– Découpe la toile autour de toi. En cassant fil après fil… Tu ne laisses que ceux qui te soutiennent.

Mano obéissait. Il avait encore son petit couteau Jo Mitch Arbor.

Tobie réussit à rassembler une grosse bobine de filin de soie. Il n'y avait maintenant autour de lui que des mailles très larges. Il fixa le bout du fil sur une de ces mailles, et lâcha la bobine.

En quelques secondes, il avait réussi à traverser la toile et se laissait glisser le long du fil. Il entendit la voix de Mano au-dessus de lui :

– Tobie, j'ai presque tout coupé.

Tobie répondit :

– Je suis en dessous. Quand je te le dirai, tu te laisseras tomber sous la toile. Ne perds pas une seconde. Quand je crie, tu lâches.

– Je vais tomber dans le vide !

– Fais ce que je te dis. Je t'attraperai. Saute à mon signal.

– Je ne peux pas.

– Tu peux, Mano.

– J'ai peur.

– Oui, Mano. Enfin une vraie raison d'avoir peur. Profites-en. Tu vas sauter.

Et Tobie commença à se balancer au bout de son fil. Toutes les deux secondes, il passait exactement sous Mano, comme le balancier d'une horloge. Il calcula qu'il devait donner le signal juste avant, pour pouvoir récupérer Mano dans sa chute.

Mano était au-dessus du vide. Il savait qu'il ne pourrait jamais sauter. Il fallait qu'il le dise à Tobie. Il devait trouver une phrase comme : « Pars, Tobie. Je préfère rester. Dis toute la vérité à ma famille. »

Il gémit :

– Tobie…

Mano sentit la présence d'une ombre juste derrière lui. C'était bizarre parce qu'il savait que personne n'aurait pu s'approcher sans faire vibrer la toile et se signaler. Personne n'avait l'habileté aérienne de faire cela. Personne.

À part peut-être…

La veuve noire ! Elle se dressait à côté de lui.

Mano entendit le signal de Tobie.

Il se précipita dans le vide.

14

Seldor

C'était un petit matin comme les autres dans la ferme de Seldor.

Mia et Maï avaient entendu gronder l'orage pendant leur sommeil. Elles s'étaient levées de bonne heure sans faire de bruit pour leurs deux frères. Les garçons avaient travaillé une partie de la nuit avec leur père, préparant une centaine de conserves pour l'hiver avec un champignon découvert aux confins de la propriété.

Après la pluie, les filles allaient toujours vers la mare aux Dames. Le grand-père Asseldor avait baptisé ainsi un fossé d'écorce polie qui se remplissait à chaque pluie d'une eau transparente. C'était le repère des dames Asseldor qui y prenaient des bains.

Mia se frottait dans l'eau avec une éponge.

– Dans un mois, il fera trop froid. J'en profite.

– Je pense que Mano a une baignoire couverte, dans sa maison des Cimes, continua Maï.

– Il a des servantes qui lui brossent le dos, des gens qui lui versent dessus des bassines d'eau tiède.

C'était leur jeu préféré. Imaginer la vie de leur frère, Mano.

Dans la famille, on ne se vantait pas. Alors si les lettres de Mano étaient aussi enthousiastes, c'était que la réalité était plus merveilleuse encore. Il disait qu'il avait deux maisons, il en possédait donc probablement quatre. Il écrivait qu'il avait cent sept paires de chaussures, c'est qu'il en avait au moins mille.

– C'est triste qu'on ne puisse pas lui écrire. Il ne met jamais son adresse, dit l'aînée.

– Moi, je voudrais lui parler de Lex, répondit Mia.

Lex était le seul fils des Olmech, une famille voisine, dans les Basses-Branches.

Lex avait suivi toute l'histoire de Mano. Il rêvait maintenant d'aller faire de la vente là-haut, comme Mano. Il rêvait aussi d'emmener Mia, la cadette des Asseldor.

Mia et Lex s'aimaient depuis un an et demi. Ça n'allait pas plus loin que des promenades main dans la main, mais c'était déjà vertigineux pour tous les deux. Il faut reconnaître qu'il était facile de tomber amoureuse de Lex, si beau avec ses yeux veloutés, et qu'on n'avait pas de mal non plus à être séduit par Mia, presque rousse, un teint de lune, les mains comme des nuages effilochés. C'était un couple sauvage et beau, d'une autre époque.

Lex n'avait pas parlé à ses parents de ses projets d'amour et de voyage. Les Olmech comptaient d'ailleurs sur leur fils pour reprendre la petite entreprise familiale : un moulin à feuilles qui donnait une farine blanche très réputée.

– Mano pourra parler aux parents.

– Oui, dit Maï.

Mia regardait sa grande sœur, aussi resplendissante qu'elle.

– C'est bizarre l'amour. Pourquoi c'est moi qui suis tombée amoureuse de Lex, et pas toi ? Tout d'un coup entre deux personnes, il se passe quelque chose. Lex et Mia. Mia et Lex. Et le reste du monde n'existe plus.

– Oui, dit Maï.

Maï comprenait très bien ce que disait sa sœur. Tout d'un coup, entre deux personnes… Et le reste du monde n'existe plus.

Car Maï aussi, depuis cinq ans, était folle amoureuse de Lex.

Elle n'avait jamais osé le dire à personne. Surtout pas à Mia. Surtout pas à Lex. Elle ne savait pas comment prononcer la première phrase : « Tu sais, Lex, je crois que… » ou « Lex, je veux te dire… » ou « Si je te disais, Lex, que… »

Et, en quelques heures, un an auparavant, sa petite sœur s'était emparée du beau Lex. Simplement, sans réfléchir, en laissant son cœur en liberté. Elle n'avait peut-être pas prononcé un mot. Elle avait peut-être juste touché la main de Lex.

Maï n'en voulait pas à Mia. Elle n'en voulait pas à Lex. Elle s'en voulait à elle-même. Mais c'était trop tard.

Maintenant, dans la mare aux Dames, Mia allait sûrement se mettre à parler de Lex. Comme si Maï restait à convaincre qu'il était doux, qu'il était bon, qu'il était fort, et tout le reste… Maï savait tout cela mieux que n'importe qui, puisqu'elle n'en dormait plus depuis cinq ans.

Elle s'écria pour changer de sujet :

– Quand Mano va revenir, je pense qu'on ne le reconnaîtra pas.

– Peut-être, dit Mia, rêveuse.

Elles se drapèrent dans des serviettes bleues, et coururent vers la maison. C'était le premier jour d'octobre, il faisait presque froid. Elles grelottaient. Elles entrèrent en même temps dans la grande pièce voûtée où brûlait déjà un feu. Elles s'arrêtèrent, stupéfaites.

Tout le monde était levé, immobile, comme dans un tableau vivant.

Leur mère se tenait debout portant une bouilloire fumante. Leurs deux frères étaient un peu derrière, appuyés contre le mur. Le père Asseldor projetait sa haute stature en contre-jour devant la fenêtre.

Il y avait, assis sur la dalle de la cheminée, un autre personnage blotti dans une couverture. La fumée du bol de tisane qu'il serrait dans ses mains voilait son visage.

– C'est moi. C'est Mano.

Les deux jeunes filles reculèrent d'abord. Un silence coula doucement le long des voûtes sombres. Mia s'approcha la première.

– Mano… ?

– Je veux vous demander pardon.

Sur une planche, à côté de la fenêtre, il y avait le

gros album où Mme Asseldor collait soigneusement les lettres de son fils. On pouvait lire dessus *Mano dans les Cimes*. Comme un titre de roman.

L'auteur se trouvait là, pauvre et dépouillé, recroquevillé dans une couverture. Il avait tout inventé. Il était comme ces écrivains un peu ternes qui n'ont rien du rayonnement de leurs héros.

Le père dit :

— Mano nous a menti. Depuis des années, il n'a pas arrêté de se tromper et de nous tromper. Il n'a pas fait un seul bon choix. Ou plutôt il n'en a fait qu'un seul : il a décidé de revenir vers nous. Ce dernier choix, il n'efface rien, mais il réparera tout.

Mano avait posé son bol et tenait sa tête dans ses mains. Oui, il était revenu. Voilà le plus important. La vie pouvait reprendre. Mais son père continuait de sa belle voix grave :

— Je veux qu'un jour Mano reparte.

Stupeur dans la salle. La famille Asseldor au complet se tourna vers le patriarche.

— Je veux que Mano réalise son rêve. Et son rêve n'est pas avec nous.

— Si, papa…, sanglota Mano.

— Non. Tu dis ça parce que tu as peur. Toujours la peur…

Le père Asseldor attrapa l'album et le jeta dans le feu. Puis, il chercha à retrouver son calme. Les flammes montaient très haut. Maï et Mia remarquèrent enfin Tobie, assis dans un angle sombre de la pièce, à côté de la huche à pain.

– Tobie ! dit Maï. Tu es là ?

– Il nous a ramené Mano, dit la mère.

Le père Asseldor reprit la parole :

– Pour le moment, Mano et Tobie sont en danger. Ils sont recherchés. Il faut les cacher. Mano repartira quand tout sera fini.

– Cachez d'abord votre fils, dit Tobie. Je me débrouillerai. Vous ne pouvez pas avoir deux fugitifs à Seldor. Ce serait dangereux pour toute votre famille.

Maï s'exclama :

– On ne peut pas laisser tomber Tobie…

Mia n'était pas capable de dire un mot. Elle regardait Mano. Puis les flammes qui dansaient. Elle voyait dans quel état avait fini son rêve. Et celui de Lex, son amoureux, qui se brisait en même temps.

Milo, le frère aîné, continua :

– Tobie, au moins, ne nous a jamais menti, lui.

Tobie laissa passer un instant, et il dit :

– Votre frère a déserté l'armée de Jo Mitch. Il va être massacré s'il est retrouvé. C'est moi qui lui ai fait quitter son poste. Je veux que vous vous occupiez de Mano.

Le silence revint. L'album avait presque fini de brûler. Mano entendit la voix de son père qui disait :

– Derrière les flammes de la cheminée, il y a une plaque carrée. Derrière cette plaque, il y a une toute petite pièce avec une aération. Une seule personne peut s'y cacher. On va sûrement vous chercher pendant plusieurs semaines, vous ne pouvez pas rester à deux dans ce trou.

– Cachez Tobie, dit Mano, la gorge serrée.

– Non, murmura Tobie, je vais juste me reposer une nuit et je descendrai vers Onessa, chez moi.

Un des deux frères, Milo, sortit de l'ombre.

– Je vais te conduire chez les Olmech. C'est à une heure d'ici, à peine. Tu pourras y passer le reste de la journée, et la nuit. Personne n'ira chez eux pour te trouver.

Mia frissonna en entendant le nom des Olmech. Le père semblait hésitant.

– Je ne sais pas s'il faut mettre les Olmech dans cette histoire. Je les aime beaucoup, mais…

– Papa, interrompit Milo, si Tobie et Mano sont recherchés, on aura une visite dès aujourd'hui. Il faut se dépêcher. Les Olmech ont une cave où ils mettent la farine de feuilles, sous le plancher. Tobie pourra dormir là une nuit.

Tobie se leva.

– J'y vais, je ne connais pas bien les Olmech, mais si vous pensez qu'on peut leur faire confiance… Je n'ai pas besoin de toi, merci, Milo, dit-il au frère Asseldor. Je préfère ne pas leur parler du retour de Mano.

Mia s'assit sur une chaise, soulagée : Tobie n'allait pas parler de Mano à Lex Olmech. Elle lui raconterait tout plus tard.

Dans un torchon, Mia rassembla du pain, des rouleaux de viande de sauterelle, et d'autres friandises. Tobie jeta le baluchon sur son épaule. Il serra dans ses bras chaque membre de la famille. Quand il arriva devant Mano, il lui dit tout bas :

– Rappelle-toi ta promesse.

Et il prit les deux mains de son ami dans les siennes.

Puis, Tobie passa la porte.

La famille Asseldor, regroupée autour de la fenêtre, le vit s'éloigner et disparaître au bout du chemin d'écorce.

Mano avait fait une promesse à Tobie. Il avait juré en collant son front contre celui de Tobie, comme on fait dans les branches de l'arbre.

Cela se passait juste après le grand saut de Mano, dans la toile d'araignée. Il avait été rattrapé à la dernière seconde par Tobie, pendu à son fil.

L'un au-dessus de l'autre, ils descendaient le long du câble de soie. Après quelques minutes, Mano dit :

– On est au bout.

– Parfait, dit Tobie, monte sur la branche.

– Mais…

– Vite !

– … Il n'y a pas de branche…

Le fil était beaucoup trop court. La branche devait être plus bas, à une très grande distance. Que faire ? S'ils lâchaient le fil, ils se briseraient en morceaux à l'arrivée. S'ils remontaient, ils se retrouveraient bientôt nez à nez avec l'araignée.

Le temps passa. Ils étaient suspendus dans l'air et leurs forces commençaient à faiblir. Tobie parla le premier :

– Quand on est comme ça, en grand danger, il faut faire des promesses. On a si peu de chances de s'en sortir, qu'on peut faire des promesses sérieuses…

– Moi, dit Mano, si on survit…

Mano hésita, il cherchait ce qui avait changé en lui. Il reprit :

– Si on survit, je ne serai plus jamais le même.

Il était remonté à la hauteur de Tobie, et leurs fronts se touchaient. Mano ajouta en rouvrant les yeux :

– Si on survit, je n'aurai plus peur de rien… Je serai un homme couraaa… Aaaaaaaaaaaahhhhh !

Il hurla d'épouvante. Juste en face de lui se creusait le grand suçoir de l'araignée veuve noire, prête à l'avaler. Ses yeux durs perçaient l'obscurité.

Affamée, elle s'était jetée dans le vide à leur poursuite et descendait à côté d'eux au bout d'un fil qu'elle tissait au fur et à mesure. Ses pattes faisaient cinquante fois la taille des jambes de Tobie.

C'est Mano qui réagit le premier.

– Remonte, Tobie, je m'occupe d'elle.

Il avait sorti son couteau et l'agitait en rond comme les ailes d'un moulin.

Tobie cria :

– Je reste avec toi.

Il fit un mouvement de balançoire et la veuve noire dut comprendre que son casse-croûte n'allait pas se laisser avaler comme un biscuit sans défense. Elle rabattait ses pattes quand le couteau de Mano passait trop près d'elle, mais les renvoyait aussitôt comme des fléchettes.

C'était un monstre d'araignée un peu poilue, de plus en plus agitée. Tobie eut quand même envie de crier :

– Elle ressemble à ma grand-mère !

Le combat était trop inégal. L'araignée n'avait pas dû être flattée par la comparaison de Tobie, elle donnait des coups de pattes sans pitié. Elle allait les assommer, les tuer, et les aspirer goutte après goutte avec son suçoir gluant.

– Alors ? C'était quoi, ta promesse ? hurla Tobie.

– Être courageux !

Tobie croisa le regard de Mano qui faisait tournoyer son couteau, et lui dit :

– Pour le moment tu tiens ta promesse, Mano !

L'une des pattes désarticulées de l'araignée vint fouetter le fil de soie des deux compagnons. Il y eut une secousse. Tobie et Mano descendirent d'un millimètre au moins. La seconde d'après, leur fil chutait encore d'un niveau. La veuve noire se mit sur ses gardes.

– Bouge, Mano, fais des mouvements ! Il faut tirer sur notre fil !

Le fil commença à descendre par violentes secousses. Tobie avait compris que la toile où était fixé leur câble se défaisait comme une maille de laine sur laquelle on tire. L'araignée, elle, ne comprenait rien du tout. Elle restait prostrée, regardant s'éloigner vers le bas ces appétissants bouts de viande.

Finalement, le fil se dévida en tournoyant comme une pelote. Tobie et Mano chutèrent à grande vitesse. L'araignée, elle, tentait de remonter avant que sa toile soit un trou béant.

Par miracle, les deux compagnons rebondirent sur une feuille et s'immobilisèrent.

Mano regarda Tobie dans l'ombre.

– On est où ?

Tobie plissa les yeux pour mieux voir, mais c'est la douce odeur d'humidité et de champignon qui lui permit de dire d'une voix forte :

– On est arrivé. Voilà les Basses-Branches.

Une heure plus tard, ils arrivaient à Seldor.

Quand, un peu plus tard, Tobie quitta Seldor, en route vers le moulin des Olmech, il prit son temps. Les paysages des Basses-Branches lui faisaient oublier sa fatigue. Des pucerons détalaient à son passage. Il délogea une grosse mouche qui pondait. Il marchait les bras écartés pour se remplir de l'air de son pays. Souvent, ces dernières semaines, il avait cru qu'il ne reviendrait pas. Maintenant il se glissait entre les lianes, reconnaissait les collines d'écorce verte et les grottes ruisselantes.

Enfin, il se permit de penser à ses parents. Cette pensée lui souleva le cœur. Il gonfla ses poumons.

Sim et Maïa Lolness étaient captifs, enchaînés quelque part dans les hauteurs. Reverraient-ils aussi les Basses-Branches, un jour ? Tobie voulait le croire.

Par-delà les distances, il chuchotait à ses parents :

– Je vais bien. Je vous attends.

C'était une carte postale écrite dans l'air. Tobie imaginait qu'une brise tiède ascendante, ou bien le flux secret de la sève brute, élèverait ces mots vers là-haut.

Et là-haut, en effet, dans un cachot puant, un homme se tourna vers sa femme. Il semblait très amaigri. Sa chemise déchirée était bien boutonnée jusqu'au col. Il se tenait droit sur une bûchette moisie. À travers les barreaux, il voyait un gardien à chapeau, ronflant devant sa bière de mousse.

La femme avait posé ses deux mains, l'une dans l'autre, sur sa robe sale. Ses yeux étaient secs, parce qu'elle n'avait plus de larmes pour pleurer.

L'homme dit :

– Ma jolie Maïa…

La femme ne répondit pas, mais ces mots lui avaient fait l'effet d'une écharpe chaude sur les épaules.

– Ma Maïa, je crois que notre fils va bien.

Il passa son bras autour de la taille de sa femme.

Sim Lolness souriait.

15

Le moulin

Quand elle vit Tobie, Mme Olmech grimpa sur une chaise en poussant des petits cris.

Drôle d'accueil pour un jeune ami de treize ans, à bout de forces.

Tobie était arrivé vers dix heures du matin. Il pensait trouver tout le monde à la maison. Quand il a plu, les meuniers ne peuvent pas ramasser les feuilles pour les moudre. Elles sont mouillées et donnent une bouillie qui n'a rien à voir avec la bonne farine de feuille dont on fait le pain blond et les pâtisseries.

Il n'y avait que Mme Olmech dans sa cuisine. Elle était en train de nettoyer le chariot à feuilles avec une éponge. C'était un chariot gris, comme un cube à roulettes, avec une ouverture au-dessus, et une autre en dessous pour décharger les morceaux de feuille dans la cave.

Elle arrêta enfin de couiner.

– Mais... Qu'est-ce que... Qu'est-ce que tu fais là ?

Tobie se passa la main sur le visage.

– Je suis désolé de vous déranger, madame Olmech. J'ai besoin d'aide.

– Je… Mon mari n'est pas là. Je ne sais pas… Tu veux quoi, mon petit ?

– Et votre fils ? Il n'est pas là non plus ?

Mme Olmech descendit de sa chaise.

– Lex est parti ce matin, il reviendra demain. Il est allé chercher des réserves d'œufs tout en bas.

Tobie tressaillit.

– En bas ?

– Près de la frontière…

– Ah…

– Chez les Lee. Elisha Lee et sa mère.

– Ah…, répéta Tobie.

– On fait des stocks pour l'hiver. Les cochenilles ont bien pondu. Mais, dis-moi, toi…

– Et elles vont bien ?

– Qui ça ? Les cochenilles ?

– Elisha et sa mère…

– Je crois bien. Je ne sais pas.

Tobie laissa échapper un long soupir.

– Qu'est-ce que tu veux, toi, petit ? demanda la mère Olmech en se penchant sur lui.

D'un coup, Tobie avait envie de prendre ses jambes à son cou et de filer vers Elisha. Il resta silencieux un instant. Ses yeux s'alourdirent et il chancela.

La femme poussa la chaise vers lui. Il resta debout, accroché au dossier. La fatigue se faisait soudainement sentir. La mère Olmech dit :

191

– Je croyais que tu étais dans les hauteurs. On parle de vous, les Lolness… On dit que vous avez eu des problèmes.

– J'ai besoin de me reposer jusqu'à demain, balbutia Tobie.

– Bah… C'est pas pratique, pour nous… Tu vois, on a deux lits seulement.

S'il n'avait pas été aussi épuisé, Tobie se serait rappelé que le lit de Lex était libre, et que la mère avait sûrement d'autres raisons de ne pas l'accueillir, mais il dit :

– Je ne veux pas de lit… Je veux me coucher dans votre cave…

– Mais…

– Je vous le demande… S'il vous plaît. Je suis…

La chaise trembla sous sa main.

– … fatigué…

Mme Olmech poussa le chariot à feuilles sur ses roues. On vit apparaître une trappe aménagée dans le sol. Elle l'ouvrit sans rien dire. Tobie se laissa glisser à moitié. Avant de disparaître, il demanda :

– Remettez le chariot au-dessus de la trappe. Ne dites à personne que je suis là. Je vous en supplie.

Elle regarda ce petit garçon au regard délavé qui lui murmura :

– Merci.

La trappe se ferma au-dessus de Tobie. Il entendit le chariot qui revenait à sa place. Une bonne odeur de farine lui caressait les narines. Il repensa à sa mère et à son pain chaud. Des tranches épaisses tartinées de beurre.

Une miette plus tard, il dormait.

Quand il se réveilla, il n'avait aucune idée de l'heure. Il avait cru entendre dans son sommeil des pas et des éclats de voix au-dessus de lui. Il se souvenait d'une sorte de grosse colère. Comme si le père Olmech, à son retour, s'était énervé contre sa femme… Mais Tobie mit cela sur le compte d'un mauvais rêve, parce que la maison semblait maintenant très calme.

Tobie s'étira. Dans le noir, il fit glisser vers lui le baluchon qu'il avait apporté de Seldor. Il dévora tout avec délices. Il reconnut les bons produits Asseldor, ces pique-niques qu'on lui donnait autrefois pour la route : des chaussons croustillants, des chips de poux, des pâtés à faire pleurer d'émotion les sauterelles qui avaient servi à les fabriquer.

Tobie se rappela qu'il n'avait pas fait de promesse au moment de l'araignée. Le réconfort que lui donna son repas lui fit jurer d'apprendre un jour à cuisiner.

Il entendit rouler le chariot. La trappe grinça et s'ouvrit. Tobie vit apparaître la tête de M. Olmech. Il affichait un grand sourire, et prenait une voix douce :

– Ça va bien, mon petit ? Lucelle m'a expliqué que tu veux te reposer ici. Reste autant que tu veux, mon petit. Tu veux manger quelque chose ?

– Merci, monsieur. J'ai ce qu'il faut.

– Bon, dit le père Olmech. Alors, c'est parfait.

Il ferma la trappe, mais la rouvrit pour ajouter :

– Dans une petite heure, on partira avec Lucelle, ramasser des feuilles, avant la nuit. En revenant, on te donnera quelque chose de chaud.

Il referma à nouveau la trappe. Le chariot revint à sa place. Tobie demeura immobile dans le noir de la cave.

Moins d'une heure plus tard, les Olmech passèrent leurs vestes de travail et glissèrent leur faucille à la ceinture. Ils firent avancer le chariot, donnèrent sur la trappe trois petits coups auxquels répondit la voix lointaine de Tobie.

– On revient bientôt, dit Olmech.

Et ils sortirent.

Mme Olmech était devant, son mari poussait le chariot derrière. Il y avait, à quelques pas du moulin, un renflement d'écorce qui marquait la fin du jardinet.

194

Là, une troupe de quinze hommes attendait.

Les Olmech sentirent leurs jambes flageoler. Mme Olmech se tourna vers son mari. Celui-ci s'avança vers le groupe. Ils portaient tous des manteaux et des chapeaux.

– Alors ? demanda un des hommes.

Le père Olmech répondit :

– Je… Tout est comme on vous a dit.

– Le petit est dans la cave, ajouta sa femme.

L'homme frotta ses mains l'une contre l'autre. Il ne regardait même pas Olmech. Mme Olmech fit un pas, en disant :

– Et l'argent ? Quand on nous le donnera ?

Un grand rire de tout le groupe accueillit cette réplique, comme la fin d'une histoire drôle. Le commando encercla la maison.

Les parents Olmech se remirent en route. Ils poussaient le chariot, le visage décomposé, suant à grosses gouttes…

– Qu'est-ce qu'on a fait, Lucelle ? Qu'est-ce qu'on a fait ?

L'équipe de Jo Mitch Arbor était constituée de ses meilleurs hommes.

C'est-à-dire des pires. La fine fleur des salopards.

Quinze hommes surentraînés qui escaladèrent le moulin par tous les côtés, aussi légers que des danseuses en tutu, mais bien mieux armés. Chaque fenêtre, chaque porte, chaque issue était surveillée. Un homme était même pendu à l'aile arrêtée du moulin.

Jo Mitch allait être content. La capture s'annonçait bien.

En une seconde, la porte fut arrachée au lance-flamme. Quatre gaillards s'engouffrèrent aussitôt. Ils avaient sur l'épaule des arbalètes. Une seconde plus tard ils étaient autour de la trappe. Un cinquième homme arriva pour l'ouvrir. Les autres assuraient la sécurité tout autour.

La trappe sauta sous un coup de massue. Les quatre arbalètes se braquèrent sur le trou noir de la cave. Pas un bruit ne s'en échappait. Tobie avait dû se rendormir. Le commando n'aurait qu'à le cueillir.

Le chef sauta le premier. Il leva sa torche et découvrit l'immense tas de farine qui remplissait la plus grande partie de la pièce. Il n'y avait rien d'autre.

L'homme sourit. Il avait tout prévu. Il fit descendre quelques hommes avec lui. À la fourche, ils commencèrent à sonder la farine, à l'affût du cri de douleur qui leur signalerait la présence du fugitif.

Ils y passèrent une heure, se relayant par groupes, remuant la farine à la recherche de Tobie.

Au bout d'une heure, les hommes ressemblaient à quinze statues de neige. Ils toussaient. Ils avaient la bouche pâteuse et les poumons encombrés. La farine leur collait aux yeux, à la langue, aux oreilles. Elle se glissait dans toutes les ouvertures.

Le chef avait moins fière allure qu'en arrivant. La tête enfarinée, il était en train d'éternuer sur sa torche dans un coin de la cave. Subitement, levant les yeux, il découvrit quelques lignes écrites au charbon sur le mur. Il leva la flamme. C'était quatre lignes d'une comptine célèbre dans l'arbre.

Je suis allé dans le moulin
Pour y chercher un petit pain
Mais j'ai trouvé dessus la planche
Un peloton de souris blanches

Il resta à contempler ces mots maladroitement écrits par Tobie dans le noir complet de la cave.

Ses comparses le rejoignirent plus blancs et farineux que les souris de la chanson. Ils lurent après lui. Ils regardèrent leur chef grimacer comme un pauvre clown et trépigner de fureur.

Les Olmech, après quelques minutes de marche, stop-pèrent leur chariot au détour d'une branche morte. Ils s'assirent sur un nœud de bois. La pluie de la veille avait laissé des flaques sur le sol.

– On a fait quelque chose de pas bien, Lucelle.

– On a vendu un enfant de douze ans qui voulait se cacher chez nous.

Mme Olmech s'est mise à sangloter.

– Qu'est-ce qu'on va dire à Lex ? Il nous aurait jamais laissés faire ça…

– Douze ans ? demanda une voix qui venait de nulle part.

Tobie choisit ce moment-là pour sortir du chariot. Stupéfaits, les deux Olmech glissèrent en même temps sur le sol. La tête de Tobie, légèrement poudrée, émer-geait de la trappe supérieure du chariot. Il répéta :

– Douze ans ?

La scène ressemblait à un spectacle de guignol, mais Tobie n'avait pas du tout envie de rire. Il fixait les meu-niers avec un regard qui aurait fait voler en éclats le bois le plus impénétrable.

Sa colère montait depuis une heure. Depuis que le père Olmech avait dit qu'ils partaient ramasser des feuilles. Ramasser des feuilles ! Un jour de pluie ! Ils pre-naient donc Tobie pour un imbécile ? Il avait tout de suite compris ce qui se préparait et s'était glissé dans le chariot par l'issue du dessous.

Tobie continuait à moudre les pauvres meuniers de son regard.

– D'abord, je n'ai pas douze ans. J'en ai treize. Même

des vieilles branches pourries doivent savoir compter. Ensuite…

Tobie pensa alors que ce qui attendait les Olmech suffirait largement à les punir. Il n'avait rien besoin d'ajouter. La colère de Jo Mitch allait être leur seule rançon. Tobie sauta du chariot.

– Adieu.

Il s'en alla. La nuit tombait.

Toute la confiance que Tobie mettait dans les hommes, tout l'espoir qui lui restait aurait pu s'effondrer après l'épisode du moulin. Mais Tobie avait toujours devant lui la lumière d'Elisha. Il décida donc de ne plus faire de détour. Il irait droit vers sa seule amie.

À l'avance, il avait pensé qu'il ferait étape à Onessa, dans la maison de ses parents, pour revoir ce lieu qu'il n'aurait jamais dû quitter. Maintenant, il savait qu'il ne pouvait plus s'arrêter.

Il arriva près de chez elle au beau milieu de la nuit. Il s'accroupit sur le talus d'écorce, mit son pouce sur ses dents et siffla comme une cigale. Rien ne bougeait dans la maison. Trois fois, il recommença.

Elle devait dormir. Tobie n'osa pas insister. Il repartit vers un bosquet de mousse, le traversa, arriva sur une pente d'écorce granuleuse et déboucha brusquement face au panorama. Le lac était là, sous le reflet coupant d'un croissant de lune.

Tobie sentit une grande tranquillité l'envahir, il

dévala la pente. Ses pas retrouvaient des appuis familiers. Il avait la légèreté d'une plume, effleurait du pied le bois luisant.

Tobie se posa sur la plage.

Quelques grandes feuilles étaient tombées dans le lac et formaient des îles paisibles. Cinq nuits plus tôt, il était là-haut, dans un trou d'écorce, à regarder le ciel. Maintenant, l'arbre prenait ses couleurs d'automne. Une lumière rousse traversait la nuit.

Sa grande cavalcade pouvait s'arrêter là.

Il attendrait ses parents au bord de ce lac. Ils arriveraient un jour avec des petites valises, et un manteau sous le bras.

– Nous voilà…

– Ça a été un peu long, mais c'est fini, dirait sa mère derrière sa voilette. La vie reprend, tu vois.

Tobie faisait ce rêve, allongé sur sa crique. Mais dans un repli de son cœur remuait, par avance, le tourbillon d'aventures qui l'attendait encore. Son rêve de douceur n'en était que plus attirant, il s'y réfugiait, comme sous un édredon de plume quand il neige dehors.

Alors, il entendit un son bien étrange pour une nuit d'automne. C'était une cigale. Les yeux de Tobie s'ouvrirent en grand. Il avait tellement attendu ce moment. Une ombre passa entre lui et la lune.

– Tu rêves ?

Elisha accompagna sa question d'un rire en grelot qui roula jusqu'à Tobie.

– Oui, je rêve.

Chaque seconde était aussi pleine et sucrée qu'une profiterole.

– Et ça se termine bien, ton rêve ? continua Elisha.

Tobie répondit juste :

– Ça dépend de toi.

Seconde partie

16

Clandestin

Quand on retire la peau d'un asticot, comme une grande chaussette, pour en faire un sac de couchage ou une serre de jardin, il reste une matière blanche gluante.

Les Pelés étaient couverts de cette colle nauséabonde, leur peau paraissait bouillie trop longtemps.

Ils jaillirent du sous-bois en poussant des hurlements. Elisha avait arrêté de nager, elle les regardait : trois Pelés gesticulants qui jetèrent sur elle un filet à larges mailles. Ils tirèrent ensuite le filet sur la plage.

Tobie voulut se précipiter vers eux, mais ses pieds restaient fixés à la branche. Il tremblait comme une feuille. Quand il voulait crier, sa voix ne jetait qu'un petit souffle impossible à entendre.

Elisha ne bougeait plus dans son filet. Elle se laissait faire. De la main, elle faisait un petit au revoir à Tobie. Elle n'avait pas l'air triste.

Lorsque Tobie parvint enfin à s'arracher de l'écorce, il poussa un grand cri et se réveilla. La nuit était silencieuse. Tobie tira sur lui sa couverture.

Ce mauvais rêve l'avait laissé glacé, trempé d'une sueur de givre.

Depuis un mois, Tobie dormait dans un trou de la falaise d'écorce, de l'autre côté du lac. La grotte était assez large et haute, mais l'ouverture n'aurait pas laissé passer une patte de mouche.

Elisha l'avait installé là dès la première nuit.

Découvrant cette caverne, après avoir escaladé la falaise, Tobie avait protesté. Il rêvait des exquises crêpes de la mère d'Elisha, des matelas profonds de la maison aux couleurs. Mais Elisha était parvenue à le convaincre qu'il ne fallait révéler sa présence à personne, même pas à Isha Lee, sa mère.

Elle avait bien fait d'insister puisque dès le matin une patrouille de Jo Mitch vint frapper à la porte des Lee.

Elisha alla ouvrir. Sa mère était occupée du côté des cochenilles. Entendant les coups, Elisha avait enfilé une chemise de nuit par-dessus ses habits et ébouriffé ses cheveux comme une personne qu'on réveille. Il y avait seulement deux hommes à la porte. Les autres devaient attendre plus haut.

— Bonjour, dit-elle.

Elisha bâillait le plus largement possible. Les deux types la regardaient. Elle avait douze ans et demi, mais elle ne semblait pas vraiment avoir d'âge. Sa tenue fit reculer d'un pas les visiteurs. Avaient-ils devant eux une enfant, ou une jeune femme en tenue légère ?

Ne sachant pas sur quel ton s'adresser à elle, ils se taisaient. Ce n'était pourtant pas des gentlemen, et ils retrouvèrent bien vite leurs réflexes primaires.

– On doit fouiller !

Elisha sourit.

– J'ai même appris à une punaise à dire bonjour, alors je devrais y arriver avec deux cafards… Bonjour, répéta-t-elle.

Les cafards en question étaient très surpris. Normalement, ils auraient étalé cette petite puce d'Elisha sur la porte, mais Elisha était Elisha, et elle ne donnait pas du tout envie de l'étaler.

C'est plutôt elle qui était en train de les écrabouiller de ses grands yeux effilés qui tournoyaient comme des lassos. Ils reculèrent encore d'un pas. L'un d'eux balbutia :

– Bon… jour.

– On doit fouiller ! répéta l'autre comme un idiot.

Elisha contempla ce dernier avec beaucoup de pitié. Puis elle s'adressa au premier :

– Monsieur-qui-dit-bonjour, vous pouvez entrer, mais je vous demande de laisser dehors votre animal de compagnie.

Celui qui avait dit bonjour vit son collègue devenir tout rouge. Il entra dans la maison. Elisha claqua la porte. Le visiteur impoli resta dehors, étourdi.

Elisha s'assit par terre près du feu. L'homme, découvrant l'intérieur, comprit que la maison serait vite fouillée. Il poussa les cloisons de couleur, souleva quelques matelas et revint vers Elisha.

– Je… Merci, mam'zelle. J'ai fouillé…

Il découvrait les joies de la politesse… Quand on commence, on ne peut plus s'arrêter :

– J'ai grande… réjouissance à vous remercier… de votre réception… si je peux vous permettre de m'exprimer-z-ainsi.

Elisha essaya de ne pas se tordre de rire. Poussant une braise dans le feu, elle réussit à dire :

– Permettez-vous, chère Patate…

C'était un mot qu'utilisait sa mère, « patate », elle ne savait même pas ce qu'il voulait dire. L'homme parut flatté. Il faisait des petites courbettes.

– Mon grand pardon de vous avoir réveillée, mam'zelle. On ne vous opportunera pas d'un autre fouillage autant pestif…

Il s'éloignait en marche arrière. Elisha cachait ses larmes de rire. Il en rajoutait des couches :

– Je suis votre humble Patate… votre Patate dévouée, mam'zelle…

Il sortit finalement et ferma très doucement la porte.

Elisha courut vers la porte et y colla l'oreille. Elle entendit l'homme crier à son camarade :

– Alors ? T'es fier de toi, mal élevé ? C'est pas toi qui te feras appeler Patate par une dame qui sort de son lit !

– Mais…

– Il y a pas de mais…

– Pardon…

– Pardon, qui ? On dit : pardon, Patate.

– D'accord, Patate. Pardon, Patate.

Quand elle raconta cette visite à Tobie, la grotte résonna longtemps de leurs rires. Ils s'amusèrent souvent à se dire « Je suis votre humble Patate », en s'inclinant jusque par terre.

La vie d'Elisha se partagea donc entre les moments chez elle et ceux passés avec Tobie. Elle prit l'habitude de dire deux ou trois fois par jour à sa mère :

– Je vais au lac, nager un peu… Je reviens…

Comme elle travaillait dur le reste du temps, sa mère la laissait faire.

Elisha attrapait en passant un petit bol qu'elle cachait dans une fente à proximité de la maison. Elle y mettait discrètement des restes de chaque repas. Par chance, sa mère avait dit un matin :

– Si tu nages autant que ça, il faut que tu manges plus.

Et elle préparait des portions chaque jour plus grandes.

Elisha apportait son bol à Tobie. Il n'avait pas perdu l'appétit. Ils échangeaient quelques mots. Elle lui donnait parfois les nouvelles du coin :

– Tu sais que le moulin des Olmech a été détruit.

Tobie n'avait pas raconté à Elisha son passage chez les Olmech, pour ne pas accabler ces pauvres gens en dénonçant leur trahison. Elisha continuait :

– C'est Lex qui a trouvé le moulin saccagé. Ses parents avaient disparu. On pense qu'ils ont été arrêtés par Jo Mitch. Lex est parti à leur recherche. On n'a aucune nouvelle de lui non plus.

Tobie écoutait. Il pensait : « Pauvres gens, ils ont préparé leur malheur aussi bien qu'un dessert : une motte de peur, une poignée de mensonge, beaucoup de faiblesse, et quelques grammes d'ambition. Et maintenant, c'est leur fils qui va devoir avaler ça. »

Plusieurs fois, Tobie avait vu des groupes de chasseurs contourner le lac, si bien qu'il préférait ne sortir que la nuit.

Il descendait alors de sa falaise, dans la pénombre. Il marchait sur la rive du lac, lançait des ricochets qui soulevaient une écume lunaire. Il faisait quelques cabrioles sur la plage pour garder son agilité. Il jouait tout seul à la maronde en tapant dans une boule de sciure. Parfois, il s'allongeait, passait une partie de la nuit à la belle étoile, malgré le froid de plus en plus vif.

Avant le premier rayon du jour, il remontait se tapir dans sa tanière.

De temps en temps, Elisha le rejoignait en pleine

nuit. Elle avait réussi à sortir sans éveiller sa mère et le retrouvait au bord du lac.

C'est dans un de ces moments-là que Tobie l'interrogea sur les Pelés. Plusieurs fois, elle détourna la question, croyant entendre un bruit au loin, ou apercevoir une ombre qui nageait vers eux. Mais Tobie insista et elle répondit vaguement :

– Je ne sais pas trop… On dit beaucoup de choses. Il ne faut pas tout croire. Ils sont en dessous, de l'autre côté de la frontière…

Lors de son bref et terrible retour dans les Cimes, Tobie avait découvert l'importance que prenaient maintenant les Pelés. Alors que Tobie en avait très peu entendu parler dans sa petite enfance, le sujet des Pelés occupait désormais tout le monde. D'après Mano Asseldor, on avait ressorti l'affaire du père de Léo Blue, le fameux El Blue, cet aventurier tué alors qu'il passait la grande frontière. Au moment de sa mort, quand Léo avait deux ans, on n'avait pas trouvé d'explication, mais maintenant, c'était sûr, les Pelés étaient coupables. Ils avaient assassiné El Blue. Les Comités de voisinage diffusaient des messages d'alerte par leurs crieurs publics. On craignait des infiltrations de Pelés dans l'arbre. Pour ne pas dire le mot « Pelé » on disait surtout « la menace » avec des airs mystérieux.

Tobie ajouta :

– On raconte quand même que…

– Ils n'en ont jamais vu !… interrompit Elisha.

– Et toi ?

– Tu sais, continua Elisha, quand j'ai croisé un

hanneton pour la première fois, j'ai hurlé de peur. J'ai cru mourir simplement parce qu'on m'avait dit que les hannetons mangeaient les enfants. Les hannetons, ça fait du bruit et ça grignote un peu nos branches, mais ça ferait pas de mal à une mouche ! Il ne faut pas toujours croire ce qu'on dit. Par exemple, si quelqu'un t'avait fait croire que j'étais une bête immonde, on n'aurait jamais été amis, et tu répéterais partout qu'une bête immonde habite pas très loin du lac.

– Pour les hannetons, dit Tobie d'un air sérieux, je veux bien croire qu'ils ne sont pas si méchants… Les Pelés peut-être non plus… Mais une Elisha, ça, j'aimerais pas en croiser !

Elisha, faussement furieuse, lui sauta dessus, le fit basculer sur l'écorce et s'assit à califourchon sur lui, immobilisant ses deux bras. Elle avait une force inattendue. Il demanda pitié en riant. Les cheveux d'Elisha lui chatouillaient le cou. Elle lâcha prise et se laissa glisser à côté de lui.

Ils restèrent couchés sur l'écorce, côte à côte. Ils se sentaient en sécurité, comme autrefois quand ils se perdaient dans un nid d'abeilles abandonné, devenu pour eux un château féerique. Ils couraient alors dans des couloirs dorés, débouchaient sur des chapelles où pendaient encore des stalactites de miel. Ce nid était le lieu préféré d'Elisha. Déserté par l'essaim d'abeilles tueuses, l'enfer devenait un paradis, comme les rives du lac sans les chasseurs de Tobie.

Ils écoutèrent le clapotis des vagues, le vent qui agitait les branches dénudées. Le lac avait englouti les dernières feuilles. On ne voyait plus le dos rond des puces d'eau qui dormaient en surface, l'été.

Ils s'endormirent. Elisha était en boule. Seul son bras dépassait de la cape et écrasait un peu l'épaule de Tobie.

Mais Tobie ne se serait jamais plaint de cette délicieuse douleur.

Novembre passa de la même façon, avec presque trop peu de soucis pour que cela soit vraiment rassurant, avec une tiédeur qui fait oublier l'hiver si proche et empêche de s'y préparer. L'hiver tomba donc d'un seul coup, en une nuit, et l'histoire aurait dû s'arrêter là.

Il y aurait eu une belle fin qui dirait : « L'hiver attrapa Tobie, et on n'en parla plus jamais. »

Mais puisque ce sont toujours des détails qui font basculer les histoires, il se trouva un détail qui changea le cours de celle de Tobie.

Ce « détail » faisait quand même huit centimètres de long et dix d'envergure. Ce « détail » filait habituellement à quatre-vingts kilomètres à l'heure en vitesse de croisière. Dans une vieille étude de Sim Lolness, il était prouvé que ce « détail » pourrait relier l'arbre à la lune en six mois, seize jours et quatre heures.

Ce « détail » tomba raide mort devant Isha Lee, le premier jour de décembre.

C'était une libellule bleue.

Elle avait dans la gueule un moustique encore bien vivace qu'elle avait tenté de tuer en plein vol. La libellule était morte aussitôt après, de sa belle mort, comme

213

meurent la plupart des libellules aux premiers grands froids.

Isha Lee resta bouche bée. L'énorme carlingue gisait devant elle. Elle ne vit même pas le moustique s'extraire des crochets de la bête et partir en zigzaguant dans un zézaiement hésitant. Isha ne pensait pas non plus au destin tragique de cette libellule morte au combat comme une vieille dame bagarreuse qui se moque de la retraite.

Isha pensait à autre chose.

Elle pensait que l'hiver était là. Juste là. Et qu'un hiver qui fauche, dès sa première bise, à quatre-vingts à l'heure, l'insecte le plus rapide de l'arbre, allait être un hiver impitoyable.

La mère d'Elisha laissa sur place la dépouille de l'insecte géant, et rentra dans sa maison. Elle prit un ample sac de toile et y vida la moitié de son garde-manger. Isha courut ensuite vers Kim et Lorca, leurs deux nouvelles cochenilles. C'était la quatrième génération de pension-

naires depuis l'arrivée des Lolness dans la région, cinq ans plus tôt. À côté d'elles, un cabanon abritait les derniers œufs de la saison. Elle en fourra une bonne moitié dans le sac et partit vers le bois de mousse, par le chemin qui menait au lac.

Elle marchait d'un pas décidé, portant son chargement sur l'épaule, avançant contre le vent glacé qui venait de s'emparer de l'arbre. Quand elle arriva à l'endroit du panorama, elle surprit sa fille qui était en train de revenir.

Elisha s'arrêta dans son élan, et dévisagea sa mère. On aurait dit deux reflets un peu troublés d'une même personne. Isha et Elisha.

– Alors, Elisha, on nage ? dit la mère.

– Oui, m'man.

– Pas trop froid ?

– Non, m'man.

– Tu es sûre ?

– Oui…

Isha fit un geste vers le lac. Elisha se retourna.

La surface de l'eau était entièrement gelée.

– Alors ? Ça fait pas trop mal quand tu plonges ?

Les joues d'Elisha avaient rosi. Elle mordillait ses lèvres.

– Je me suis pas baignée, m'man.

– Et hier ?

– Non plus, m'man… Ni tout le mois d'avant…

– Et il est où ?

– Qui ?

Isha n'était pas en colère, mais l'impatience la gagnait.

– Vite ! Il est où ?

Le vent froid forcissait, et la nuit allait bientôt tomber. Elisha regarda sa mère en frissonnant.

– Il est là-haut, m'man.

Isha Lee passa devant elle, descendit la pente au galop, contourna le lac et commença à remonter de l'autre côté. Elisha avait du mal à suivre sa mère qui transportait pourtant un gros sac.

Tobie était en train de dessiner sur les murs de la grotte. Il peignait avec une moisissure rousse comme on en trouve au bord du lac à la fin de l'automne. Il dessinait une fleur. Une orchidée.

On raconte qu'il y a très longtemps une fleur avait poussé dans l'arbre. Une orchidée venue de nulle part, qui avait pris racine dans une branche des hauteurs. Elle était morte un 1er décembre, bien avant la naissance de Tobie, de ses parents et des parents de ses parents.

Depuis ce temps, le 1er décembre, on célébrait la fête des fleurs. Une foule se pressait sur la branche de l'orchidée. On n'avait pas bâti de monument ou de statue à l'endroit où elle avait poussé. On avait simplement laissé sécher la fleur, qui continuait à changer, au fil des vents et des pluies, à se rabougrir comme un être encore vivant.

Mais quand Tobie était revenu dans les hauteurs, la fleur séchée avait été rasée. Une cité Jo Mitch Arbor fleurissait à la place.

Tobie était donc occupé à peindre le souvenir de cette orchidée quand quelqu'un surgit dans son dos.

— Elisha ! cria-t-il, fier de son œuvre. Regarde !

Il fit un mouvement vers elle, mais ce n'était pas Elisha. C'était Mme Lee, la belle Isha Lee, éreintée, qui posa son sac par terre.

— Bonjour, madame, dit Tobie.

Elisha débola derrière sa mère, encore plus essoufflée.

— Bon, maintenant, on ne rigole plus…, dit Isha Lee.

— Vous avez découvert…, constata Tobie.

— Oui, j'ai découvert ! Depuis le premier jour ! Depuis la nuit où j'ai entendu une cigale chanter en plein automne, et où j'ai vu Elisha sortir de la maison comme une petite voleuse…

— Et vous n'avez rien dit ?

— La seule chose que j'aurais pu dire, c'est qu'il ne faut pas me prendre pour le dernier des poux sans cerveau. À part ça, je n'avais rien à dire, je n'avais qu'à faire comme si Tobie était là, le compter dans les repas, et laisser Elisha s'en occuper.

Elisha et Tobie étaient abasourdis. Ils s'étaient crus les plus malins du monde, mais il fallait maintenant reconnaître qu'il n'y avait pas que la chance qui les avait aidés. Isha reprit :

— Maintenant, il faut faire attention. D'un moment à l'autre, la grotte peut devenir inaccessible. S'il neige, Tobie sera bloqué. On va lui trouver une cachette pour l'hiver. Je pense au cabanon des cochenilles. Il faut préparer ça, cette nuit. En attendant, Tobie, tu restes ici. Je te laisse ce sac. Il y a de quoi tenir deux semaines entières, s'il arrive quelque chose.

Elle se dirigea vers la sortie. Au dernier moment, elle se retourna et leva les yeux vers la fleur.

– Qu'est-ce que c'est, mon Tobie ?

« Mon Tobie ». Depuis des semaines, on ne l'avait pas appelé ainsi. Il ressentit une petite écorchure au cœur en pensant à ses parents.

– Une fleur, répondit-il.

Isha marqua un temps d'arrêt. Ce mot semblait la toucher. Elle dit :

– C'est beau… J'avais oublié que c'était comme ça. Pourtant, j'ai grandi au milieu des fleurs.

Elle sortit. Tobie méditait cette dernière phrase. Où peut-on grandir au milieu des fleurs ? Elisha resta quelques secondes de plus. Elle avait le regard baissé, et une petite moue repentante.

– Elle est bien, ta mère, dit Tobie.

– Ouais, pas mal, reconnut Elisha faiblement. Bon, ben, à demain.

Elisha sortit par le trou.

– À demain, dit Tobie.

Quand Tobie mit le nez dans l'ouverture, le lendemain, ce nez s'enfonça dans la neige. Il eut beau creuser toute la journée, cela ne changea rien. La neige l'avait pris en otage.

On était le 2 décembre. Le dégel commençait en mars.

Quatre mois.

Et il n'avait pas plus de deux semaines de nourriture en réserve.

Bon.

17

Enterré vivant

Dans les Cimes, un souffle de vent ou un rayon de soleil suffisent à balayer la neige. Mais dans les Basses-Branches, elle s'accroche comme une grosse chenille blanche et ne s'en va qu'au printemps.

Tobie commença par une très grande colère.

Terminer ainsi ! Lui qui avait échappé à toute la noirceur du monde, il allait être tué par l'innocence d'un tapis de neige. Il tapait du pied dans la lourde porte de glace.

Après quelques coups, ses pieds lui faisaient mal et la porte n'était même pas entamée. Il tomba sur les genoux. Il crut que l'espoir l'avait quitté. Il ne sentait que la colère, et la peine.

— Reviens, Tobie. Reviens…

C'est tout ce qu'il trouvait à répéter, mais il continuait à se vider de tout espoir. Il n'y avait plus au-dessus de lui ce ciel étoilé qui l'avait toujours aidé à se relever. Il y avait les murs et le plafond froids de la grotte. Quatre mois avec un sac de nourriture, c'était intenable.

Il finirait comme une brindille décharnée et il se briserait. Tobie resta inerte un certain temps. Après tout, ce n'était pas si désagréable d'arrêter de se battre.

Il ne se serait peut-être jamais relevé s'il n'avait pensé à ses parents. Tout l'automne, il les avait attendus, comme un petit garçon assis sur sa chaise, au rendez-vous des enfants perdus.

Soudain, il eut une vision. C'était une petite baraque au bord d'un grand champ de foire abandonné. Des vieux papiers traînaient par terre. Tout était désert. Sur la cabane, il y avait une pancarte : bureau des parents perdus. Et à l'intérieur, quand on regardait mieux, on pouvait voir à travers la vitre embuée, assis sur des tabourets, Sim et Maïa Lolness. Ils semblaient patienter depuis des siècles, les mains posées sur les genoux.

Tobie comprit qu'il n'avait rien à attendre : c'est lui qui était attendu.

On comptait sur lui.

Tout d'un coup, sans avoir gagné en taille un millième de millimètre, il sentit qu'il était grand.

Il se releva lentement comme un miraculé.

Oui, la situation était dramatique, mais au moins il le savait. « Savoir, c'est prévoir », disait Mme Alnorell à son argentier M. Peloux pour lui faire entasser un trésor toujours plus grand.

Pour une fois, Tobie écouta ce conseil de la vieille Radegonde. Il chercha à prévoir.

D'abord, il s'assit par terre et retira ses chaussettes. Il les mit à sécher près du feu. Par miracle le feu était encore là. Il pourrait trouver du bois en creusant le sol et en détachant des échardes. Il lui restait sept allumettes. Il mit la précieuse boîte de côté. Par chance aussi, le feu ne fumait pas. Il devait y avoir dans le tronc quelques fentes insoupçonnables qui laissaient s'échapper la fumée et apportaient de l'air. Tobie respirait bien.

L'air, la chaleur, la lumière… Il ne lui manquait plus qu'un peu de nourriture.

Il vida le sac, aliment par aliment. Il y en avait plus de cent.

Tobie compta les jours qui le séparaient du 1er avril. Cent vingt. Il devait donc manger un produit par jour, pendant quatre mois. Un œuf, ou un biscuit, ou un bout de lard séché, ou une feuille de lichen…

Tobie fit une grimace. Il réalisait que c'était un peu juste. Un peu juste ? Parlons plutôt d'une totale désolation : la mort assurée dans d'effroyables souffrances.

Nourrir un enfant de treize ans avec un œuf par jour, c'est pire que de donner un ballon de bois creux à une équipe de onze charançons pour une partie de maronde. Ils commencent par avaler le ballon, et l'arbitre peut avoir peur pour ses cuisses.

Tobie resta un moment à regarder sécher ses chaussettes près du feu. Il vit sur le mur l'orchidée qui dansait sous les flammes. Son regard glissa au sol sur le petit tas de moisissures rousses qu'il avait laissé. Il fronça les sourcils, se leva et s'approcha du tas.

Le tas avait doublé.

La veille, il avait dessiné un rond au charbon sur le sol. C'était sa palette, sur laquelle il avait étalé la peinture improvisée. Voilà que maintenant le moisi gagnait tout autour. Il avait exactement doublé.

Tobie mit son doigt dans la moisissure. Il le regarda avec dégoût. La matière était une sorte de poudre un peu grasse. Il ne perdit pas une seconde, et enfourna son doigt dans sa bouche. Il mâcha longtemps, et dut reconnaître que ce n'était pas si mauvais. Un goût de champignon écrasé. Il en reprit deux doigts, puis un gros pouce bien rempli, et retourna près du feu.

Tobie n'était pas peu fier de lui. Comme tous les organismes vivants, la moisissure se développait sans arrêt, il avait donc une réserve illimitée de nourriture fraîche (si l'on peut dire qu'une moisissure est fraîche). Avec un bout de viande ou un œuf en complément, et de la neige fondue comme boisson, cela ferait un vrai repas pour chaque jour.

Il buta sur le mot jour. Qu'est-ce qu'un jour quand on est dans une caverne noire ? Comment savoir l'heure sans le soleil ? Sa grand-mère avait une horloge qui sonnait les heures. Il y en avait deux ou trois seulement dans tout l'arbre. Les autres habitants se basaient sur le soleil, ou la qualité de la lumière. Mais comment connaître l'heure, ici, dans ce trou ? Restait-il dans cette caverne un seul élément qui soit touché par le temps ? Il réfléchit longuement.

Tobie pointa son ventre du doigt. Il avait trouvé.

Son estomac avait la précision d'une horloge.

Quand il avait faim, son estomac sonnait aussi bruyamment que le gong d'une pendule. Il pensa donc d'abord qu'il allait organiser le temps au rythme de ses petits creux. Cela semblait parfait. Un petit creux, deux petits creux, trois petits… Heureusement, il ne s'arrêta pas là.

Tobie avait de quoi tenir cent vingt jours, mais pas cent vingt petits creux. Si ses petits creux duraient douze heures, il aurait fini ses réserves en février, pour Mardi gras. Et le carême commencerait rudement, au régime cent pour cent moisi jusqu'en avril. Il l'avait échappé belle. Non, il ne devait pas seulement écouter son estomac.

Il continua donc à réfléchir.

Il lui fallait absolument connaître l'heure. Qu'est-ce qui dans ce trou changeait avec le temps ?

Son œil revint sur la moisissure. Il fit un grand sourire. Non seulement, elle allait le nourrir, mais en plus elle lui servirait d'horloge.

Tobie traça un deuxième cercle autour de celui qu'il avait fait la veille. En vingt-quatre heures, la poudre rousse était allée d'un cercle à l'autre. Il n'avait qu'à retirer ce qui était en dehors du petit cercle. Quand le moisi atteindrait le second cercle, vingt-quatre heures seraient à nouveau passées et il pourrait faire

son deuxième repas. Avec la poudre qu'il enlèverait chaque jour, il aurait bien assez pour se nourrir.

Ainsi commença l'hiver de Tobie. De l'air, de l'eau, de la chaleur, de la lumière, de la nourriture, et la conscience du temps. Voilà qui devait suffire pour ces quatre mois. Il vécut donc quelques jours dans une grande excitation. Il était sauvé. Il allait vivre. Il reverrait la lumière du jour.

Mais quand il fêta le troisième jour, avec un petit pain dur, et une assiette de moisi et qu'il compta qu'il lui en restait cent dix-sept à tenir, il comprit qu'on ne vit pas seulement d'air, d'eau, de chaleur, de lumière, de nourriture et de conscience du temps.

Alors, de quoi se plaignait-il encore ? De quoi vit-on en plus de tout cela ?

On vit des autres.

C'était sa conclusion.

On vit des autres.

Ainsi passèrent les deux jours suivants : Tobie chercha un autre. Mais il n'y avait pas le moindre bout de fragment de rognure de commencement d'un autre dans cette grotte. Pas un rigolo d'insecte qu'il aurait fait courir autour du feu. À un moment, il tomba à nouveau sur la moisissure. Il espéra quelque temps en faire son autre, elle qui était vivante comme lui. Elle qui grandissait comme lui. Elle qui avait peut-être une âme quelque part dans le tas.

Mais quand il eut parlé quelques heures avec elle,

d'un ton chaleureux de vieil ami, il se dit qu'avec ce comportement, il terminerait fou dans une semaine. Il cria dans la grotte :

– Tobie ! Arrête de parler avec ce tas de moisi ! Tobie !

Sa voix se prolongea dans un long écho. Il se sentait bien mieux. Il alla quand même s'excuser brièvement auprès de la moisissure, lui expliquant qu'il n'avait rien contre elle, qu'elle lui rendait de grands services, mais qu'il ne lui parlerait plus.

Tobie creusa un peu dans le bois, en sortit quelques brindilles pour ranimer le feu, et il alla s'asseoir.

Il pensa alors à Pol Colleen.

Pol Colleen était un vieux fou. On le décrivait ainsi, alors qu'il n'était ni vieux ni fou. Il y a des mots comme cela qui ne veulent rien dire : les « simples d'esprit » ont souvent au contraire des têtes trop compliquées ; les « gros malins » peuvent très bien être maigres et idiots.

Pol Colleen n'avait qu'une seule vraie originalité : il vivait seul. Délicieusement seul. Il habitait un rameau à l'extrême extrémité des Basses-Branches, du côté du levant. Il buvait les gouttes de rosée, mangeait les asticots d'une petite colonie de moucherons installée près de chez lui. Tobie était allé une seule fois jusque-là. Colleen lui avait souri par-dessus l'épaule sans lui reprocher d'être là, mais sans lui dire un mot. Tobie l'avait regardé vivre. Il avait l'air heureux.

Il s'asseyait à un petit bureau et il écrivait. Il n'arrêtait pas. Une fois par an, il allait chercher du papier chez les Asseldor qui étaient contents de le lui offrir.

Il fabriquait lui-même son encre blanche en écrasant de jeunes asticots. Le papier était gris foncé. Cela donnait des longs manuscrits qui ressemblaient à des ciels d'été après l'orage.

Pol Colleen écrivait du matin au soir.

Un jour de printemps, quand l'écriture et le papier furent interdits, Pol Colleen disparut.

Tobie contempla sa fleur peinte sur le mur.

Il lui fallait une œuvre. Comme Pol Colleen.

En plus de l'air, de l'eau et de tout le bazar, il lui fallait une œuvre. Il créa une nouvelle palette dans un coin de la grotte, y mit une poignée de moisissures prélevées sur son repas. À partir de ce jour, Tobie se consacra à son œuvre.

Sur les murs de la grotte, il se mit à peindre le monde qu'il connaissait.

Il fit la peinture de l'arbre.

L'œuvre se construisait comme une grande rosace autour de l'orchidée. C'étaient des dizaines de scènes, de paysages, de portraits, qui s'imbriquaient ou se che-vauchaient. Il n'y avait pas une vraie géographie, comme dans une carte, mais la géographie imaginaire de Tobie. Quand il peignait l'arbre, Tobie se peignait lui-même, dans le grand vitrail de ses souvenirs.

En s'approchant, on voyait des personnages connus ou inconnus, des insectes réels ou rêvés. On reconnais-sait le petit Nils et son père, on voyait Sim, Maïa et tous les autres, Rolok à cheval sur une limace, les sœurs Asseldor sortant en robe blanche de la mare aux Dames. On pouvait voir la grande salle du Conseil, grouillante comme le cratère, pleine de charançons en cravate. Il y avait des forêts, des branches lumineuses et des sombres, il y avait Limeur et Torn en moucheurs de larves, et la larve ressemblait étrangement à Jo Mitch... Dans un coin, un portrait de Léo Blue le représentait avec deux visages, l'un souriant et l'autre grimaçant. Plus haut s'étendaient des paysages peints avec préci-sion, la réplique parfaite de l'ancienne maison des Lol-ness, Les Houppiers, et le jardin avec, au fond, la petite branche creuse.

Jour après jour le tableau s'étendit sur tous les murs de la grotte, tracé au rouge de la moisissure, et au noir du charbon. Quand il avait fini une peinture, Tobie la passait à la flamme de sa torche pour fixer les couleurs et que la moisissure ne fasse pas baver le trait du dessin.

Suivant ce qu'il peignait, il y eut des jours joyeux et des jours tristes. Les nuits, Tobie ne rêvait pas. Ses rêves étaient sur le mur, dans la lueur du feu.

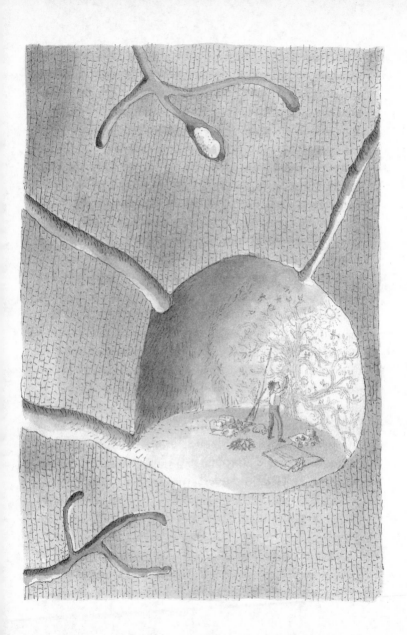

Il y a une scène que Tobie dessina dans les larmes. Il mit plusieurs jours à l'achever. Elle se passait dans un petit salon bien propre, le salon de maître Clarac : Zef Clarac, notaire dans les Cimes. Cette scène-là, il la dessina avec une grande précision, sans rien ajouter ni retirer.

Cette scène décida du destin de Tobie. Mais il faut, pour la comprendre, revenir enfin en arrière et tout révéler de la malédiction des Lolness.

Tout.

Trois semaines après le message du Conseil que Rolok-Petite-Tête avait apporté dans les circonstances que l'on connaît, une autre lettre arriva chez les Lolness. Elle fut glissée un matin sous la porte. L'enveloppe était noire. Tobie la donna à son père, comme un objet délicat.

Sim Lolness la posa sur son bureau. Il appela sa femme. Depuis qu'il vivait dans les Basses-Branches, il avait appris à se servir de ses mains, par nécessité. Il était devenu très habile. Il venait donc de fabriquer une nouvelle paire de lunettes avec des verres en aile de mouche recomposée. Un travail très long qu'il avait été obligé de faire après avoir cassé ses lunettes en s'asseyant dessus.

Cette nouvelle paire de lunettes n'était pas sèche, il travaillait pour l'instant avec une grosse loupe qui lui fatiguait les yeux. Il demanda donc à Maïa d'ouvrir l'enveloppe et de lire la lettre.

Quand elle eut le papier sous les yeux, la mère de Tobie resta silencieuse, puis elle fondit en larmes.

Sim et Tobie furent très inquiets. Quel nouveau drame pouvait encore leur tomber dessus ? Chacun imagina la pire catastrophe. Comme Maïa ne parvenait pas à lire à haute voix, Sim passa la lettre à son fils. En un coup d'œil, Tobie se trouva totalement rassuré. La lettre ne contenait absolument rien de grave. Il laissa retomber la lettre avec soulagement.

Le professeur commençait à bouillonner devant toutes ces simagrées. Il ordonna :

– Li-sez-moi-la-lettre !

Tobie lui résuma aussitôt la nouvelle : la grand-mère Alnorell venait de mourir. Radegonde n'était plus.

Sim Lolness poussa un grand soupir. Ouf… Ce n'était que ça. Il déposa un baiser sur le front de Maïa, comme si elle avait juste perdu un dé à coudre et il sortit vers le jardin.

Tobie vint s'asseoir près de Maïa. Il se sentait maladroit. Il avait envie de dire quelque chose, mais il ne savait pas quoi.

Il aurait pu dire une phrase comme « c'est pas grave, elle était vieille » ou « t'inquiète pas, elle était bête »… Heureusement, il sut se retenir. Il resta très longtemps en silence à côté de sa mère.

Ce jour-là, Tobie comprit, en regardant Maïa, que quand on pleure quelqu'un, on pleure aussi ce qu'il ne nous a pas donné.

Maïa pleurait la mère qu'elle n'avait pas eue.

Désormais, c'était certain, une mère idéale ne traverserait pas sa vie.

C'est pour cela qu'elle sanglotait.

Comme si, jusqu'au bout, on garde l'espoir d'un geste ou d'un mot qui rattraperait tout. Comme si la mort tue ce geste qui n'a pas été fait ou ce mot qui n'a jamais été dit.

Tobie pensa que c'était le dernier effet de la méchanceté de sa grand-mère, du genre : « Quand je suis là, je te fais de la peine, et quand je m'en vais, aussi ! »

Ça s'appellerait le double effet Radegonde : même morte, elle fait mal.

Le lendemain matin, Maïa fit sa valise.

18

Ce bon Zef

– C'est hors de question !

Le professeur ne plaisantait pas.

– Partir seule vers là-haut ! Traverser l'arbre avec ta petite jupe, ta valise et ton grand châle ! Je préfère encore t'accrocher à une branche, au milieu d'une fourmilière et te couvrir de miel ! C'est non, non et non !

Maïa Lolness était une femme douce, respectueuse de son mari, aussi tendre qu'attentive, mais il ne fallait pas exagérer. Du dos de la main, elle fit voler un encrier, renversa le bureau de Sim et dit calmement :

– Depuis quand tu décides pour ta femme, professeur ? Je fais exactement ce que je veux.

Réveillé par le bruit, Tobie surgit dans la pièce avec son pyjama.

– J'ai fait tomber mon bureau, dit Sim pour calmer le jeu devant son fils.

– Non… Je te l'ai écrasé sur le pied, Sim chéri, corrigea Maïa.

Tobie souriait, il connaissait la double personnalité

de sa mère. Même une plume d'ange peut crever un œil, si on la prend du mauvais côté. Mais quand il aperçut la valise, il changea de visage.

– Tobie, je pars, dit Maïa. Juste deux semaines. Je vais passer un peu de temps auprès de ma mère qui est morte, et je reviens. Occupe-toi de ton père…

– Occupe-toi de tes fesses, dit doucement Sim à sa femme.

Quand on le titillait, il n'avait pas meilleur caractère qu'elle. Il ajouta :

– Et toi, Tobie, occupe-toi de la maison. Je pars avec ta mère.

Maïa ne put rien dire. Elle vit Sim entasser quelques papiers et les jeter dans un baluchon.

Un quart d'heure après, ils étaient sur le pas de la porte et donnaient leurs recommandations à Tobie.

– Demande aux Asseldor, si tu as besoin de quelque chose. On va les prévenir en passant.

Tobie embrassa ses parents. Maïa était un peu émue. En douze ans et demi, elle n'avait jamais été séparée plus de trois jours de son fils. Elle lui dit quelques mots comme « n'attrape pas froid », simplement pour jouer à la mère, et elle lui ferma le dernier bouton de son pyjama.

Le soir, tard, les Lolness arrivèrent à la ferme de Seldor.

Ils connaissaient le magique sens de l'accueil de la famille Asseldor, mais ils furent quand même surpris de voir deux couverts joliment préparés sur la grande table.

233

Les autres avaient déjà dîné. Ils jouaient de la musique dans la pièce voisine. Mia Asseldor leur réchauffa la soupe. Pendant ce temps, Sim et Maïa allèrent tendre l'oreille du côté du concert. Ils poussèrent la porte. L'orchestre était au grand complet avec, à la bille, un soliste de choix : Tobie Lolness.

Sim et Maïa se regardèrent, stupéfaits.

Après à peine quatre heures de petit trot, Tobie était arrivé pour le déjeuner. Il avait passé l'après-midi à pétrir le pain avec Maï et Milo, à couper du bois et à fumer des blattes. La blatte fumée, coupée en fines tranches, avait à peu près le goût du jambon fumé de criquet, avec une petite nuance anisée.

Maintenant, Tobie était là, à jouer de la bille devant ses parents sidérés.

La musique s'arrêta, et Tobie s'exclama dans le silence :
— Je viens avec vous.

Sim ouvrit la bouche pour protester. Le concert reprit aussitôt, empêchant les Lolness de répliquer quoi que ce soit. Quand la musique cessa, Maïa et Sim dormaient depuis longtemps. Tobie remercia les Asseldor.

Le lendemain, ils partirent tous les trois.

Ils remontèrent en sept jours.

Ce fut une pénible traversée.

Ils ne souffrirent pourtant ni de la fatigue, ni de la pluie fade qui mouillait le début de ce mois de septembre. Ils marchaient au contraire avec la vigueur du boomerang de Léo Blue qui sait que plus vite il part, plus vite il reviendra.

234

Toute la douleur qu'ils ressentaient dans cette remontée vers les Cimes venait des paysages qui défilaient à leurs côtés.

Sim avait vu juste. L'arbre était dans un piteux état. Cela faisait cinq ans et des sciures qu'ils n'avaient pas vu les hauteurs, et déjà ils ne les reconnaissaient pas. Le bois était piqueté de partout, vermoulu comme une gaufrette, et de chaque trou sortaient des têtes blafardes qui les regardaient passer.

Il restait bien sûr quelques belles perspectives sauvages sans personne, mais les villages qu'ils avaient connus étaient tous assiégés par des cités Jo Mitch Arbor qui transformaient les branches en passoires.

Les feuilles étaient rares, alors que l'automne n'avait pas commencé. Le fameux trou dans la couche de feuilles découvert par le professeur Lolness n'était pas une fantaisie de vieux fou.

Le réchauffement, les risques d'inondations pendant l'été, le ravinement de l'écorce : la vraie menace était là. Tobie comprenait enfin l'obsession de son père.

Le soir, les Lolness ne pouvaient compter sur l'hospitalité de personne. Lors de leur précédent trajet, des années plus tôt, ils avaient déjà été refoulés des refuges et des granges où ils voulaient s'abriter.

– À l'époque, je comprenais cela, disait Sim. Les gens croyaient sincèrement que j'avais fait une faute. Aujourd'hui, ils nous rejettent sans raison, simplement parce qu'ils ne nous connaissent pas. Parce qu'on n'ouvre sa porte à personne.

Au loin, ils voyaient parfois passer des convois de

charançons qui faisaient frémir Maïa. Ils croisaient aussi des hommes en chapeaux et en manteaux, qui tenaient au bout d'une laisse des fourmis rouges aux gros colliers cloutés. Les Lolness les laissaient passer en détournant la tête. Ils voyageaient incognito.

Une nuit, ils s'arrêtèrent sur une branche en impasse et y tendirent leur toile de tente. Un peu plus loin un homme faisait un somme. Le soleil ne s'était pratiquement pas levé de la journée. Ils allumèrent un feu et convièrent leur voisin à partager des tartines grillées.

– Je n'ai rien à vous donner, dit l'homme.

– Bien sûr, dit Maïa, on serait juste content de prendre quelque chose avec vous.

– Je n'ai pas d'argent, ça ne sert à rien.

Les Lolness ne comprenaient pas ce qu'il voulait dire.

– Je n'ai pas d'argent, répétait l'homme en refusant une tartine.

Sim Lolness fouilla sa poche, lui donna la seule pièce qu'il avait, et lui servit la tartine en plus. L'homme le regarda longtemps, prit la tartine et la pièce et partit en courant.

Ils vécurent plusieurs scènes de ce genre. Ils ne comprenaient plus rien à ce monde.

Le sixième jour, alors qu'ils approchaient du but, Sim, qui avait pu emporter ses nouvelles lunettes, demanda à Maïa de lui montrer la lettre.

– Je ne l'ai même pas lue, avec toutes vos histoires…

À dire vrai, Sim était tracassé depuis quelques jours par cette lettre. N'y avait-il pas un lien avec le courrier du Grand Conseil qui parlait des Comités de voisinage et de Jo Mitch ? Il s'était même demandé s'il pouvait s'agir d'un piège contre sa famille. Il sortit la feuille de l'enveloppe.

La signature suffit à le rassurer. La lettre était signée de maître Clarac, notaire dans les Cimes.

– Ce bon Zef…, murmura-t-il avec un grand sourire.

C'était le plus ancien camarade de Sim. Ils étaient nés le même jour et avaient grandi ensemble. Avec El Blue, ils formaient un trio inséparable. Zef Clarac était un cancre, un garçon bizarre mais terriblement attachant. Il s'était bricolé une carte « dispensé » qu'il montrait à tous les professeurs. Il était dispensé de toutes les matières. Il restait ainsi à jouer dans la cour, du matin au soir. Le petit Sim, penché sur ses cahiers, le regardait par la fenêtre. Les deux amis ne s'étaient jamais vraiment quittés jusqu'à ce que Sim rencontre Maïa. À partir de ce jour, Sim Lolness préféra ne plus revoir le jeune Clarac.

Sim avait eu peur. Peur pour Maïa.

La vérité, Sim avait du mal à se l'avouer : Zef était simplement un grand séducteur. Il aurait fait craquer n'importe qui. Il aurait fait rougir une plaque de verglas. Sim, inquiet, n'avait donc jamais parlé de Zef Clarac à Maïa.

Un jour, Zef avait envoyé un mot où il disait qu'il n'en voulait pas à Sim d'avoir pris ses distances.

« Moi, aussi, si j'avais un ami comme moi, écrivait-il, je ne lui présenterais pas ma femme. »

Sim, pas très fier de lui, se tenait quand même au courant des étapes de la vie de son ami.

Zef Clarac était devenu notaire par erreur. Une bête histoire de pancarte mal gravée par un artisan. Il avait commandé une plaque avec les mots « essuyez vos pieds », et il avait reçu une belle plaque « notaire » qu'il accrocha au-dessus de sa porte. C'était plus court, mais aussi efficace pour garder une maison propre.

Ses amis l'appelèrent d'abord maître Clarac en rigolant, mais quelques passants vinrent toquer à sa porte. Il leur répondit poliment. Et comme les passants étaient plutôt des passantes, il devint un notaire réputé dans l'arbre.

Le 15 septembre, à huit heures du matin, Maïa, Sim et Tobie Lolness tentaient de distinguer une maison à travers les grilles d'un portail. C'était dans les Cimes et la maison s'appelait Les Houppiers.

Ils étaient arrivés.

Ils firent le tour du grillage. Tout était fermé.

Maïa remarqua sur un crochet, près de la porte, la forme molle du béret de Sim, qui n'avait pas changé de place en presque six ans. Elle revit dans sa mémoire le jeune Sim qui était apparu un soir au cours de tricot avec ses grosses lunettes et son béret.

Ils allèrent ensuite au rendez-vous que Clarac leur avait fixé, dans la serre d'hiver au fond du parc de la grand-mère Alnorell. La serre se trouvait au bout d'une branche, assez loin de la maison. Les volets en accordéon étaient clos mais la porte grande ouverte. Éclairée seulement par la lumière de la porte, la serre ressemblait à un théâtre entièrement vide. Rien ne poussait plus depuis longtemps dans cette serre. Quelques pots vides traînaient dans les coins. Une fine poussière de feuilles couvrait le sol.

Posée sur des tréteaux trônait une boîte en longueur fermée par deux gros cadenas. Même le cercueil de Mme Alnorell ressemblait à un coffre-fort.

On entendit un pas résonner au fond d'un corridor. Sim reconnut les petits pas de Zef Clarac. Le professeur frissonna. Il regardait sa femme. Allait-elle résister ? Zef parut dans le rayon de lumière.

Physiquement, ce n'était pas ça.

N'importe quelle femme pas trop malsaine aurait préféré une longue valse corps à corps avec une larve de cloporte, plutôt que de serrer la main de Zef Clarac. Il ressemblait à… rien de bien précis… Éventuellement à un vieux fromage, en moins tonique.

Zef était d'une laideur rare. De très haut niveau. S'il

avait existé des concours de laideur, il croulerait sous les médailles.

Tobie, à qui Sim avait raconté l'histoire de la carte « dispensé », se dit que Zef aurait dû être dispensé de naître, de vivre… dispensé tout court. Ce devait être une trop grande souffrance pour lui, depuis sa plus tendre enfance, d'avoir à se montrer aux autres, ou à marcher en public.

Maïa allait détourner discrètement le regard pour ne pas être malade, mais Zef Clarac dit trois mots en ouvrant les bras :

– Je vous attendais.

Et le champignon décomposé se transforma en prince charmant. Quand il s'animait, Zef devenait un demi-dieu. Il se dégageait de cet homme toute la chaleur, la générosité, la pétillance qu'on peut rêver chez quelqu'un. Il ajouta avec un sourire éclatant :

– C'est une joie de vous connaître, madame.

Maïa marcha vers ces bras ouverts et s'y blottit. Elle y serait encore si son mari n'avait pas donné une franche accolade à Zef.

– Mon vieux Zef !

Maïa fut éjectée comme un minuscule insecte qu'une pichenette expulse d'un potage. Tobie vint à son tour serrer la main de Zef. Les yeux que maître Clarac posa sur lui étaient vifs et attentifs. Tobie eut l'impression qu'à cet instant, il était l'être au monde qui comptait le plus pour cet inconnu.

Sim s'interposa à nouveau. Il regrettait déjà d'être venu.

Heureusement, Tobie et sa mère se rappelèrent la présence de la grand-mère. S'avançant plus loin dans la serre, ils allèrent se recueillir autour du cercueil.

Maïa pensait à son père.

Tobie pensait à Maïa.

Sim pensait à repartir.

Zef articula :

– Il y a des moments comme ça…

Cette consternante banalité était dite avec une telle intensité qu'elle se couvrait d'une fine couche d'or. Ce Zef était un magicien. Les trois visiteurs se tournèrent vers lui.

Zef enchaîna très vite avec des considérations techniques, ce qui fit baisser le niveau cardiaque de Maïa et Tobie. Il expliqua :

– Voilà. J'ai cru bon de vous écrire rapidement… Mme Alnorell est morte le lendemain du départ de Jasper Peloux, son argentier…

– Il est parti ? demanda Maïa.

– Provisoirement, précisa Clarac. Vous savez qu'il

fait au mois de septembre la quinzaine des mauvais coucheurs… Il parcourt l'arbre avec deux escogriffes, Shatoune et Loche. Deux grands costauds ultraviolents. Shatoune a des ongles énormes qui doublent la taille de ses mains, et qu'il aiguise en pointe. Loche n'a plus de dents. Il les a perdues dans une bagarre. À la place, il s'est fait mettre des lames de rasoir. Quand il sourit, on rit aussi…

Zef Clarac sourit à son tour. Ce n'était pas non plus un sourire de midinette. Ses dents étaient jetées comme une poignée de grains de semoule, au hasard sur la gencive. Mais la transparence des yeux de Zef permettait de voir son âme qui riait avec lui.

– Ces deux-là, Loche et Shatoune, c'est le gros Mitch qui les prête à Peloux… Ils partent tous les trois, chaque mois de septembre, confisquer les biens des mauvais payeurs de votre mère. C'est une tournée sordide qu'ils aiment beaucoup. La quinzaine des mauvais coucheurs…

Maïa frémit. Sa mère ne s'était pas améliorée pendant son absence.

– Non, chère madame, ne croyez pas que votre mère soit devenue un monstre. Peloux la manipulait. C'était juste une vieille dame malheureuse.

Il essuya son œil gauche qui suintait et reprit d'un ton grave :

– Peloux va revenir demain et voudra mettre la main sur la fortune des Alnorell...

Sim l'interrompit :

– Tant mieux pour lui... Merci Zef. On va te laisser...

Il poussait déjà sa famille vers la sortie.

– Merci pour tout... Ravi de...

Soudain, Sim sentit un talon sur son orteil, c'était le côté tranchant de sa femme. Sim s'arrêta.

– Tu peux laisser maître Clarac terminer, professeur ?

Zef toussa, hésita devant son ami qui sautillait d'un pied sur l'autre. Tobie regardait sa mère. Décidément, elle le surprendrait toujours. Il l'adorait. Maître Clarac reprit :

– Je dois quand même vous expliquer comment elle est morte.

Il sortit de sa poche un tout petit objet.

– Elle s'est étouffée avec ça...

– Pauvre femme, dit Sim sans grande émotion. Donne-nous ça... Ce sera notre héritage, et à bientôt...

– Oui, dit Zef. Votre seul héritage.

Les Lolness qui n'avaient aucune envie d'hériter restèrent tout étonnés. Sim balbutia, ravi :

– C'est parfait, ça, absolument parfait… On prend cette… chose et on rentre. D'accord, ma chérie ?

Sim s'approcha, tendit la main pour prendre le petit objet. Quand il l'eut entre les doigts, il confia ses lunettes à sa femme et s'effondra comme un vêtement tombé d'un cintre. Évanoui, il formait un petit tas blanc dans la poussière de la serre.

Zef, Maïa et Tobie se jetèrent sur lui. Zef ne paraissait pourtant pas étonné de la réaction de Sim. Il lui donnait des petites claques, en disant :

– Je vais t'expliquer… Réveille-toi…

Maïa lui tenait la main. Le poing de Sim était solidement fermé sur l'objet. Les couleurs revinrent peu à peu sur ses joues. Il battit des paupières et dit :

– La pierre de l'arbre…

Sa main se détendit et s'ouvrit. C'était bien la pierre de l'arbre.

19

La pierre de l'arbre

Elle n'avait rien de magique. Elle ne donnait ni la jeunesse éternelle, ni l'intelligence. Elle ne rendait pas invincible ou invisible. Elle ne permettait pas de voir au travers d'un mur, d'une robe ou d'un cerveau. Elle ne faisait pas voler, parler aux insectes, crier des phrases comme : « La force de l'arbre est avec moi ! » Elle ne se transformait pas en lutin sautillant, en fée pulpeuse, en épée, en dragon, en lampe ou en génie. Son seul pouvoir venait de son prix. La pierre de l'arbre coûtait très cher. Point, à la ligne.

Elle coûtait cher, parce qu'elle était rare. C'était la seule pierre de tout l'arbre. Elle était gardée sous la salle du Conseil, prise dans une nervure du bois. Depuis toujours elle se trouvait là. Elle appartenait à l'arbre.

Le Conseil était chargé de la surveiller. Le but était simple. La pierre garantissait que l'arbre serait toujours le plus riche et que personne ne prendrait jamais le pouvoir sur lui. Elle était le trésor de l'arbre, l'assurance de sa liberté.

– Mais elle n'a pas de prix ! s'exclama Sim.

– Cher ami, dit Zef, notre amitié n'a pas de prix, ton fils non plus, mais la pierre en a un, très précis. Quatre milliards.

Cette fois il n'y eut pas un seul Lolness pour sursauter ou s'évanouir. L'argent, c'était comme les mille cravates de Mano. Ça leur faisait une belle jambe.

– Voilà ce qui s'est passé… Peloux a convaincu Mme Alnorell que sa fortune était en danger et que des bandits risquaient de la lui dérober. Elle devait pouvoir la surveiller. S'asseoir dessus pour la garder. Alors, Peloux lui a dit d'acheter la pierre.

– Acheter la pierre…, répéta Sim, incrédule.

– Elle avait exactement quatre milliards et vingt-cinq centimes dans ses réserves. Le Conseil a cédé. Mme Alnorell a acheté la pierre et s'est assise dessus.

En grimaçant, Sim rendit au notaire la pierre qu'avait couvée sa belle-mère. Clarac continua :

– Bien sûr, Peloux est à la botte du gros Mitch… Il comptait récupérer la pierre quand la vieille dame mourrait. Mais Peloux et Mitch avaient oublié que Mme Alnorell aimait beaucoup l'argent. Énormément. Elle avait obéi à Peloux parce que la pierre faisait une taille raisonnable qui lui permettait de réaliser son plan.

– Son plan ? demanda Tobie.

– Le lendemain du départ de Peloux, ta grand-mère a entendu un bruit. Elle a pensé que c'était les bandits qu'on lui avait fait redouter. Elle a pris sa pierre, elle a voulu l'avaler.

Tobie écarquilla les yeux.

– C'était ça, son plan, jeune homme. Emporter sa fortune dans son cercueil. Avoir une fortune qui s'avale. Le bruit qu'elle avait entendu, c'était juste mon ami le docteur Pill qui venait tous les soirs lui piquer la fesse gauche. À force d'être assise sur la pierre, elle avait des douleurs terribles que le docteur soignait par des piqûres. Pill a entendu un bruit d'étouffement. Il a forcé la porte. Trop tard ! La pierre s'était coincée dans la gorge. Elle est morte sans souffrance.

Zef fit une pause respectueuse.

– Le doc a retiré la pierre avec une pince à épiler. Il est venu me chercher. J'ai préféré régler discrètement l'affaire en vous prévenant.

Sim était vraiment perplexe. Il mâchait nerveusement une boule de gomme. L'argent ne l'intéressait pas, mais l'arbre le préoccupait par-dessus tout. Laisser Mitch s'approprier la pierre, c'était lui donner tous les pouvoirs et condamner l'arbre à la pire destruction.

Maïa avait pris la pierre. Il fallait reconnaître que c'était quelque chose de très beau, comme une pelote de sève de la taille d'un gros bouton, parfaitement transparente, où toutes les couleurs alentour venaient se baigner aussi joyeusement qu'une bande d'enfants qui s'éclaboussent. Tobie s'approcha pour voir.

Quelques minutes plus tard, ils avaient pris leur décision. Ils devaient repartir aussitôt. Personne ne saurait qu'ils étaient venus. Maître Clarac s'occuperait seul des obsèques de Mme Alnorell. On glisserait le cercueil dans le tube d'une plume, dans la tradition des grandes familles. Avec le docteur Pill, ils iraient la jeter au bout de la branche, à la nuit tombée. Une mort digne pour une vieille femme indigne.

Le plan était simple. Quand Peloux, Shatoune et Loche arriveraient le lendemain, le notaire les accueillerait avec son bon sourire en leur disant que la vieille dame était morte en s'étouffant à cause d'un objet non identifié, et que son corps devait actuellement planer au-dessus des nuages. Il ne parlerait pas de la pierre. Zef passerait sûrement un mauvais quart d'heure, mais, comme il disait, qu'est-ce qu'un quart d'heure dans une vie ?

Les Lolness devaient partir immédiatement. Ne pas rester une minute de plus. Sim glissa la pierre dans sa poche.

– Je ne vous demande qu'une chose, dit Zef Clarac. Passez chez moi. Je vous donnerai quelques provisions. Et vous ferez un brin de toilette, madame…

« Ouh là làà, pensa Sim avec indulgence, le charmeur de serpent part à l'attaque… Planquez-vous ! Les femmes et les enfants d'abord ! »

– Tu es gentil, mon bon Zef, dit-il de la voix la plus calme possible, mais il faut qu'on y aille. Merci pour tout.

– S'il vous plaît, insista Zef, j'habite à deux branchettes d'ici. Faites-le pour moi. Vous ne pouvez pas repartir comme ça.

– Non, vraiment, répéta Sim qui commençait à s'agacer.

Zef se tourna vers Maïa.

– Madame, puis-je vous demander de faire usage de votre autorité ?

– Ça ne serait pas sérieux, répondit-elle.

– Madame, madame…

Zef avait sorti ses deux dernières flèches : elles touchèrent au but. Il serrait sa main sur son cœur, le regard plus vertigineux que jamais. Mme Lolness céda. Maïa pensa : « Il est irrésistible. » Sim pensa : « Il est incorrigible », et il recommença à mâcher sa boule de gomme. Il savait depuis toujours que Zef, avec ce charme maladif, le conduirait à sa perte.

Ils sortirent donc tous les quatre, après s'être inclinés une dernière fois devant la dépouille de Radegonde. Sim suivait d'un peu plus loin, en traînant les pieds. Le quartier avait beaucoup changé. C'était, à l'origine, un des plus beaux espaces des Cimes. Des fines branches bien aérées. Le terrain entre les maisons était maintenant gangrené, grouillant de gens affairés, avec de tous côtés des passages percés au hasard.

Personne ne les remarqua vraiment, car personne ne remarquait personne. Le monde avait changé.

— Les choses ne changent pas pour rien, grognait Sim.

Tobie voyait sur les murs des affichettes « Pelés = danger ».

Ils arrivèrent rapidement chez Zef. La plaque « notaire » était bien là, astiquée de près. Maître Clarac chercha sa clef assez longtemps sous un fragment d'écorce. Il finit par la trouver.

— C'est curieux, je ne la mets jamais là.

Sim qui n'avait pas vu la scène continuait à bougonner :

— Les choses ne changent pas pour rien…

Et il avait raison.

Zef ouvrit la porte et rentra, suivi de Maïa et de Tobie. L'entrée se faisait par une petite pièce avec une seconde porte fermée. Ce devait être la salle d'attente du notaire. Sim était resté sur le paillasson et se frottait les pieds en plaisantant bien fort :

— Je m'essuie les pieds, maître Clarac… Vous devriez mettre une plaque !

Zef, qui n'aimait pas trop qu'on parle de cette histoire de plaque, lui faisait signe de se taire. Mais Sim restait perché sur le paillasson.

Zef, d'un geste, poussa Tobie et Maïa qui ne comprenaient pas la plaisanterie du professeur. Il les fit rentrer dans le grand salon.

Ils découvrirent alors cette scène que, des mois après, Tobie mit trois jours à peindre sur le mur de la grotte. Cette scène qui lui tira des larmes à chaque trait dessiné d'un doigt tremblant sur le bois.

Il y avait beaucoup de monde dans le salon de maître Clarac. Huit personnes en plus des nouveaux venus.

Le premier qu'on voyait, parce qu'il écrasait la totalité du canapé sous son postérieur, c'était Jo Mitch.

Quand il les vit entrer, il fit un sourire. Ou quelque chose de proche… En tout cas, on vit une ou deux dents jaunes sur le côté, derrière le mégot. Il fit aussi entendre un clapotement des bajoues, suivi d'un borborygme venu du fond de la gorge. Oui, ce devait être sa manière de sourire.

Juste derrière le canapé, il y avait les deux répugnants de service, Limeur et Torn. Ils avaient pris quelques années depuis l'affaire Balaïna, mais l'avantage des têtes de cadavres, c'est qu'elles ne vieillissent pas.

Un peu à droite, sur un fauteuil, M. Peloux avait les pieds qui ne touchaient pas le sol. Il ressemblait à un petit garçon trop sage qui aurait été moulé dans la cire. À côté de lui, Tobie découvrit avec dégoût la silhouette de Toni Sireno, l'assistant de Sim Lolness, rouge de confusion. Il avait choisi son camp. Il était passé de l'autre côté.

Enfin, de part et d'autre de la porte, deux ombres gracieuses encadraient déjà nos amis. Sans les avoir jamais vus, Tobie reconnut aisément Shatoune et Loche. Shatoune se grattait le nombril avec un ongle de la taille d'une faucheuse. Loche avait entre les dents un bout de toile cirée, ou d'imperméable. Le même imperméable que celui qui pendait au portemanteau du salon, au fond à gauche, très en hauteur : un imperméable vert.

Zef reconnut ce manteau accroché au mur. C'était celui de son ami, le docteur Pill. Pas difficile d'être sûr que c'était bien le sien, puisque le docteur lui-même pendait encore dedans, inconscient.

Après un temps de silence, tout naturel entre des gens qui ne s'attendaient pas à se retrouver ainsi, Jo Mitch fit avec ses dents un assez long bruit de friture. Limeur s'empressa de traduire :

– On n'espérait pas vous trouver en si bonne compagnie, maître Clarac. C'est une surprise…

– Et c'est une joie, ajouta Peloux.

Mitch lâcha un « grrrrrrrr… » qui ferma le bec à Peloux jusqu'à la fin de la conversation. Limeur reprit :

– Mais je crois qu'il y a aussi le professeur. Bonne nouvelle… je ne voyais que la grognasse et le chiard.

En effet, Sim était apparu derrière Maïa, Tobie et Zef. Plus tard, il se demanda s'il aurait mieux fait de s'enfuir avant qu'on ne remarque sa présence. Mais sur le moment, il ne pensa pas un instant abandonner sa femme et son fils. Il vint même se mettre devant eux et lança un regard noir à Toni Sireno, qu'il venait de reconnaître. Limeur précisa :

– Pour tout vous dire, on n'attendait personne d'autre que maître Clarac. Un de vos amis, le docteur Pill, vient tout juste de nous confier que Mme Alnorell est morte et que le notaire s'est chargé de ses affaires.

Zef regarda Pill, pendu par le col au portemanteau. Il connaissait le doc : s'il avait avoué, c'était sous la plus infâme torture, et il lui pardonnait déjà. Mais Zef tremblait d'horreur et de culpabilité d'avoir mené involontairement les Lolness dans ce piège.

– On vous attendait donc pour savoir où trouver le corps, et les… « affaires » en question… Avec M. Peloux, on s'occupera de tout.

Sim prit la parole :

– Le corps de ma belle-mère est dans la serre d'hiver. Il mérite le respect. Quant aux « affaires »… elles reviennent à ma femme qui est sa fille unique.

Normalement, quand toute une salle se met à rire, il flotte une joie céleste, c'est un avant-goût d'éternité. Mais quand les six acolytes de Jo Mitch éclatèrent de rire, Tobie eut envie de se boucher les oreilles. C'est Jo Mitch lui-même qui fit taire sa basse-cour.

Il demanda l'aide de Torn et Limeur pour se lever du canapé. Une poulie et un monte-charge n'auraient pas été de trop.

Une fois debout, il était tellement épuisé qu'il lui fallut presque une minute pour retrouver son souffle. Il fit les quelques pas qui le séparaient du professeur et s'arrêta devant lui. Mitch le contempla fixement, comme s'il avait quelque chose sur le nez puis, levant les doigts vers le visage de Sim, il attrapa ses nouvelles lunettes et les écrasa dans sa main. Mitch jeta les brisures de lunettes sur le sol, regagna le canapé et s'écroula dedans, soulagé.

Sim n'avait pas bougé. Maïa fermait les yeux. Une mince larme était dans le coin de son œil. Mais elle serrait les dents, en se répétant : « Je ne dois pas pleurer. Je ne dois pas pleurer. »

La larme dut entendre son cri silencieux. Elle mit juste le nez dehors et disparut.

Tobie et Zef n'avaient pas quitté Sim des yeux.

C'est Torn qui reprit la parole :

– Le Grand Voisin a beaucoup d'humour… Il aime ces petites taquineries qui égaient la vie et…

Mitch laissa entendre un bruyant « Rhhhaaaa… glgl-glgl… burpb… » difficile à interpréter. Torn s'éclaircit la voix et enchaîna :

– On va juste vous laisser cinq minutes pour nous donner deux choses : la pierre et la boîte noire de Balaïna.

Sim tenta de dissimuler sa surprise. Il jeta un coup d'œil à Toni Sireno qui se balançait d'un pied sur l'autre, gêné devant son ancien patron.

Ainsi, ces canailles pensaient toujours à la boîte noire…

Ce que le professeur ne savait pas, c'est qu'ils y pensaient tellement que quatre-vingt-dix chercheurs étaient penchés sur la question depuis cinq ans, sous la direction de Sireno. C'était l'obsession de Jo Mitch. Il voulait le secret de cette boîte noire.

Torn demanda à Loche de compter cinq minutes. Loche prit un air ennuyé et fit signe à Shatoune qui se rongeait à distance l'ongle du petit doigt. Aucun des deux ne savait compter jusqu'à cinq. Ils implorèrent Peloux du regard. Celui-ci se mit à compter au rythme des secondes :

– Un, deux, trois, quatre, cinq, six, sept, huit, neuf, dix…

Les quatre personnes interrogées regardaient droit devant elles. Tobie se tourna juste un instant vers le corps du docteur Pill accroché au portemanteau. Il bougeait encore.

Les cinq minutes passèrent très vite. Personne ne disait un seul mot. Loche s'aiguisait les dents les unes contre les autres. Il sentait qu'il allait devoir passer à l'action. L'impatience lui mettait une mousse blanche au coin des lèvres.

À la fin du temps réglementaire, Mitch grogna. Torn traduisit en simultané :

– Eh bien, on va chercher nous-mêmes…

Il hurla :

– Fouillez-les !

Comme Shatoune ne savait pas par qui commencer, Limeur dit :

– D'abord la verrue.

Shatoune faillit hésiter, mais Zef Clarac s'avançait déjà.

Ça ne pouvait être que lui. Depuis tout petit, il était ça : la verrue, le monstre, le dégueu, la cloque, la pustule, la tache, la fissure ou l'immondice. Zef Clarac souriait. Il avait choisi d'être un monstre étincelant, une pustule ensoleillée, une flamboyante verrue.

Tobie remarqua que face à l'immonde troupe de Jo Mitch, Zef avait l'air d'un prince.

Shatoune hésita presque à s'approcher de tant de fierté. Il plaqua finalement ses mains dégoûtantes sur Zef et commença à le fouiller. On ne trouva sur lui que la clef de sa maison. Loche le poussa de l'autre côté de la pièce.

Maïa fit un pas en avant.

– C'est mon tour. Est-ce qu'il y a une femme pour me fouiller ?

Quelques ricanements accueillirent la question. Mitch bredouilla :

– Mi...nouille...ka !

Torn cria :

– Faites entrer Minouilleka !

Loche sortit juste le temps de faire venir quelqu'un qui devait être dehors à monter la garde. Cette personne eut du mal à franchir la porte. Elle dut se courber beaucoup, et rabattre vers le centre ses formes généreuses.

Le seul moyen de décrire Minouilleka est de dire que c'était une montagne. À part ça, elle avait un visage assez doux, les cheveux coupés au carré. Elle ne faisait pas peur.

Maïa lui fit un sourire. Minouilleka s'approcha d'elle et fouilla délicatement ses poches, ses ourlets, ses doublures, avec beaucoup de concentration. De la tête, elle fit non à Limeur. Maïa Lolness rejoignit Zef de

l'autre côté du salon. Minouilleka sortit discrètement, ce qui n'était pas facile pour elle.

On fouilla ensuite Tobie de la même façon. À la fin, Limeur dit en regardant Tobie avec dégoût :

– Le pire, c'est que les ordures, ça fait aussi des petits.

Tobie répliqua sans réfléchir :

– Des petits ? Vous n'êtes plus si petit, vous savez…

Limeur mit un certain temps à comprendre, mais Sim Lolness bondit et donna une grosse claque sur l'arrière de la tête de Tobie. Ses cheveux volèrent. Sim cria :

– N'insulte pas le monsieur !

Tobie redressa immédiatement la tête en tremblant et se précipita, dos au mur, à côté de sa mère. Il était sonné, décomposé. Maïa ouvrait de grands yeux. C'était la première fois que Sim frappait son fils.

Tout le monde observait, l'un après l'autre, Tobie et son père. Le professeur était en train de perdre la tête. De perdre son âme.

Ils avaient gagné.

Ce grand savant, cet homme unique, allait s'effondrer à cause d'eux. Maïa vit son mari tomber, les deux genoux au sol, la tête dans les mains.

– Je n'en peux plus… J'arrête… Je dirai tout. Je donnerai tout.

Les yeux myopes de Sim Lolness pleuraient à chaudes larmes.

Le visage de Tobie se durcit.

Ne montrez jamais à un enfant son père en train de trahir.

20

La branche creuse

Tous les occupants du salon de maître Clarac étaient en état de choc. Même le camp Mitch semblait touché par le déshonneur du professeur Lolness.

Jo Mitch se voyait déjà maître du secret de Balaïna. Les réserves de sève brute qu'il accumulait allaient enfin servir. Avec des charançons mécaniques, la destruction de l'arbre irait deux fois plus vite.

Les projets de Jo Mitch étaient simples, ils tournaient autour d'un mot : le trou. Depuis sa naissance, Mitch voulait faire des trous. Des petits, des grands, des trous partout. C'était comme une maladie ou une démangeaison. Il rêvait de faire de la vie un grand trou. Pour ce projet fou, il lui fallait beaucoup d'argent.

En avouant tout, Sim Lolness rendait possible le seul rêve qui poussait dans le grand trou noir du cerveau de Jo Mitch.

Quinze ans plus tôt, Jo Mitch était encore un modeste garde-frontière.

La frontière traçait alors une simple ligne autour du tronc principal, à la base des Basses-Branches. Mitch vivait dans un antre puant avec deux charançons qu'il avait dressés.

Après la mort d'El Blue, survenue alors qu'il passait la frontière, Jo Mitch profita du trouble général pour mettre ses charançons au travail. Il commença à creuser une tranchée profonde sur son secteur de surveillance.

Le Conseil de l'arbre félicita ce jeune garde-frontière inconnu qui consacrait son temps libre à creuser pour la sécurité de l'arbre. Seul le professeur Lolness et quelques vieux fous s'élevèrent contre cette initiative. Sim fit un discours qui s'appelait « L'égorgeur », et qui racontait comment cette tranchée creusée tout au long de la frontière coupait les veines de l'arbre et le mettait en péril. On s'écria : « Il est doué mais il exagère,

ce Lolness. Bientôt, on nous interdira de couper du pain, pour éviter de faire mal aux tartines ! »

Jo Mitch profita de ce petit succès et commença à élever quelques charançons qu'il louait pour creuser des maisons.

Jo Mitch Arbor était né. L'entreprise se mit à grandir comme un petit ogre. Avec le système Balaïna, l'ogre allait devenir adulte.

Devant l'effondrement de Sim, les larmes de Maïa réapparurent. Cette fois, elles roulèrent sur ses joues, voulurent rentrer à la commissure de ses lèvres mais se réfugièrent finalement dans son col. Zef lui tendit un mouchoir qu'elle ne vit même pas.

Tobie gardait son regard glacé posé sur son père. Il voyait se fissurer de tous côtés la fierté des Lolness.

Torn s'approcha de Sim Lolness, il posa la main sur son épaule.

– Courage, professeur, vous êtes un brave homme.

Tobie vit son père frémir sous la main. Un compliment, dit par un salopard, fait aussi plaisir qu'une bonne crème servie dans un cendrier sale.

Sim inspira et dit :

– Avant de vous expliquer où est la pierre… je vais vous conduire à la boîte noire.

– Dites-nous simplement où elle est.

– C'est impossible, je dois venir avec vous. Sans moi, vous ne trouverez jamais.

Limeur regarda son chef qui semblait ronfler tout éveillé. Jo Mitch agita la tête. Limeur dit :

262

– Vous ne sortirez pas d'ici.

Pour cette bande de retardés, un savant comme Sim était une espèce de sorcier, capable de se volatiliser, ou de leur glisser entre les doigts dès qu'il sortirait de la pièce. Sim ne semblait pas surpris de cette réaction. Mais il prit un ton contrarié pour dire :

– Alors… Mon fils vous emmènera.

Tobie sursauta. Son père était fou. Tobie n'avait pas vu la boîte noire depuis des siècles et ne savait rien d'elle. Son père était devenu complètement fou.

Mitch grommela quelque chose d'encore plus inaudible. Torn et Limeur se penchèrent au-dessus du canapé en tendant l'oreille, il leur envoya une baffe flasque à chacun. Limeur gémit :

– Le Grand Voisin est d'accord. Votre fils va y aller avec Shatoune et Loche…

– De parfaites nounous…, ajouta Torn.

Loche sourit, il se coupa les lèvres avec les dents. Un peu de sang se mêlait à la bave. Quant à Shatoune, il ricanait plus franchement encore en répétant :

– Nounous… Nous, nounous…

Tobie ne comprenait plus rien à rien. Pas plus que Maïa qui regardait son petit bonhomme, envoyé par un père déséquilibré pour accomplir cette impossible mission.

Un simple regard de Sim, celui avec le froncement du nez, celui des grands moments, renversa l'état d'esprit de Tobie. Sim lui lançait un appel. Il lui demandait quelque chose. Un petit espoir venait en renfort du garçon.

Tobie comprit d'abord que sa mission était de gagner du temps.

Il se rappelait que le seul des quatre qui n'avait pas été fouillé était son père, et qu'il avait encore la pierre dans sa poche. La scène de crise du professeur pouvait être une ruse.

Tout n'était pas perdu.

En bonne nounou, Shatoune tendit à Tobie sa main de tueur. Tobie refusa de la prendre et mit les siennes dans ses poches. Il passa devant les deux dingos. Il allait sortir quand, au dernier moment, il se retourna. Tobie croisa d'abord le visage inondé de sa mère qui le fit fondre, puis il se tourna vers son père qui se grattait lentement la joue. Le professeur lui lança une phrase aussi bête que :

– Et ne recommence pas à te faire mal…

C'était idiot, déplacé, ridicule.

Mais quand il franchit la porte, Tobie en avait la certitude, le regard de son père était un regard d'adieu. Un regard qui lui disait : « Pars, mon fils. Ne t'arrête jamais. »

Pour l'instant, Tobie était suivi d'un quart de millimètre par deux psychopathes. Il aurait eu du mal à partir. Mais son petit cerveau, libre comme l'air, tournait dans tous les sens.

Pas de pire situation au monde que la sienne. Mais puisque son père l'avait conduit là, et que quelques indices lui laissaient espérer que Sim n'était pas fou, il devait y avoir un sens à tout cela. Pour l'instant, il marchait tout droit sur la branche, sans aucune idée de l'endroit où il allait.

Il avait dans la tête la règle d'or de son père : «Les choses ne changent pas pour rien.» La clef de tout devait être là.

Pourquoi le professeur avait-il brusquement changé ?

Suivi de près par ses lugubres nounous, il commença par mettre au clair les principaux changements. D'abord la claque donnée à Tobie, ensuite la promesse de livrer ses secrets, enfin la dernière phrase : «Et ne recommence pas à te faire mal.»

Sim avait beau être un père normal, maladroit comme un autre, il ne disait jamais ce genre de choses : «Fais attention», «Tu vas encore te barbouiller», «Ne te casse pas une jambe»…

S'il parlait pour la première fois de cette façon, ce n'était pas pour rien.

«Ne recommence pas à te faire mal.» Drôle de conseil quand on envoie son fils au casse-pipe. Tobie fit appel aux mots pour l'éclairer.

Et les mots lui offrirent aussitôt une piste à suivre.

La seule fois où il s'était fait vraiment mal, c'était aux Houppiers, dans la petite branche creuse du bout du jardin. Il en gardait la cicatrice sur la joue… Il repensa au geste de son père qui avait montré sa joue en donnant le conseil. Tobie souriait intérieurement.

Le jardin des Houppiers. Voilà où il devait aller.

Il fit brusquement demi-tour et se retrouva face à Shatoune et Loche qui le considéraient en louchant.

– Je me suis trompé. C'est par là.

Loche fit briller les lames de ses dents. Il n'aimait pas qu'on le balade. Shatoune prévint Tobie :

– Gaffe, bébé…

Ce que l'on peut traduire en langage post-préhistorique par : « Méfiez-vous, jeune homme. »

Ils s'écartèrent et le laissèrent passer entre eux.

Pour rejoindre Les Houppiers, ils devaient traverser une branche secondaire et tourner à droite sous quelques feuilles dorées par le début de l'automne.

Ils arrivèrent à la grille, toujours fermée par une chaîne cadenassée.

– C'est là, dit Tobie, terrorisé d'être déjà arrivé au but.

Il pensait aux quelques minutes qu'il allait gagner, le temps d'ouvrir la grille, mais Loche avait déjà donné dans la chaîne un grand coup de dents, et Shatoune fit voler le portail.

– C'est bon ! dirent-ils ensemble, en chantant comme d'affreux choristes.

Tobie contourna la maison. Il vit le béret de son père, suspendu. Il vit les petits carreaux brisés des fenêtres, les rideaux déchirés, le jardin redevenu sauvage. Des herbes folles avaient pris racine dans la poussière de l'écorce. Les mains ballantes de Shatoune faisaient une tondeuse involontaire.

« Et maintenant ? pensait Tobie. Et maintenant ? »

Il savait que la boîte noire n'était pas là. Qu'attendait de lui son père ?

Il arriva face à la petite branche creuse. Devant lui,

sous ses pieds, s'enfonçait le trou de son accident. C'était le fond du jardin. Il ne pouvait pas aller plus loin.

Cette fois, s'il faisait demi-tour, il se retrouverait en fines lamelles aux pieds de Loche et de Shatoune. Munis, à tout casser, d'un cerveau pour deux, ces fêlés n'étaient pas très portés sur la patience.

Une dernière fois, Tobie fit tourner son imagination. Il réalisa que son père l'avait envoyé dans le seul lieu qu'il lui interdisait autrefois. C'est là qu'il l'avait rattrapé, au dernier moment, quand Tobie était tout petit. Il lui avait dit : « Quand tu auras treize ans, je serai rassuré… Tu seras trop grand pour pouvoir rentrer dans le trou de cette branche morte. Mais pour l'instant, ne t'approche pas trop. »

Derrière lui, Shatoune et Loche, s'agitaient.

– Alors, bébé ? dit Shatoune.

– C'est là, répondit Tobie mécaniquement.

– Où là ? demanda Shatoune.

Et ils rirent une bonne minute en répétant : « Ouhla, ouhla, ouhla ? »

Ce genre d'humour raffiné aurait pu les occuper une heure au moins. Mais quand ils reprirent leur souffle entre deux hoquets, ils découvrirent Tobie au fond du creux de la branche.

Ils s'arrêtèrent instantanément et se penchèrent vers le trou.

Tobie n'avait pas réfléchi. Il allait avoir treize ans le lendemain, c'était le dernier jour pour faire cette grosse bêtise. Il était rentré dans la branche interdite. C'était le plan de son père. Il n'en doutait plus.

Il voyait au-dessus de lui les têtes de ses gardiens.

– Gaffe, bébé, répéta Shatoune.

Mais Tobie avait disparu dans la petite branche.

Shatoune voulut y glisser sa tête. Elle ne passait pas. Il enfonça donc la main et le bras. Ses ongles lacéraient les parois du tunnel. Par malheur deux coups de griffes atteignirent Tobie à chaque épaule. Il saignait. Shatoune regarda son collègue. Loche trépignait. Il poussa Shatoune d'un grand coup de coude, enjamba le trou et se mit de l'autre côté.

Allongé de tout son long sur la branche, Loche commença à ronger avec ses dents les contours du trou. Chaque coup de mâchoire faisait sauter des éclats de bois.

Rarement on avait vu chez quelqu'un autant d'énergie pour scier la branche sur laquelle il était couché.

De l'autre côté, Shatoune, perplexe, observait la scène qui lui rappelait une histoire drôle. Mais laquelle ?

Au premier craquement, il se rappela l'histoire en question. Loche avait relevé la tête. À voir l'expression de terreur sur son visage, il semblait aussi connaître l'histoire de l'imbécile qui...

Crrrrrrrrraaaaaaaac ! Dans un bruit épouvantable la branche acheva de se briser. Loche, agrippé à l'immense vaisseau de bois, partait vers l'inconnu en hurlant :

– Tooooooooooooo... biiiiiiiie...

Shatoune le regarda tomber et se cogner de branche en branche pour disparaître dans les profondeurs de l'arbre. Il parvint juste à dire :

– Ben, Loche…

Il mit un certain temps avant de réaliser que Tobie avait disparu avec Loche. Mais il répétait « Ben, Loche… Looooche… », d'un air complètement égaré.

Une patrouille envoyée le soir même par Jo Mitch retrouva Shatoune au fond du jardin des Houppiers, toujours debout, à la cassure de la branche. Les hommes de Mitch l'approchèrent lentement pour ne pas l'effrayer. Quand on lui demanda ce qui était arrivé, il répétait « Loooooooche… », comme la tête d'un décapité qui rappelle sa moitié. Les hommes de la patrouille firent un pas de plus vers lui.

– Loooooooooche, coassa une dernière fois Shatoune. Et il sauta dans le vide.

Mais le nom qu'il hurla en tombant et qu'on entendit

s'éloigner et se répercuter, n'était pas le nom de Loche. Il vociférait :

– Toooooooooooo… biiiiiiiiiiie…

Les cinq ou six soldats se penchèrent, effarés. Le bruit ameuta tout le quartier.

À un petit millimètre sous leurs pieds, installé aux premières loges pour voir le spectacle, quelqu'un murmura pour lui-même :

– Pauvre Shatoune…

C'était Tobie.

Quand il était descendu dans le trou de la branche, il avait constaté que le tunnel de bois rongé partait de deux côtés. Par réflexe d'habitué, il était allé du côté du bois sain, en amont de l'endroit où la cassure s'était faite. C'est là qu'il avait reçu les deux coups de griffes de Shatoune. Il avait ensuite vu devant lui la branche s'effondrer avec le corps de Loche… Le pauvre Loche croisa son regard en tombant, et hurla son nom comme un désespéré.

Tobie s'accrochait dans son trou. Face au vertige, il lui restait un tout petit espace pour se tenir et éponger le sang de ses blessures.

De là il avait donc entendu le désespoir de Shatoune au départ de son compère, puis l'arrivée de la patrouille. Enfin, il avait assisté au saut de l'ange de Shatoune. Un hasard cruel voulut que ce dernier aussi aperçût Tobie en passant à son niveau, mais c'était trop tard, il ne put rien faire d'autre que crier un « Toooooooooooo… biiiiiiiiiiie… » déchirant.

En un quart d'heure, une foule de badauds se pressait sur la branche. Ils tenaient des torches ou des lampes à huile. Par chance pour Tobie, on mit rapidement un cordon de sécurité à l'endroit de la cassure. Mais la foule poussait. Les rumeurs se multipliaient. Accident ou suicide ? Que s'était-il passé dans ce jardin abandonné ? On avait entendu le dernier grand cri de Shatoune. Et plus rien.

Déjouant la surveillance, un garçon plus audacieux commença à s'aventurer dans la nuit au bout de la branche cassée. Il descendait entre les échardes de bois arraché, une torche à la main. Il avait sûrement moins de quinze ans, un regard assez dur, un menton large et carré. Ses déplacements précis ne provoquaient même pas le bruit d'un froissement.

Tobie le vit surgir tout à coup dans sa cachette. Il hésita une seconde.

– Léo ? C'est toi, Léo ?

Le garçon recula, puis, lentement, approcha sa torche.

– Tobie…

Les deux amis se regardaient. Cinq années entières de séparation et les meilleurs amis du monde se retrouvaient par hasard au bout de cette branche des Cimes. Tobéléo, les inséparables.

– Tobie… Tu es revenu…

– Aide-moi, Léo.

Léo leva la torche plus haut. Tobie put observer les changements de ce visage… Toujours cette même force, mais quelque chose de tranchant dans le regard. Comme des morceaux de verre brisé. Léo regardait les blessures laissées sur les épaules de Tobie par les ongles de Shatoune. Il articula :

– T'aider ?

– Oui, Léo. Je suis en danger. Ne me demande pas de t'expliquer. Je dois juste rejoindre la foule.

Quelques années plus tôt, Léo n'aurait pas eu besoin de la seconde d'hésitation qui suivit. Tobie répéta :

– Aide-moi. Vite…

Léo dit simplement :

– Viens.

Ils grimpèrent sur la section de la branche cassée. Arrivé en haut, à découvert, Léo souffla sa torche. Quelques hommes essayaient de contenir les curieux. Finalement le cordon lâcha à un endroit. Tobie et Léo purent facilement se mêler à la cohue. Ils s'enfoncèrent dans la foule de plus en plus nombreuse. Tobie baissait la tête.

– Tu te caches ? demanda Léo. Pourquoi ?

– Adieu, dit Tobie.

Il serra son ami contre lui, et disparut.

Léo resta immobile dans la grande agitation. Un bizarre malaise l'envahissait, une culpabilité enfouie. Depuis des années on faisait pousser en lui une mauvaise herbe qu'on appelle le soupçon. « Ne faites pas confiance », répétaient les hommes du Grand Voisin. Et Léo obéissait.

Léo Blue redoutait plus que tout la menace des Pelés. La peur que cultivait Jo Mitch avait rejoint en lui une terreur héritée de l'enfance et de la mort de son père.

Les Pelés avaient tué El Blue, alors ils étaient sûrement en embuscade pour achever le reste de l'arbre…

Léo devait se méfier de tout le monde. D'ailleurs, qu'est-ce qu'il savait de ce Tobie Lolness ? Plus grand-chose.

Un ami ? Ce type qu'il n'avait pas vu depuis cinq ou six ans ?

Oui, il venait d'aider un inconnu. Un simple inconnu. Il sentit peser plus lourdement sur lui le poids de la faute.

Jo Mitch arriva quelques minutes plus tard. Il avait confié la garde des parents Lolness à une douzaine d'énergumènes qui ne les quittaient pas des yeux dans le salon de maître Clarac. Mitch débarqua sur la branche brisée, encadré par Torn et Limeur. La foule s'écartait pour le laisser passer. Il resta longtemps assis sur son petit pliant, à regarder le vide.

C'est là que Jo Mitch eut son idée. Le vide l'inspirait toujours.

Il fit signe à Limeur de s'approcher et lui bafouilla quelque chose. On avait l'impression qu'il lui tétait l'oreille. La foule était compacte, tout autour.

Limeur prit un air ravi. Le patron était génial. Primitif mais génial. Limeur toussa et demanda le silence :

– Chers compatriotes, le Grand Voisin a parlé ! Écoutez son message. Un crime vient d'être commis contre l'arbre. La famille Lolness qui détenait le secret de Balaïna a profité de son exil pour vendre ce secret à la force étrangère ! Chers compatriotes et voisins, regardez en face le crime des Lolness : désormais, la vermine des Pelés possède le secret de Balaïna !

La foule garda le silence un instant et explosa de colère. Dans cette folie furieuse, un gaillard de quatorze ans était resté silencieux quelques secondes de plus... Il avait ensuite levé le poing plus haut que tous : c'était Léo Blue.

La haine qui avait enflammé son œil n'était pas près de s'éteindre.

Quand Jo Mitch entra à nouveau dans le salon, Zef et les Lolness tremblaient. Mitch se remit dans le canapé qui fit un bruit de baudruche qu'on dégonfle. Il y a des phrases que Mitch, par gourmandise, ne pouvait s'empêcher de prononcer lui-même :

– Il est moooort...

Sim et sa femme se regardèrent.

Tobie, mort.

Leurs yeux éteints cherchaient un dernier éclat dans le regard de l'autre.

Mais il n'y avait plus rien.

Zef pleurait. Cela faisait un petit miaulement qui n'arrivait même pas aux oreilles des parents Lolness.

Aucun des trois ne vit rentrer l'imposante Minouilleka qui poussait devant elle Léo Blue. Mitch, surpris, tourna la tête vers ce nouveau venu qui dit, la mâchoire tendue :

– Je l'ai vu. Il vit.

Sur toute la surface de leur peau, Sim et Maïa Lol-ness eurent la sensation d'une cascade d'eau chaude qui leur rendait la vie.

Ainsi commença la longue traque de Tobie.

21

L'enfer de Tomble

Elisha passa un épouvantable hiver.

Dix fois elle tenta d'accéder à la falaise, se battant contre la neige et le froid. Dix fois, sa mère la récupéra, rouée de fatigue, des larmes gelées autour des yeux. La grotte était à mi-hauteur de cette falaise de neige qui ressemblait à un glacier imprenable.

En février, on crut que le dégel ne tarderait pas. Il y eut quelques beaux jours. Les familles des Basses-Branches purent échanger des visites, mais le lac et la falaise restaient inaccessibles.

Une semaine plus tard la neige tombait à nouveau et l'espoir des Lee faillit être étouffé par ce manteau blanc. Le mois de mars fut glacial. Si bien que le 1er avril, il était toujours impossible d'atteindre le refuge de Tobie.

Le 10 avril, le soleil reparut. Une douce chaleur enveloppait l'arbre entièrement. L'eau dégoulinait autour de la maison des Lee.

Avec douceur, Isha parlait à Elisha. Toutes les deux accroupies sur le pas de la porte ronde de leur maison,

276

elles regardaient quelques rayons se refléter dans les flaques et les ruisseaux.

– Espère seulement…

Il n'y avait rien d'autre à faire, quand on savait que Tobie était enfermé depuis quatre mois et demi avec un pauvre sac de nourriture. Les calculs ou le réalisme ne lui laissaient pas la moindre chance de survie. Mais dans le cœur d'Elisha, l'espoir luisait, lui faisant croire à l'impossible.

Le 16 avril, Elisha réussit à tracer un chemin jusqu'au lac, puis jusqu'à la falaise. Elle était là, au pied d'un mur de neige mouillée, à chercher un moyen de grimper.

Alors elle entendit une voix. Une voix qui appelait. Elle allait crier un retentissant « Tobie ! », mais quatre grands lascars surgirent à côté d'elle, trempés de neige fondue, des bottes aux chapeaux.

– On t'appelle depuis deux heures, petite. On a suivi tes pas dans la neige.

C'était une misérable patrouille de Jo Mitch, qui, déjà, se remettait en chasse de Tobie.

– Qu'est-ce que tu fais là, la mioche ?

– Et vous ? demanda Elisha.

– On cherche le petit Lolness. Réponds ! Qu'est-ce que tu fais là ?

– J'habite à côté avec ma mère, je regarde si les puces d'eau sont de retour dans le lac.

C'était la première excuse qui lui était venue. Elle devait largement suffire aux cervelles allégées qu'elle avait devant elle.

– Si tu nous trouves Tobie, je t'épouse, dit un zigoto bossu dont le nez bourgeonnant cachait presque les yeux.

Elisha répliqua :

– C'est motivant. J'ouvrirai l'œil.

Elle soufflait dans ses mains pour les réchauffer. Cela formait un petit nuage de vapeur blanche entre ses doigts.

Gros-Nez s'approcha :

– Je peux te faire la bise en attendant ?

– Je ne le mérite pas encore. Attendez que je trouve votre petit Lolness et ce sera ma récompense, dit-elle en s'écartant un peu.

Gros-Nez fut très flatté. Elisha fit mine de rentrer chez elle. Ayant tracé quelques pas dans la neige, elle entendit une phrase à propos du professeur et de sa femme. Les quatre hommes parlaient très fort. Cette phrase faillit foudroyer Elisha dans son élan. Elle n'avait même plus la force de marcher.

Elle arriva enfin dans la maison aux couleurs et s'écroula dans les bras de sa mère.

Le lendemain, 17 avril, à midi, Elisha se tenait devant le paquet de neige qui bouchait l'entrée de la grotte. Elle gratta tout l'après-midi, surveillant d'un œil les rives du lac. À six heures, la petite main d'Elisha traversa le dernier rempart de neige. Son bras était passé de l'autre côté. Elle s'arrêta. Pas un bruit ne venait de l'intérieur.

Elle creusa alors avec furie, poussant des cris rageurs, faisant voler la neige autour d'elle. Elle n'avait plus peur de personne. La lumière du jour se glissa dans la caverne, Elisha la suivit en rampant.

Le feu était encore chaud.

Arrivant de la clarté du dehors, Elisha ne voyait rien. Sa voix n'articula qu'un très faible appel :

– Tobie…

Aucune réponse. Elisha ne savait pas où elle posait les pieds. Ses yeux ne parvenaient pas à s'habituer au noir. Elle sentit devant elle un fagot de bois. Elle le prit dans ses mains, marcha jusqu'au foyer à peine rouge. Elle jeta le fagot sur la braise. En peu de temps, de longues flammes s'élevèrent. Elisha les suivit des yeux.

Alors elle vit le plafond et les murs étincelants de lumière. D'un seul coup, elle découvrit l'œuvre de Tobie. L'immense fresque peinte s'étalait en rouge et noir sur toute la surface de la grotte. Elisha ne put la quitter des yeux. Elle se croyait entrée dans le cœur rougeoyant de Tobie.

– Ça te plaît ? dit une faible voix à côté d'elle.

Elle se précipita vers la voix.

– Tobie !

Tobie était là, allongé contre la paroi. Il était pâle. Il avait les joues creuses, la bouche sèche, mais au fond de l'œil brillait toujours une comète immobile.

– Je t'attendais, dit-il.

Tobie n'avait pas encore vu Elisha pleurer. Ce jour-là, elle rattrapa le retard. Elle posa son front sur la poitrine de Tobie. Il lui disait :

– Arrête, arrête... Qu'est-ce qu'il y a de triste ? Regarde, je vais bien.

Il lui tendait un mouchoir taché de peinture rouge. Elisha ne pouvait pas s'arrêter de pleurer. Tobie sentait contre lui la pulsation des sanglots. Elle plongea finalement dans le mouchoir et en sortit les joues couvertes de rouge. Petit à petit, elle se calma, leva les yeux vers la voûte. Tobie expliqua :

– C'était pour m'occuper. Il y a des gens qui peignent des tombeaux pour s'y coucher. Moi, pendant quatre mois, je peignais des fenêtres pour voir la vie, dehors.

Elisha écarquillait les yeux. Oui, c'était comme une verrière ouverte sur le monde. Elle s'approcha du mur le visage barbouillé de peinture.

– Elisha...

– Oui.

– J'ai un petit creux.

Tobie n'avait rien mangé d'autre que du moisi depuis

dix-sept jours. Elisha disparut aussitôt. Tobie poussa un hurlement désespéré :

– Nooon ! Me laisse pas ! Reviens !

Elle se précipita à l'intérieur, inquiète. Tobie ne pouvait plus rester seul un instant. Elle était juste allée prendre le paquet qu'elle avait apporté.

– Je reste, maintenant, Tobie. N'aie pas peur.

Elle déballa le papier imbibé de beurre. Tobie sourit enfin. Il avait devant lui le plus épais tas de crêpes au miel qu'il avait jamais vu.

Il fallut trois jours pour que Tobie soit à nouveau sur pied. Il avait réussi pendant ces quatre mois et demi d'enfermement à garder une activité régulière pour éviter que son corps ne sèche et ne se rabougrisse. La souplesse revint assez vite.

Il passa du temps à faire le papillon de nuit au bord du lac, agitant les bras et sautillant. Elisha ne le quittait plus. Tobie avait besoin de cette ombre qui le regardait courir sous la lune.

Réfugiés sur une corniche, en haut de la falaise, ils s'asseyaient enfin. Tobie sentait sous eux, dans la nuit, le bouillonnement du printemps. Il respirait profondément pour rattraper le retard. Elisha lui racontait les événements de l'hiver.

Chez les Asseldor, Mia allait très mal. Depuis le départ de Lex Olmech, parti à la recherche de ses parents, elle s'était couchée sur un petit matelas dans la pièce principale de Seldor et n'en bougeait pas. Elle ne mangeait presque rien, ne parlait plus. Toute la famille découvrait le lien secret entre Lex et Mia.

Au début, ses parents la secouèrent un peu.

— Ce sont des histoires qui arrivent souvent… Il ne faut pas en faire un drame.

Mais au bout d'une semaine, ils comprirent que de telles histoires n'arrivent pas souvent. Une fille qui se laisse mourir pour un garçon disparu…

Alors ils entourèrent Mia d'une très grande patience. C'est certainement cette patience qui l'aida à ne pas s'éteindre entièrement.

Maï, sa sœur, ne s'éloignait jamais d'elle, dormait au pied du lit avec la main dans la sienne. Elle comprenait tout de ce chagrin : elle le vivait.

Les dernières nouvelles qu'avait obtenues Elisha dataient de février. Lex n'était pas réapparu, mais l'état de Mia n'empirait plus. Elle avait les yeux ouverts, acceptait une soupe le matin. Ses frères chantaient le soir dans la pièce voisine, et on surprenait un doigt de Mia, qui battait la mesure sur le drap.

Sa grande sœur continuait à la veiller, discrète et silencieuse.

Elisha racontait cette aventure, mais elle avait sur la conscience le poids démesuré de ce qu'elle ne disait pas : la phrase qu'elle avait entendue au bord du lac, prononcée par les hommes de Jo Mitch.

Le quatrième jour, Tobie parla de ses parents :

— Pendant tout cet hiver, j'ai pensé à eux. Je n'ai rien à attendre. Ils ne viendront pas me chercher.

– Peut-être que tu as raison, dit Elisha, émue. Il ne faut plus attendre.

– S'ils ne viennent pas me chercher, c'est moi qui dois y aller.

Elisha sursauta.

– Aller où ?

– Remonter vers les Cimes, les trouver. Les sortir des pattes du gros Mitch.

En parlant, Tobie observait Elisha. Elle avait baissé ses longs cils, elle regardait le sol. Elle voulait parler. Il comprit alors qu'elle savait quelque chose.

– Tobie… J'ai entendu une phrase sur tes parents.

Tobie frémit et chercha le regard d'Elisha.

– Ils ont été condamnés, ajouta-t-elle, ils seront tués le premier jour de mai.

Le silence ne dura pas. Tobie attrapa Elisha par les épaules.

– Ils sont où ?

– Ça n'est pas le problème. Il faut que tu te protèges.

– Elisha, ils sont où ?

Il la secouait.

– Je t'en prie. Fais attention à toi, Tobie. On te cherche toujours.

– Elisha…

– Tobie, j'ai peut-être une idée pour te mettre à l'abri.

– Je pars, je serai dans les hauteurs dans trois jours. On est le 21. J'aurai une semaine pour les trouver. Adieu, Elisha.

Il la lâcha. Il se levait déjà.

– Écoute-moi ! criait Elisha.

– Dans dix jours, ils seront morts si je ne les aide pas. Je pars vers les hauteurs.

– Tobie ! Ils ne sont pas là-haut !

Tobie se retourna.

– Ils sont où ?

– Ils sont à Tomble, murmura Elisha. Ils sont au fort de Tomble.

Tobie pâlit. Tomble n'était qu'à quelques heures de marche. Ses parents étaient donc tout près de lui. Et pourtant, Tobie se sentit vaciller.

Il connaissait Tomble par le vieux Vigo Tornett qui y avait passé dix années dont il ne pouvait même plus parler.

Quand on disait « Tomble » à Tornett, sa bouche commençait à trembler, puis tout son corps. Dix ans de captivité à Tomble détruisaient un homme.

Tornett le reconnaissait lui-même, il avait fait des bêtises dans sa jeunesse. Tobie ignorait le détail de ces bêtises. Mais Sim Lolness, qui en savait plus, reconnaissait que Tornett n'avait pas toujours été ce vieillard doux et bienveillant, réfugié chez un neveu moucheur de larves.

Soyons plus clairs encore : Tornett avait été un des pires brigands de l'arbre, un bandit de haute souche.

Il avait ensuite passé dix ans à Tomble, à l'époque où la prison était encore sous le contrôle du Conseil de l'arbre. Cela ressemblait déjà à un enfer, mais c'était un vrai club de vacances par rapport à ce que Tomble était devenu sous la botte de Jo Mitch.

En dehors de la question des chances de survie dans cette forteresse, un point était entendu : on ne s'échappait pas de Tomble.

Ça n'était jamais arrivé. Ça n'arriverait jamais.

Tomble était une boule de gui suspendue au-dessus du vide. Elle poussait dans l'arbre comme un parasite, suçant sa sève et buvant son eau, accrochée à une branche par une seule petite patte sous la surveillance de dix hommes armés. À la moindre révolte, on n'avait qu'à couper cette attache et laisser la prison sombrer dans le vide. Cela s'appelait le plan final.

En une seconde, tout ce que Tobie savait sur le fort de Tomble entra dans son esprit comme une décharge. Ses rêves s'effondraient.

La nuit passa sans sommeil, dans un silence de deuil, au bord du lac.

À l'aurore, Elisha était presque soulagée. Elle avait dit la vérité, et Tobie ne paraissait pas décidé à faire des tentatives impossibles. Il connaissait assez ce qu'on disait de la boule de gui.

Dix jours pour faire sortir de ce piège un savant maladroit et sa femme… Il faudrait à Tobie dix ans au moins, rien que pour entrer.

Sauf… si…

Elisha pria pour que l'idée qui venait de l'effleurer n'atteigne pas Tobie. Elle la chassait en battant des cils, et en répétant « non, non, non » au fond d'elle-même.

Mais déjà le visage de Tobie prenait une teinte nouvelle. Elle n'y pouvait rien. Il y avait entre leurs deux cœurs un passe-branches étroit où les pensées circulaient librement.

Il regarda les yeux d'Elisha. Il avait décidé de se livrer à Jo Mitch.

Elisha eut un tressaillement.

– Si je me rends, expliqua inutilement Tobie, je serai amené à Tomble en quelques heures, et la moitié du chemin sera faite.

– Tu feras l'autre moitié dans un cercueil !

Il fallut une journée et une nuit à Elisha pour comprendre que Tobie ne reculerait pas. S'il ne tentait rien pour ses parents, le reste de ses jours perdrait toute valeur. Sa vie serait comme un objet décoratif posé sur une cheminée. La question n'était pas de réussir. Elle était d'avoir risqué sa vie pour eux.

Les imbéciles appelaient ça « l'honneur ». Tobie appelait ça autrement. Peut-être « l'amour », même s'il n'aurait jamais prononcé ce mot étourdissant.

La dernière nuit passa comme une veillée d'armes.

En l'écoutant parler, au fond de la grotte peinte, Elisha avait posé sur ses genoux les pieds de Tobie, et avec un poil de plume trempé dans de l'encre de chenille bleue, elle dessinait sur la plante du pied, dans le sens de la longueur, un trait à peine visible qui allait des orteils au talon.

Tobie se laissait faire.

– C'est ma peinture de guerre ? demanda-t-il.

Dans sa petite enfance, avec son ami Léo Blue, ils se

peignaient parfois des signes sur les mains et les épaules.
Léo avait toujours été un enfant sombre, parfois violent.
La mort de sa mère quand il était tout petit, puis celle de
son père deux ans après lui laissaient une blessure terrible dont il ne parlait même pas à son meilleur ami.

Il semblait désormais que cette plaie au cœur s'était
infectée.

Elisha se taisait. Elle avait deux nattes qui frôlaient
ses yeux.

Tobie savait qu'elle portait sous le pied ce même
trait bleu, qui ne se voyait que la nuit et diffusait une
lueur bleue.

– C'est un secret ?

Elisha hocha la tête et posa le poil de plume sur le
rebord de l'encrier.

– Moi aussi, j'ai un secret, dit Tobie.

Et il raconta.

Quand il s'était retrouvé seul, au bout de la branche
cassée et qu'il avait entendu les lamentations de Sha-

287

toune sur son camarade disparu, Tobie avait essayé de voir clair dans le plan de son père, pour ne rien oublier des trois indices qu'il avait donnés.

1) Il avait facilement pu expliquer la fausse trahison de Sim Lolness qui avait pour seul but de permettre à Tobie de s'échapper.

2) Il avait aussi déchiffré au dernier moment la fameuse phrase d'avertissement « ne recommence pas à te blesser », qui lui indiquait la branche creuse des Houppiers : l'endroit où, grâce à sa petite taille, il pourrait échapper à ses gardiens.

3) En revanche, il n'arrivait pas à comprendre la violence de Sim contre lui, son propre fils, quand il lui avait demandé de parler correctement à ce taré de Limeur.

C'était encore quelque chose qui ne lui ressemblait pas. Il fallait donc sûrement y voir un signe ou un appel.

Plus tard, alors que Tobie était déjà en cavale, et que Léo Blue entrait dans le salon de maître Clarac sous l'œil maternel de Minouilleka, Jo Mitch s'était mis dans une grosse colère.

Tobie vivant. Mitch ne pouvait supporter cette idée.

Les colères de Jo Mitch ressemblaient fort à des coliques. Il se tenait le ventre, devenait tout rouge, faisait mille bruits énigmatiques, entre flatulence et bêlement. Par inadvertance, son mégot jaillit de ses lèvres à la vitesse d'une fusée. Il atterrit dans le décolleté de Minouilleka qui l'écrasa discrètement en bombant le torse.

Quand il retrouva son calme, Jo Mitch resta prostré quelques minutes. Puis il tourna très lentement ses yeux globuleux vers Sim.

Il y a certains sujets sur lesquels Mitch ne se faisait jamais avoir. Il se rappelait parfaitement que Sim Lolness n'avait pas été fouillé. La diversion de Sim n'avait pas suffi. La pierre de l'arbre était là...

Mitch fit un geste vers Torn qui se jeta sur le professeur.

Maïa regardait son mari. Tobie était vivant, mais Mitch allait posséder la pierre. Elle aurait bien sûr donné vingt pierres de la même valeur en échange de la vie de son fils, mais la puissance promise au gros Mitch grâce à cette fortune était une catastrophe pour toutes les vies suspendues à cet arbre.

Torn fouillait Sim frénétiquement. Même tout nu dans ce petit salon, avec deux hommes qui épluchaient ses habits, le professeur gardait maintenant un grand sourire. Son plan avait marché.

On ne trouva rien sur lui. Rien d'autre que deux boules de gomme et un crayon. Limeur écrasa les boules de gomme sous son pied : rien à l'intérieur. La boule de gomme collait à son talon. Limeur dansa d'un pied sur l'autre en essayant de se dépêtrer de la pâte qui l'engluait au sol. Mitch, devant ce spectacle, avait les yeux exorbités de fureur.

Sim affichait un petit sourire indulgent.

Au même instant, dans sa fuite éperdue, Tobie passait la main dans ses cheveux trempés de sueur et y trouvait la même boule de gomme mâchée, collée à l'arrière de sa tête, à l'endroit exact où son père l'avait violemment frappé. Mêlé à la pâte collante, il sentit un objet plus dur. Il l'arracha de ses cheveux, et découvrit, toute poisseuse entre ses doigts, la pierre de l'arbre.

Maintenant, dans la grotte du lac, il la sortait de l'ourlet de son pantalon et la montrait à Elisha qui avait encore un peu d'encre de chenille sur les mains.

– Voilà mon secret, dit-il en tenant la pierre entre ses doigts. Mon père me l'a confiée. Je vais la cacher ici, dans la grotte du lac. S'il m'arrive quelque chose, tu sauras qu'elle est là.

Il alla vers le fond, s'éclairant avec une brindille enflammée. Il la leva vers un portrait d'Elisha qu'il avait représentée seule, accroupie, le menton dans les mains, grandeur nature. Il perça le bois à l'endroit d'un des yeux du dessin et mit la pierre à la place de la pupille. La petite flamme s'éteignit.

Tobie se tourna vers la vraie Elisha. Elle était debout devant le feu, en contre-jour. Elle dit :

– Ne te livre pas à Jo Mitch. Je vais t'aider.

22

L'éducation des petites filles

Brandissant un bâton plus lourd qu'elle, Bernique assomma le vieillard qu'on lui avait présenté.

– Maintenant, on rentre ! cria son père qui la regardait faire de loin.

La petite fille ne répondit même pas, alla se planter devant le vieil homme qu'elle venait de frapper et posa la main sur le crâne dégarni.

– Ça pousse, dit-elle.

En effet, une belle bosse était en train de pousser. C'était la cinquième. Il était largement l'heure de rentrer.

Gus Alzan avait deux soucis. Le premier, c'était la prison de mille hommes qu'il dirigeait. Cela, il en faisait son affaire. Ses méthodes n'étaient pas forcément très réglementaires, mais elles satisfaisaient le Grand Voisin. Gus habitait avec sa fille au cœur de la boule de gui de Tomble, dans le nœud central, d'où partaient toutes les ramifications. Il maîtrisait tout.

L'autre souci de Gus, le vrai, c'était justement sa fille, Bernique. Depuis quelque temps, il s'inquiétait de son évolution. Bien sûr, il savait qu'âgée de dix ans Bernique était appelée à changer, à mûrir, à devenir une vraie jeune fille. On lui avait dit : « C'est normal, à cet âge-là, il se passe tellement de choses. » Au début, il avait donc regardé avec une certaine tendresse Bernique qui cassait les meubles ou étranglait ses gouvernantes. « Comme elle grandit ! se disait-il. C'est le portrait de son parrain. » Le parrain de Bernique s'appelait Jo Mitch.

Gus laissait donc sa fille agir à sa guise, il lui prêtait même quelques prisonniers en fin de course pour assouvir sa passion des bosses.

Mais après quelque temps, Gus Alzan commença à s'inquiéter. En fait, il s'était soudainement souvenu qu'il devrait un jour marier sa fille. Cette préoccupation

était sûrement prématurée, mais il se disait que plus le chemin est redoutable, plus il faut partir tôt.

Dans le cas de Bernique, le chemin s'avérait particulièrement redoutable. Ce n'était même pas un chemin, c'était la jungle primitive.

À dix ans, elle avait déjà quelques habitudes assez peu convenables pour une jeune fille de bonne famille.

Passons sur les prisonniers assommés, ils l'avaient bien cherché. Passons sur les gouvernantes étranglées, elles étaient peut-être fautives dans leurs méthodes d'éducation. Mais le premier acte grave, elle le fit avec un cuisinier de Tomble dont elle plongea le doigt dans l'huile de friture, pour qu'il le mange lui-même en beignet, sur l'os.

Gus renvoya le cuisinier qui n'était plus bon à rien, mais il réprimanda Bernique en la privant de dessert.

À partir de ce jour, il décida d'agir.

C'est alors qu'il entendit parler d'un homme tout à fait étonnant, qui était une sorte de maître en politesse et en savoir-vivre. Ce n'était qu'un simple sous-chef, arrivé à Tomble pendant l'hiver. Sa réputation s'était transmise rapidement, et en agaçait plus d'un. Toujours souriant, il parlait un langage fleuri et se faisait appeler : Patate.

Patate arriva un samedi matin dans la maison des Alzan.

— Mes meilleures salutations, dit-il à Gus.

— Les miennes avec, répondit maladroitement le directeur.

– On m'a dit que vous me faisiez appel de venir… C'est trop d'endurance de votre part. En quoi ai-je le nord de vous intéresser ?

– Je… C'est ma fille.

– Votre fille, répéta Patate avec un grand rire sonore qui n'avait rien à voir avec le sujet.

– Ben, oui. Ma fille : Bernique.

– Bernique ! s'exclama Patate, toujours dans un rire suraigu assez désagréable à entendre.

Gus Alzan lui prit la totalité du visage dans la main, l'écrasa un peu, et plaqua Patate contre la porte de son bureau.

– Qu'est-ce qui te fait rire, Patate ?

– Euh… je… rien, c'est juste pour détendre un peu.

– Bon. Je veux que ma fille devienne une demoiselle.

Patate se mit aussitôt au travail. Il avait vécu avec les plus redoutables guérilleros de Jo Mitch, mais les trois jours qu'il passa avec Bernique Alzan furent les pires de son existence. Il pénétra le mardi suivant dans le bureau de Gus. C'était les dernières semaines d'avril, un beau jour de printemps.

– Alors ? dit Gus, plein d'espoir.

Une auréole noire entourait chaque œil de Patate. Il avait tant de bosses sur le crâne qu'on aurait dit un casque à pointes.

– Ve viens vous préventer ma démiffion, monfieur Alvan.

Il lui manquait deux dents sur trois. Il parlait avec

difficulté et ne riait plus du tout. Gus Alzan, déçu, lui accorda un jour de permission.

– De permiffion ?

Patate ne connaissait pas les permissions. Chez Jo Mitch comme à Tomble, on ne prenait pas de vacances. Y a-t-il des vacances en enfer ?

Après cette tentative, Gus perdit courage. Qu'allait devenir sa Bernique qu'il emmenait autrefois, petite, chatouiller les condamnés avant la potence ? De quoi avait-elle manqué dans cette prison ? En guise de petite consolation, il jeta deux prisonniers aux oiseaux.

Les oiseaux sont friands du gui. Ils adorent ses lourds fruits blancs, dont il ne faut surtout pas s'approcher en hiver pour ne pas être croqué par une fauvette ou une grive. Quand il avait besoin de se détendre, le directeur de Tomble asseyait un prisonnier sur un de ces gros fruits et attendait les oiseaux. À la fin du mois d'avril, il ne restait que quelques fruits, mais ils étaient si mûrs que les oiseaux ne tardaient jamais.

Gus passa ensuite une nuit détestable. Il rêva de Bernique fonçant sur lui avec de grandes ailes. Elle l'avalait tout cru et il terminait englué dans une crotte d'oiseau.

Mais dès le lendemain, on frappa à sa porte.

– Fé moi.

Gus reconnut la voix énervante de Patate. Il ouvrit.

– Fi vous m'autorivez le nord de difcuter une feconde avec vous…

Gus faillit l'aplatir. On ne toquait pas chez Gus Alzan comme chez un petit camarade de promotion, pour s'offrir un bout de « converfafion ».

Ceux qui venaient à sa porte devaient avoir les chocottes à zéro, et demander pardon en grelottant sans même savoir ce qu'ils avaient à se reprocher.

Mais Patate ajouta, évitant ainsi d'être réduit en purée :

– Fé au fujet de Bernique…

Patate n'avait pas plus de dents que la veille mais il avait retrouvé le sourire. Gus, intrigué, le laissa entrer.

Pour une fois, le sous-chef Patate fut très clair.

Il avait passé le temps de sa permission dans une branche voisine et avait eu l'occasion de réfléchir à la situation de Bernique. Pour lui, c'était sûr, la petite fille avait un problème avec l'autorité.

– C'est tout ? dit Gus.

La découverte de Patate n'était une révélation pour

personne. Mais il continua en disant que la solution ne se trouvait donc ni dans un père, ni dans un professeur.

– Un quoi ?

– Un profeffeur…

– C'est tout ? répéta Gus dont la main commençait à le démanger.

Il s'apprêtait à l'envoyer voler.

Patate reprit :

– Fe qu'il lui faut, fé une amie.

– Une quoi ? interrogea encore Gus.

– Une amie.

Gus Alzan avait déjà entendu ce mot. Ami. Mais cela correspondait à une idée très vague pour lui. Une sorte de personne qui n'est ni le chef ni l'esclave de quelqu'un. Un concept fumeux qui avait été à la mode, il y a longtemps.

Pour le directeur de Tomble, toute personne était au-dessus ou en dessous de lui. Commandant ou commandé. Jo Mitch au-dessus. Tous les autres en dessous. Sa fille, peut-être, se trouvait un peu à part puisqu'elle aurait dû être en dessous, mais grimpait souvent au-dessus.

Après quelques réflexions, il en arriva à la conclusion que, personnellement, il n'avait pas d'ami.

– La feule perfonne que Bernique peut refpecter, fé une amie, répéta Patate.

Gus resta perplexe.

– Où ça s'achète ?

Patate prit un air mystérieux et expliqua qu'avec son

autorisation, il pourrait lui apporter une amie le lendemain. Gus faillit s'étouffer. Si la future amie de Bernique n'était ni au-dessus, ni en dessous d'elle, c'est
qu'elle était comme Bernique. Ce qui multipliait le
problème par deux. Deux Bernique dans Tomble, et la
prison explosait !

Patate le rassura aussitôt. La jeune personne à
laquelle il pensait était un modèle de politesse et de
fermeté. Une amie idéale pour Bernique. Elle avait
douze ans. Patate avait rencontré cette amie avant l'hiver. Elle lui avait tout appris. Il venait de la retrouver
par le plus grand des hasards aux portes de Tomble.

Gus refusa tout net. C'était prévisible. Il était impen-
sable de faire entrer une étrangère dans la prison. Surtout en ce moment.

S'il arrivait quelque chose, Jo Mitch lui tomberait
dessus. Et quand Jo Mitch tombe sur quelqu'un, il n'en
reste rien, ou éventuellement un peu de jus sur les
côtés.

– Alors, ve vous laiffe, monfieur le directeur, dit
Patate avec tristesse.

Il secoua la poussière de son chapeau et sortit.
Quand il eut passé la porte, Gus le rattrapa. Le directeur laissa flotter un silence pendant lequel il revit
quelques-uns des pires exploits de Bernique. Il avait
changé d'avis.

– Si votre petite ne convient pas, je vous jette aux
oiseaux.

Patate repartit avec une drôle d'impression. Pour
être franc, ce n'était pas son idée à lui. Il avait croisé la

fille des Basses-Branches et lui avait raconté l'affaire Bernique. Elle lui avait proposé ses services. Patate lui faisait confiance, mais il ne pouvait s'empêcher de penser à la menace des oiseaux.

Sa vie était entre les mains de… Comment s'appelait-elle… ? Bulle. Oui, c'est comme ça qu'elle s'appelait.

Bulle.

Bulle entra dans la prison le 24 avril à midi. On la fouilla seize fois. Elle était conduite par neuf gardiens avec des arbalètes. Bulle était une petite fille au regard droit, avec des vêtements noirs et deux nattes qui formaient des points d'interrogation sur sa tête. Elle avait un curieux visage un peu plat.

On la fit entrer dans la salle de jeu de Bernique et on ferma la porte sur elles. Les gardes se répartirent autour de la maison des Alzan.

Le soir, à sept heures, on fit sortir Bulle. Les gardiens s'attendaient à la retrouver en tranches ou en hachis.

Elle n'était même pas décoiffée.

Gus reçut Bulle dans son bureau. Il était terriblement intimidé par cette fille avec ces yeux de lanceuse de couteaux. Il articula :

– Je… Bon… Ben… Donc…

– Je ne viendrai pas demain, dit Bulle. Je serai là le jour suivant.

– Bon… Ben… Je… D'accord…

Elle alla vers la porte du bureau et se retourna vers Gus.

– Il y a un point important. En mon absence, Bernique

ne doit frapper personne. Pas une seule bosse. Ou tout serait terminé.

Avant qu'elle ne passe l'étroite patte de sortie, au sommet de la boule de gui, on fouilla Bulle onze fois. On trouva sur elle un petit personnage en bois de la taille d'un pouce. On le lui laissa.

Le lendemain, Bernique passa la journée à pleurer sous son lit. Elle était calme, mais ses larmes formaient une petite flaque autour d'elle. Gus alla la consoler, marchant dans les larmes avec ses bottes. Elle ne réclamait pas de prisonniers à assommer : elle demandait son amie. À sept heures du soir, elle fit une crise de nerfs. Elle déchira son matelas dont elle avala la mousse, mais elle ne frappa toujours personne. On envoya cinq hommes chercher Bulle, sans qu'aucun d'eux ne puisse la trouver.

Le jour suivant, Gus Alzan se leva avant l'aube pour attendre Bulle. À midi, elle se présenta à la porte de Tomble. On la fouilla seize fois. Elle avait toujours dans la poche son petit personnage grossièrement taillé dans un copeau. Neuf gardes l'accompagnèrent à travers la prison. Elle ne jeta pas un coup d'œil aux centaines de prisonniers qui gémissaient derrière les barreaux des minuscules cellules.

Cette fille était dure comme le bois de l'année.

– Vous… Je… n'êtes pas venue hier…, hasarda Gus.

– Est-ce que je n'avais pas prévenu ?

– Je… si, si… Mais…

Bulle menaça avec une voix froide :

– Si vous préférez, je m'en vais.

Gus s'excusa platement, pour la première fois de sa vie (sans compter le jour où, au baptême de Bernique, il avait marché sur le mégot de Mitch).

Bulle resta jusqu'à sept heures avec Bernique et sortit. Gus demanda à lui dire quelques mots. Elle répondit qu'elle n'avait pas le temps.

– Je ne viendrai pas demain. Je serai là le jour suivant.

Gus n'osa pas faire de commentaire.

Quand on la fouilla à la sortie, personne ne remarqua qu'elle n'avait plus dans la poche le petit bonhomme de bois.

Deux jours plus tard, tout se passa de la même façon, sauf qu'en sortant, le soir, Bulle convoqua Gus.

Elle le regarda assez longtemps pour qu'il baisse le regard, puis elle articula :

– Vous savez ce que je vais vous dire.

– Oui... Enfin... Vous ne viendrez pas demain, mais plutôt le jour suivant.

– Non. Ni demain, ni le jour suivant, ni jamais.

Gus garda les yeux fixes. On aurait pu voir, en s'approchant au plus près, une petite palpitation de la lèvre, et dans le blanc de l'œil, un reflet de larme. Une bulle d'espoir venait d'exploser devant lui.

C'était fini.

Il ne verrait jamais éclore de sa larve repoussante la Bernique de ses rêves, princesse en robe pâle, qui courrait vers lui sur une branche déserte en criant : « Papa ! Papa ! C'est moi : Bernique ! » Il ne la contemplerait jamais sous un voile de mariée, un jeune homme au bras, valsant sur un parquet d'étoiles. Elle resterait la Bernique enragée, barbare, qui épouserait, au mieux, un vieux crâne mou pour y faire pousser des bosses. Une Bernique qui mordrait ses enfants d'honneur et étoufferait sa belle-mère dans la pièce montée.

– Vous connaissez mes raisons, dit Bulle.

– Non, gémit Gus Alzan, mais vous ne pouvez pas me laisser tomber. Bernique va déjà mieux…

– Molmess…

– Quoi ?

– Molmess ou Molness… Ça vous dit quelque chose ?

Gus releva des yeux terrifiés.

– Non…

– Bernique affirme qu'hier, elle a frappé un certain Molness pendant mon absence.

Gus regardait fixement Bulle.

– Ce n'est pas possible. Non. Elle n'est pas sortie de sa chambre.

– Mais ce Molness existe bien… ?

– Non…

Le regard de Bulle lui faisait mal jusque derrière la tête, il corrigea :

– Peut-être un nom comme ça… Mais ce n'est pas possible…

Bulle dit à Gus Alzan :

– Je crois que vous ne comprenez pas bien…

– Elle ne peut pas le connaître ! Elle ne connaît aucun nom de prisonnier…

Bulle se leva de sa chaise, les yeux noirs.

– Vous dites que je mens.

– Non… Jamais…

– Alors vous dites que votre fille ment.

– Non…

La réponse était un peu moins ferme. Bulle dit :

– Venez.

Elle l'emmena dans la chambre de Bernique.

– Bernichou, appela Gus en s'approchant du lit, Bernichou, mon chou…

Bernique était sous le lit, entourée d'un nuage de mousse qu'elle avait retirée de son nouveau matelas. Gus essaya de croiser son regard.

– Ton amie me dit que tu as fait des bobosses à quelqu'un, hier ?

Elle ne répondit pas. Gus insista :

– À qui elle a fait des bobosses, la Bernichou ?

La réponse surgit de sous la mousse :

– Lolness !

Bulle et Gus se regardèrent et sortirent. Gus ne comprenait plus rien. C'était impossible. Rigoureusement impossible. Il essaya une dernière fois de convaincre Bulle en pleurnichant. Mais elle était intraitable. Elle avait donné les règles dès le premier jour.

– Et si…, commença-t-il.

Il s'interrompit. Bulle fit semblant de ne pas avoir entendu. Elle dit :

– Au revoir.

Gus lui serra la main. Elle avança de quelques pas vers la sortie. Il la suivait. Il paraissait hésiter.

– Et s'il n'y a pas de bosse sur la tête des prisonniers.

– Quels prisonniers ?

– Lolness.

– Je croyais que ce nom ne vous disait rien, s'étonna Bulle, continuant à marcher.

– Il y a un couple avec ce nom en quartier de sécurité.

Bulle s'arrêta immédiatement.

– S'il n'y a pas de bosse sur le crâne de ces Molmess, dit-elle… Tout sera différent.

Elle se retournait lentement. Le directeur retrouva un peu d'espoir.

– Je vais voir ! Je vais vous dire !

Il partait en trottinant. Bulle le rappela :

– Je ne vous croirai que quand j'aurai touché le crâne des Losnell.

– Lolness…

– Quoi ?

– C'est impossible…

304

– Je comprends parfaitement. Au revoir.

Elle repartit. Gus n'en pouvait plus.

– Attendez !

– Trop tard. Je ne veux plus toucher aucun crâne. Ça m'est égal.

– Attendez !

– Non. Tant pis. Bon courage avec votre fille.

– Je vous en supplie. Vous verrez vous-même ! Je vais vous emmener dans le cachot des Lolness.

Une heure plus tard, la nuit était tombée. Après plusieurs nouveaux contrôles, Gus et Bulle pénétrèrent dans le quartier de sécurité. Une zone aménagée en bas de la boule de gui. Le quartier était beaucoup plus silencieux.

Après différents carrefours, ils débouchèrent devant la cellule 001.

– Voilà, dit Gus.

Il ne trouvait pas sa clef. Un gardien lui prêta la sienne. Le nom des Lolness était écrit sur une planchette. Gus entra dans la petite pièce. Il était tout pâle.

Bulle entra derrière lui. Pour l'encourager, elle lui fit une surprenante petite tape dans le dos. Elle savait qu'elle n'avait pas le droit de dire un seul mot.

Gus Alzan était sur ses gardes. Ces deux prisonniers étaient plus précieux que la totalité des neuf cent quatre-vingt-dix-huit autres. Gus avait appris à ne faire confiance à personne dès qu'il entrait dans une cellule. Il ne quittait donc pas Bulle des yeux.

Il aurait mieux fait de se méfier plus tôt. Ainsi, elle

n'aurait pas dans sa poche la clef de la cellule 001, qu'elle venait de lui dérober.

Au lieu de cela, il avait pris le temps de la prévenir qu'aucune communication n'était possible avec les deux prisonniers. Il était formel : elle devait tâter les deux crânes en silence et sortir.

C'est exactement ce qu'elle fit.

Il y avait un couple assis sur la banquette. Bulle s'approcha d'eux, ne quittant pas leurs regards effarouchés. Elle posa ses petites mains sur leurs têtes, et fit une très lente caresse. Elle hocha la tête vers Gus Alzan. Le regard de celui-ci s'éclaira, il n'y avait pas de bosse. Il fit passer Bulle devant lui, et tourna le dos aux prisonniers.

Sur le dos du directeur, malgré la pénombre, le couple captif pouvait lire une banderole de soie fine qui disait : « Courage. Votre fils va vous aider. » Bulle, en entrant, l'avait suspendue au seul endroit que Gus ne pouvait surveiller : son propre dos. Elle la détacha discrètement une fois la porte passée.

– Bien, dit-elle en lui tapotant le dos. Je suis rassurée... On va pouvoir passer à l'étape suivante : le pique-nique.

Gus avait l'air satisfait. Il n'avait aucune idée de ce qu'était un pique-nique. Il imaginait une méthode de pédagogie moderne. Bulle lui expliqua.

– Je ne viendrai pas demain. Je serai là le jour suivant. Et j'emmènerai Bernique en pique-nique.

23

La momie

Quand Bulle expliqua ce qu'était un pique-nique, Gus eut un moment de panique. D'un côté, il ne se voyait pas autorisant sa fille à sortir des limites de la prison. D'un autre, il refusait de faire échouer la méthode Bulle qui avait déjà prouvé son efficacité.

– Je vais vous trouver une jolie petite cellule vide. Vous ferez votre pique-nique au chaud.

– Non, dit Bulle. J'emmène Bernique dehors. Les amis normaux pique-niquent dehors.

C'était impossible. Gus ne pouvait pas laisser partir sa Bernique avec une fille de douze ans qui, une semaine auparavant, lui était encore inconnue. Le pique-nique était prévu le surlendemain, la veille de l'exécution des Lolness à laquelle Jo Mitch venait assister. Il ne pouvait pas prendre un tel risque à ce moment crucial.

Bulle attendait la réponse, impénétrable. Elle ne quittait pas des yeux le directeur. On avait l'impression qu'elle lisait à livre ouvert dans les pensées de cet homme. Elle sentait qu'il doutait. Elle vit même ce doute se creuser lentement.

Gus se demandait tout à coup comment il avait pu mettre sa confiance dans cette petite. Qu'est-ce qu'il savait de cette Bulle ? Rien. Absolument rien. Il était encore temps de tout arrêter. Bulle sentit venir le moment où il allait la renvoyer.

Il fallait agir vite. Elle eut alors une idée terrible.

Un prisonnier était en train de cirer le parquet du bureau du directeur. À quatre pattes sur le sol, exténué, il passait le chiffon à proximité de l'endroit où Bulle se tenait. Il avait les genoux écorchés, à force de se traîner sur le sol. C'était un homme au regard triste, un de ces prisonniers qui n'ont jamais compris pourquoi ils ont atterri là. Ils vivaient tranquillement chez eux, on est venu les chercher un matin, on les a jetés dans un cachot. Et quand ils demandent ce qu'ils ont fait, on leur répond « secret d'État ».

Bulle, avec une fausse discrétion, recula vers le prisonnier. À petits pas innocents, elle s'en approchait. Gus avait remarqué ce manège qu'il surveillait d'un œil. Oui, cette fille l'inquiétait. Quelles étaient ses intentions ?

Alors, d'un coup de talon violent, elle écrasa la main du cireur de parquet.

Ce simple acte de cruauté vint réchauffer le cœur du directeur. Elle était bien l'une des leurs. Une fille qui agissait ainsi ne pouvait pas être complètement mauvaise. Il éclata d'un rire complice et renvoya dans sa cellule le prisonnier qui gémissait.

Bulle ne bougeait pas. Elle avait seulement autour des yeux un fin liséré rouge. On sentait qu'au fond d'elle, la plainte de ce prisonnier laissait comme une crevasse. Bulle crut qu'elle allait défaillir.

– C'est d'accord, lui lança Gus.

Elle chercha à mettre dans sa voix toute la fermeté qui lui restait pour demander qu'on leur prépare un panier de pique-nique. Elle précisa le contenu du panier idéal : rillettes de lépidoptère, éclair au miel, sans oublier le torchon à carreaux rouges et blancs qui devait le recouvrir.

– S'il manque une seule chose, ce ne sera pas un vrai pique-nique, menaça-t-elle en passant la porte pour la dernière fois.

Elle arriva à dix heures du matin le 30 avril. Devant l'entrée de Tomble, la petite Bernique l'attendait avec son panier, sa robe de dentelle, et le chapeau de paille réglementaire. Derrière elle, neuf gardes du corps avaient le même panier, et le même chapeau de paille.

Bulle ne se mit pas en colère. Elle appela Gus et lui demanda ce qu'il comptait faire de ces bonshommes.

– Ils ne vous dérangeront pas. C'est pour la sécurité.

Après bien des négociations, elle fit réduire l'équipe à deux gardiens. Elle eut même la possibilité de les choisir.

Bulle ne prit pas forcément les plus éveillés. L'un avait les cheveux qui lui tombaient devant les yeux comme un rideau. Il s'appelait Minet. L'autre s'appelait Poulp, il avait une bouche plus étalée qu'une ventouse et des petits yeux en cul de mouche.

Gus Alzan les regarda partir tous les quatre.

Bernique donnait la main à son amie.

Il y a quelques jours, cette main qu'elle tenait, Bernique ne l'aurait pas lâchée sans l'écraser ou en ôter quelques ongles. Maintenant, la petite fille semblait sortir d'une vieille gravure, avec son chapeau de paille et son ombrelle.

Gus couvait des yeux sa jeune princesse qui s'éloignait.

Ce tableau champêtre ne demeura pourtant pas longtemps le plus beau souvenir de Gus Alzan.

À six heures de l'après-midi, on l'avertit que quelqu'un demandait à lui parler. C'était Poulp, tout seul, en éclaireur, la ventouse tombante, mort de fatigue.

– Il y a eu un petit problème…

– Bernique ! cria Gus.

– Elle s'est fait un peu mal. Juste un peu.

Gus crut qu'il allait l'enfoncer tel un clou dans l'écorce. Comme vidé de son sang, Gus n'arrivait pas à dire autre chose que :

– Bernique ! Bernique !

– Elle est là-bas, on la répare, dit Poulp.

Gus Alzan ne pouvait plus respirer.

– On la... quoi ?

– On la répare... Elle s'est fait un peu mal.

– Où ?

– Partout.

Poulp aurait eu du mal à faire une liste précise de ce qu'elle avait de cassé. Gus s'époumona :

– Mais elle est où ?

– Près d'un lac.

Poulp se garda bien de lui raconter ce qui était arrivé. Il fit semblant de s'évanouir. Gus lui donna quelques généreuses baffes, mais Poulp se laissait malmener, faisant voler de gauche à droite sa bouche en forme de ventouse. Il préférait ces coups à ceux qu'il aurait reçus si le directeur avait su ce qu'il venait de faire de sa fille.

Ils étaient arrivés au lac vers une heure. Bernique s'était effondrée de fatigue. Elle n'était jamais sortie de Tomble et ses jambes très courtes n'avaient aucune expérience de la marche. En trois heures, ses pieds avaient gonflé comme des soufflés. Ses orteils ressemblaient à des boudins de larve qui lui firent exploser les chaussures.

Pendant qu'elle dormait sur la plage, Bulle et les deux gardiens dévorèrent le pique-nique. Poulp et Minet avaient un appétit de charançons. Ils découvraient l'art du pique-nique. Au dessert, ils grignotèrent les paniers comme des bretzels, et une fois mouchés dans la nappe à carreaux, ils se mirent à bâiller.

Bulle leur conseilla une sieste. Poulp et Minet commencèrent par refuser mais, constatant le profond sommeil de Bernique, ils cédèrent à leur tour. Bulle les accompagna jusqu'à une grotte obscure dont la fraîcheur était propice à la sieste. Elle leur promit que personne ne ferait de mal à Bernique avant qu'elle les rejoigne.

Les deux gardiens s'endormirent paisiblement, la peau du ventre bien tendue.

Ils furent réveillés par des coups.

Des coups dans l'obscurité.

Ou plutôt des coups sur leurs têtes.

Quelqu'un était en train de les assommer à grandes beignes de gourdin. Quelqu'un de qualifié, qui maniait ce gourdin avec une sobre efficacité, répartissant les bosses symétriquement entre les deux crânes. Un vrai petit maître.

Poulp et Minet n'admirèrent pas longtemps son talent. Au bout de quelques secondes, ils étaient debout et donnaient la correction du siècle au manieur de gourdin. Ce qui était étrange, c'est qu'un agresseur de cette trempe semblait désarmé par la riposte. Comme s'il s'était battu toute sa vie contre des poupées inertes.

Quand ils furent assurés de ne laisser qu'un petit tas

d'os dans un sac de peau, les deux gardes du corps s'arrêtèrent. Bulle surgit à ce moment-là avec une torche.

– Pourquoi vous avez fait ça ? demanda-t-elle.

– Ben quoi ? dit Minet.

– On se défend…, continua Poulp.

– Qu'est-ce qu'on va dire au directeur ? demanda Bulle.

– Ben quoi ? dit Minet.

– Elle est où Bernique ? s'inquiéta Poulp.

– Elle est là.

Bulle approcha la torche du sol et éclaira ce qui restait de Bernique. Poulp fit un bruit bizarre avec la bouche, et Minet, écartant ses cheveux, montra pour la première fois ses yeux : ils louchaient atrocement.

– C'est nous qui l'a assommée, dit-il.

Bulle paraissait très ennuyée…

– Je vous avais promis que personne ne lui ferait du mal avant qu'elle vous rejoigne… Mais je ne pensais pas que vous…

À peine une heure après le retour de Poulp dans la prison de Tomble, un drôle d'équipage arriva devant la porte. C'était un brancard de brindilles, porté à l'avant par Minet et à l'arrière par Bulle. Sur ce brancard, il y avait un objet curieux, comme une statue de cire couchée.

Gus Alzan se précipita vers Bulle.

– Bernique ! Où est Bernique ?

Bulle, d'un mouvement du menton, indiqua le brancard.

– Elle est là.

Gus se pencha sur la forme blanche qui gisait là. Il pâlissait.

– Quoi ? Mais qu'est-ce qui s'est passé ?

Poulp était apparu derrière Gus. Avec Minet, ils étaient en train de faire tous les clins d'yeux possibles à Bulle pour qu'elle ne dise pas la vérité. Mais avec les yeux en tête d'épingle de l'un, et la mèche-rideau de l'autre, il était impossible de soupçonner leurs grossiers signaux. Bulle resta très vague :

– Elle est tombée. Elle a désobéi et elle est tombée au fond d'un trou.

Minet et Poulp se détendirent.

– Mais où elle est ? hurla le pauvre père.

– Dans la coquille de cire… Il n'y avait pas d'autre moyen pour la réparer. Il faut l'immobiliser trente jours

dans cette coquille. J'ai trouvé une éleveuse de cochenilles qui a bien voulu couler Bernique dans la cire. Il faut
que les os se ressoudent et que les organes reviennent
à leur place.

— On va vous rendre une Bernique toute neuve,
ajouta maladroitement Poulp qui reçut immédiatement le poing de Gus sur sa grosse bouche rebondie.

Soulagé d'avoir frappé, Gus détacha sa main de la
ventouse et approcha de la forme en cire. Il reconnaissait maintenant la place de la tête, des bras et des
jambes. C'était comme une étoile de cire blanche.

— Un mois ! Mais comment elle va manger ?

— Il y a des tubes aux bons endroits. C'est étudié pour.
Il faut mettre de la purée d'aubier dans ce tube-là, trois
fois par jour.

Gus alla vers ce qui devait être la tête. Très doucement, il fit toc toc avec le doigt. Obtenant pour seule
réponse un petit mouvement dans la coquille, il se mit
à pleurer.

On fit franchir la porte de Tomble à la Bernique de
cire, à Minet et à Poulp. Mais quand Bulle voulut entrer,
Gus se retourna violemment vers elle.

— Toi, va au diable ! Ne remets plus les pieds ici.

Bulle resta déconcertée. Pour la première fois, un
signe de trouble se lisait sur son visage. Elle dit :

— Mais je dois m'occuper d'elle…

— Disparais de ma vue !

Bulle paraissait vraiment secouée. Elle insista :

— Laissez-moi juste une nuit de plus, vous savez que
Bernique…

Bulle allait le convaincre. Il suffisait qu'elle ajoute quelques phrases. Mais Gus Alzan avait déjà crié :

– Qu'on la jette dehors !

Une quinzaine de gardes se précipitèrent pour l'empêcher de passer. Ils la repoussèrent à l'extérieur de la porte d'entrée. Elle ne criait plus assez fort pour que Gus puisse l'entendre.

Trop tard. En un éclair, Bulle était redevenue Elisha et grelottait d'angoisse.

Elle ignorait que le soir même Minet et Poulp seraient livrés aux oiseaux sur une boule de gui. Son sort à elle était loin d'être le plus sinistre.

Pourtant, quand le brancard disparut au sein de la prison de Tomble, elle se retourna, le visage livide, le cœur chahuté, et s'éloigna en courant.

Qui n'a jamais passé une heure dans un sarcophage de cire ne peut imaginer combien Tobie avait chaud.

Il entendait à peine les voix autour de lui. Il s'était senti secoué dans sa coquille mais avait maintenant l'impression que plus rien ne bougeait. Il devait être dans la chambre de Bernique.

Encore quelques bruits, un vague pas qui s'éloignait, et le silence revint.

Il pensait à Elisha qui devait attendre, juste à côté de lui, le moment idéal. Elle le préviendrait par cinq coups lents sur la cire. C'était leur code. À eux deux, ils feraient éclater la coquille.

L'évasion commencerait là, en plein cœur de Tomble.

Le temps passa. La chaleur devenait suffocante. Soudain, des pas assourdis firent vibrer la cire. Quelqu'un entrait dans la chambre. Il entendit un bruit d'aspiration sifflante et reçut une matière chaude qui lui arrivait directement dans la bouche. De la purée. On lui donnait à manger. Il prit tout ce qu'on lui offrait. Il n'avait pas le choix. Ce qu'il n'avalerait pas rentrerait dans son col et, avec la chaleur, transformerait la coquille en cloaque.

Heureusement, le gavage s'arrêta à temps. Nouveaux bruits. Et le silence revint.

Encore une fois, Tobie pensa à Elisha, si près de lui. Elle avait bravé tous les risques, défié la chance.

Depuis une semaine, Tobie se laissait porter par l'intuition d'Elisha.

Pendant les premiers jours, elle avait tourné autour de la prison pour trouver l'angle d'attaque. Sa première chance : la rencontre avec Patate qui lui parla du cas Bernique. Le plan d'Elisha ne tarda pas à éclore derrière son petit front têtu.

Tobie refusa d'abord catégoriquement qu'elle se fasse engager dans la prison. Elle ne pouvait affronter seule tous les dangers pour sauver des parents qui n'étaient même pas les siens, et qu'elle n'avait jamais vus ! Elisha défendit son projet avec passion. L'occasion était trop belle. Il fallait la saisir.

Tobie et Elisha ne fonctionnaient pas de la même manière. Tobie réfléchissait beaucoup, retournait les situations en tous sens, organisait ses plans. Il prenait des risques, mais il avait toujours, en bouée de sauvetage, une panoplie de solutions. Elisha, au contraire, saisissait les occasions, sans trop réfléchir. Elle se jetait à l'eau, toute nue, comme d'habitude.

Quand elle se trouva face à Bernique, les gestes lui vinrent naturellement. Elisha ne lui jeta même pas un coup d'œil, et se dirigea vers l'angle opposé. Elle passa la première journée dans son coin à fabriquer un petit personnage en bois. Un simple petit bonhomme de la taille de son pouce.

Après quelques instants, Bernique ne résista pas à cette indifférence. Elle ramassa une massue qui traînait dans ses jouets et finit par s'approcher.

Elisha ne fit pas le moindre mouvement vers elle, mais elle dit paisiblement :

— Je connais des têtes où il n'y aura jamais une seule bosse.

Cette phrase mit Bernique dans tous ses états. Elle se fit d'abord tomber la massue sur le pied et grogna :

— Où ?

— Chez moi, répondit Elisha.

Bernique poussa un mugissement, brandissant le gourdin, prête à écraser la tête d'Elisha et celle du bonhomme en bois. Elisha réussit à murmurer juste à temps :

— Je t'y emmènerai, si tu ne me tapes pas tout de suite.

Bernique s'arrêta.

— Si tu n'assommes personne pendant six jours, je te montrerai les têtes sans bosse.

Ainsi commença le dressage de Bernique. Un simple petit chantage.

Le surlendemain, le 26, Elisha lui répéta la même consigne, mais, le soir, en partant, elle laissa le petit bonhomme en bois dans un coin. Quand elle revint le 28, Elisha trouva le bonhomme éparpillé en mille morceaux. Elle demanda à Bernique :

– Tu as frappé le bonhomme ?

– C'est qui ?

– Le bonhomme !

– C'est quoi son nom ? répéta Bernique.

Elisha hésita et se laissa surprendre par le nom qui lui échappa :

– Lolness…, articula-t-elle. Il s'appelait Lolness.

Pourquoi avait-elle dit ce nom ? Elle n'en avait aucune idée. C'était comme cela. Les gestes et les mots venaient avant les pensées. Mais ils indiquaient toujours le chemin à prendre.

– Lolness, répéta Bernique.

Le soir même, Elisha alla se plaindre auprès de Gus Alzan. Bernique avait assommé Lolness en son absence. Elle parvint ainsi à savoir le lieu exact où les Lolness étaient tenus captifs. Elle put même les voir… Elle qui ne les avait finalement jamais croisés.

Enfin, il y eut l'idée du pique-nique.

Pour obtenir l'autorisation du directeur, Elisha accomplit le pire acte de sa vie. Elle écrasa la main d'un innocent. Dégoûtée de la barbarie de ce geste, elle se forçait à penser aux parents de Tobie, à ces vies qu'elle allait sauver. Oui, c'était une question de vie ou de mort. Mais jusqu'où peut-on aller pour sauver quelqu'un ?

Les nuits suivantes, cette question la réveilla souvent quand elle essayait de dormir.

Bernique, en quittant Tomble dans sa robe de dentelle, avait au cœur la joie d'imaginer mille bosses sur les crânes neufs qu'on lui avait promis. Elle avait supporté la marche dans l'espoir de cette récompense.

Il ne restait, après la sieste de Bernique, qu'à la conduire jusqu'à la grotte, lui livrer dans l'obscurité les crânes de ses gardiens, puis la conduire, assommée à son tour, vers Isha Lee qui l'immobiliserait dans la cire. Écartant les gardiens par pudeur pour cette demoiselle, on glissait Tobie dans la coquille à la place de Bernique. Et le plan était bouclé.

« Oui… Bouclé… », se dit ironiquement Tobie qui respirait de plus en plus mal.

Il pensa à la petite Bernique qui devait attendre dans une autre enveloppe de cire, là-bas, dans la cabane aux cochenilles. La mère d'Elisha allait très bien s'occuper d'elle. On avait dû la mettre dans une coquille échancrée à la hauteur du visage, ce qui était beaucoup plus confortable.

Que faisait Elisha ? Tobie n'en pouvait plus. Il attendait les cinq coups, enfermé dans son boîtier de cire. Il ne percevait plus le moindre son autour de lui. La nuit devait être tombée.

Il se sentait seul, tout d'un coup. Abandonné. Et pourtant, il n'y avait pas un instant à perdre. Le lendemain, à l'aube, ses parents seraient tués.

Elisha ! Pourquoi ne donnait-elle pas le signal ?

Tobie perdit patience. Il se mit à se contorsionner dans la cire pour la faire craquer. Tant pis, il ne tenait plus. Il devait risquer une sortie. Dès son premier mouvement, il comprit à quel piège il était pris.

Il se démenait autant qu'il pouvait mais la cuirasse de cire ne bougeait pas d'un pouce. Tobie avait connu la grotte du lac, mais ce cercueil-ci était bien pire. Il ne pouvait même pas se retourner. Il allait rester là, impuissant, pendant que ses parents passeraient sur l'échafaud. Mourir de chagrin, à petit feu, pendant un mois, abreuvé de purée tiède, noyé dans ses larmes. Petit Tobie vivant, rôti en croûte de cire.

Il était peut-être minuit. Sim et Maïa Lolness devaient croupir dans leur geôle à quelques centimètres de là, comptant les heures avant la mort. Et dans un mois, quand on le sortirait de sa coque puante, Tobie les rejoindrait sûrement, victime du même châtiment.

– Elisha… Elisha… !

Tobie criait maintenant du fond de sa boîte. Il aurait bien tambouriné avec ses poings, mais il n'avait même pas de poings, puisque ses mains avaient été prises dans la cire en position ouverte. Ses pensées devenaient de plus en plus désordonnées. Son cœur s'emballait.

Les questions le bousculaient comme dans un cauchemar : « Pourquoi la mort ? Pourquoi ? Je veux sortir de là ! Quitter l'arbre ! Trouver un monde ailleurs ! Où vont les bâtons qu'on jette au bout d'une branche ? Je veux retrouver mes poings, mes forces ! Mes poings ! Où vont mes poings quand les doigts se tendent ?

Elisha ! Dans quel camp tu es si tu m'abandonnes ? Et Léo ! Pourquoi les amis ne sont pas pour la vie ? »

Rien ne pouvait arrêter cette spirale infernale.

Rien ?

Il entendit un premier petit coup, puis un second. On frappait tout doucement sur son cercueil.

24

Envolé

Elisha pleurait près du feu.

Isha Lee avait vu sa fille revenir en pleine détresse. Elisha n'était plus ce vaillant petit soldat qu'elle regardait partir tous les matins. Elle ressemblait plus que jamais à une petite fille de douze ans qui voit tomber l'espoir qu'elle a lentement bâti.

Isha mit une couverture grise sur les épaules d'Elisha. Même les flammes ne suffisaient pas à rendre ses couleurs à cette petite silhouette.

Personne n'avait jamais vu une hirondelle à l'arrêt, mais elles devaient être un peu comme cela quand elles ne pouvaient plus voler : coupées dans leur élan, désorientées, leur visage plat cherchant une échappée.

Elisha n'avait pas pu franchir la porte de Tomble avec Tobie. Et c'était suffisant pour que leur plan s'écroule.

Tous leurs projets nécessitaient d'être deux à l'intérieur de la forteresse. Une fois la coque brisée, Elisha devait attirer les gardiens en criant que Bernique avait disparu. Tobie aurait profité du désordre pour filer vers le quartier de sécurité avec la clef.

Pour la suite, Tobie avait son plan secret.

La seule chose qu'Elisha savait, c'est que le lendemain, après le scandale de l'évasion des Lolness, on aurait dû trouver la vraie Bernique devant la porte de la prison. On ne s'étonnerait pas de cette ultime bizarrerie de la part de la petite peste. On ne ferait sûrement pas le rapport avec l'évasion de Sim et Maïa. Elisha ne serait donc même pas soupçonnée. Elle prendrait congé après quelques jours de bons et loyaux services.

C'était leur plan. Mais sans Elisha, plus rien ne tenait.

L'épaisse couche de cire ne pouvait être brisée par une seule personne. Le problème commencerait là, elle le savait. Elle se sentait terriblement coupable de cet abandon. Elle n'avait pourtant pas fait la moindre erreur.

Elisha regardait maintenant les flammes dans sa maison. C'est tout ce qui lui restait à faire. Elle les avait tant de fois observées, son épaule contre celle de Tobie. Dans des campements sauvages, aux confins des Basses-Branches, ou dans la grotte du lac, la vision du feu faisait toujours naître le même émerveillement. D'où venait cette force qui soulevait ces drapeaux d'or ? Quel souffle invisible, quel bras agitait tous ces fanions en flammes ?

Le feu était un mystère qui tracassait Elisha.

Isha servit un bol de tisane à sa fille, enveloppée

dans sa couverture gris hirondelle. Elle avait posé le bol sur un plateau avec une bougie. « Encore du feu », se dit Elisha. Elle fixa des yeux la bougie. Ses paupières s'ouvrirent en grand.

Elle semblait hypnotisée.

– Ça ne va pas, Elisha ? demanda sa mère.

Elisha ne quittait pas la bougie des yeux. Isha lui prit la main.

– Ça ne va pas ?

Elisha dit d'une voix blanche :

– Regarde. La bougie. Elle fond.

Isha regarda sa pauvre fille. Elle ne tournait plus rond.

Mais quand peu à peu les yeux d'Elisha se détachèrent de la flamme, c'est un regard plus calme qu'elle posa sur sa mère.

Rien n'était perdu. Tobie pouvait s'en sortir.

Bernique avait peur du noir. Sa chambre était toujours éclairée par des flambeaux. Ce soir-là, une fois posée la coquille de cire dans la chambre, son père avait donc tout illuminé, comme d'habitude. Des torches reposaient même aux quatre coins du lit, ce qui donnait un air funèbre à la momie de cire.

Le tube d'alimentation de la coquille montait à la hauteur des flammes. Les coups légers que Tobie entendit n'étaient frappés par personne. Ils venaient simplement des gouttelettes de cire fondue qui tombaient, une à une, sur la coque. Tobie attendait cinq coups mais il y en eut beaucoup plus. Toute sa boîte était en train de fondre dans l'ambiance surchauffée de la pièce. Le mince ruisseau de cire dégoulinait ensuite sur le drap du lit.

Tobie n'avait encore rien compris de ce qui se passait, et la chaleur le mettait dans une agitation toujours plus grande. Il se sentait poisseux. Il ne savait pas que d'une minute à l'autre, la couche de cire serait assez fine pour qu'il la brise.

Il ne savait pas que dans quelques instants il serait à l'air libre.

Mais rien n'est jamais vraiment simple.

En même temps que la fonte de la cire délivrait lentement Tobie, elle venait imbiber le drap qui était sous lui. Comment appelle-t-on un tissu gorgé de cire ? Une torche. Ce qui était en train de se fabriquer sous le corps de Tobie, c'était une torche géante, prête à s'enflammer.

Tout arriva d'un seul coup. Tobie fit exploser la dernière couche de cire à l'instant où son lit prenait feu. On aurait dit une grillade rebelle qui refuse la fatalité et se dresse brutalement dans les flammes. Il fit un bond et jaillit à l'autre bout de la pièce.

Le feu !

La porte était ouverte. Tobie se précipita dehors. Suivant les indications que lui avait données Elisha, il fila directement vers la cellule 001 pour en sortir ses parents. L'alerte n'avait pas encore été donnée. Un croissant de lune le veillait de sa lumière idéale, ni trop forte ni trop voilée.

Sous les pieds de Tobie luisait, comme une peinture de guerre, la ligne bleue dessinée par Elisha.

À un croisement, il entendit une faible lamentation juste à côté de lui. Il s'arrêta brusquement. C'était le genre de plainte qui l'attrapait au cœur, un couinement de tristesse. En s'approchant, il découvrit un prisonnier dans une petite cage.

L'homme avait le regard embué. Il soufflait doucement sur sa main en gémissant. On voyait une blessure sur le dos de cette main, comme si quelqu'un l'avait écrasée du pied.

Elisha n'avait pas raconté à Tobie l'épisode de la main piétinée. Elle savait qu'il en endosserait toute la culpabilité. Elle avait préféré se taire.

Voyant Tobie, l'homme se recroquevilla au fond de sa cage.

Alors Tobie pensa au feu. Ils étaient mille comme celui-ci dans la prison de Tomble. Des centaines d'innocents et quelques petits voyous inconscients. Ils allaient être brûlés vifs.

La boule de gui risquait de se transformer en une boule de feu. Fallait-il condamner au bûcher mille prisonniers pour en sauver deux ?

Tobie donna un coup dans la serrure de la cage. Elle était bien solide. Il secoua la grille autant qu'il pouvait sous les yeux horrifiés du prisonnier qui devait croire à l'une de ces visites nocturnes où des gardiens s'introduisaient dans leurs geôles pour les maltraiter. Tobie se projeta contre la porte. Rien ne bougeait.

Il entendit alors une cavalcade qui approchait. La branche de gui était étroite. On allait sûrement le surprendre.

Il se tapit, le dos contre les barreaux de la cellule. Un peloton de cinq ou six gardiens passa. Ils ne le virent même pas. Ils couraient vers le centre de Tomble où la lueur rouge de l'incendie brillait dans la nuit.

Tobie recommençait à respirer. Il avait toujours le dos contre la cage. On ne l'avait pas remarqué. Il pouvait prendre le temps de réfléchir.

Avec la violence d'un fouet, une main surgit de derrière lui, et passa sous sa gorge. Le prisonnier avait passé ses bras entre les barreaux et le tenait étranglé. La main sanguinolente de l'homme allait le tuer d'une minute à l'autre.

– Le feu…, dit le prisonnier. Je sens le feu. On va tous crever. Je connais le plan final. Il y aura quand même un gardien qui mourra avec nous !

Tobie ne pouvait dire un mot. La gorge écrasée, il ne laissait échapper qu'un râle inaudible. Ce prisonnier croyait qu'il était un gardien… Comment lui dire qu'il

328

était dans son camp ? Il allait mourir étranglé par un détenu ami. D'un geste désespéré Tobie sortit de sa poche la grosse clef de la cellule 001 et la jeta un peu plus loin. La pression du prisonnier se desserra un peu sur le cou de Tobie, mais il ne pouvait toujours pas émettre un son.

En lançant la clef, il s'était rendu indispensable à son agresseur. Elle ressemblait à toutes les clefs de la prison, elle devait ouvrir cette cellule aussi. Si le prisonnier voulait sortir, il lui fallait un Tobie vivant pour lui apporter la clef qui brillait sous la lune à trois pas de la cage.

Cette fois l'étreinte lui laissa assez de mou pour prendre une grande respiration. Après quelques secondes, Tobie put articuler :

– Je suis avec vous. Je viens délivrer des prisonniers.

L'homme répéta :

– Je connais le plan final. Je faisais le ménage chez Alzan. J'ai tout entendu. N'essaie pas de me rouler.

C'était la deuxième fois qu'il parlait de ce plan final. Tobie essaya de parler calmement :

– Je ne connais pas le plan final. Je ne sais pas ce que c'est. J'organise l'évasion de mes parents.

La main se détendit un peu plus au creux de sa gorge.

– Tes parents ?

– Les Lolness. Sim et Maïa Lolness.

L'homme recula. Tobie était libre.

– Tu es le fils Lolness ?

– Oui, dit Tobie en se retournant. Vous connaissez mes parents ?

– J'en ai entendu parler…

Il y eut un moment de silence. L'homme avait baissé les yeux. Tobie courut chercher la clef et revint vers la porte.

– Je ne pense pas que ce soit la bonne clef. Toutes les serrures sont différentes. Qu'est-ce que c'est, ce plan final ?

Tobie tournait frénétiquement la clef dans la serrure.

– S'il y a un incendie, répondit l'homme, ils abandonneront tous les prisonniers. Ils laisseront Tomble dans les flammes. Mais, je dois te dire quelque chose, petit…

– Et l'arbre ? Si le feu se propage à l'arbre ?

– Il ne se propagera pas. Écoute-moi…

Tobie sortit la clef de la serrure.

Ce n'était pas la bonne. La porte restait désespérément fermée.

– Je suis désolé, dit Tobie… Je n'y arrive pas. Pourquoi dites-vous que le feu ne se propagera pas ?

Après un bref silence, le prisonnier déclara d'une voix qui ne tremblait pas :

– Si le feu ne s'arrête pas, ils ont l'ordre de couper l'attache de notre boule de gui.

Tobie avait remis la clef dans sa poche. Son cerveau bien oxygéné reprenait sa vitesse de pointe.

– Est-ce qu'il y a une réserve d'eau dans la prison ?

– Les prisonniers ne boivent que l'eau de pluie qui coule sur l'écorce. Mais il y a une citerne au-dessus de la maison d'Alzan.

Tobie courait déjà vers le cœur de Tomble. Il n'allait plus vers la cellule 001.

– Attends ! cria l'homme.

Mais Tobie avait disparu.

La maison d'Alzan était désertée. Dans le nœud central, il n'y avait plus un seul gardien. On avait même réussi à emmener le directeur qui s'était à moitié asphyxié en s'aventurant par trois fois pour tenter de sauver sa diablesse de fille.

Gus Alzan, cette crapule, ce bourreau qui avait tout d'un assassin, était un père courageux, fou d'amour pour sa fille. Le mystère de l'amour paternel avait révélé l'autre visage du directeur. Il était revenu bredouille, toussant entre ses sanglots, et aveuglé par la fumée.

Tobie ne mit pas longtemps à trouver la citerne. Elle était énorme. Elle était prévue pour alimenter toute la prison, mais Gus avait décrété que les prisonniers pouvaient se contenter du ruissellement de l'eau sur le sol souillé de leurs cachots.

Tobie, d'un coup de pied, fit sauter le premier bouchon de la réserve. Puis les autres. L'eau coulait en torrent. Tobie resta perché au-dessus. Quand ce flot toucha les premières flammes, un grand sifflement se fit entendre, dégageant une épaisse fumée. La vapeur d'eau s'étala par flaques de brouillard dans toute la prison. Le feu semblait déjà se calmer mais le vacarme était assourdissant. Les cris des prisonniers toujours captifs se mêlaient au désordre.

Tobie trouva un moyen de rejoindre le chemin qui menait au quartier de sécurité. Malgré la brume épaisse, il reconnut la cellule du prisonnier à la main blessée.

Tobie lui cria :

– L'incendie va s'arrêter. Je ne peux pas faire plus. Je vais m'occuper de mes parents ! Adieu !

– Attends… Depuis que je t'ai reconnu, je cherche à te dire quelque chose… Tes parents…

Tobie n'entendit pas la fin de la phrase. Les autres prisonniers vociféraient dans tous les sens.

– Quoi ? demanda Tobie.

L'homme répéta en criant. Cette fois, Tobie avait bien entendu, mais il ne pouvait pas mener ces mots jusqu'à son esprit. Chaque atome de son corps freinait leur course pour qu'ils n'atteignent pas le cœur de Tobie. L'homme les prononça pourtant une dernière fois, et leurs pointes allèrent se ficher au fond des entrailles de Tobie.

– Tes parents sont déjà morts.

Voilà ce qu'il répétait.

Tobie s'approcha du prisonnier.

Il avait les bras le long du corps. Il n'entendait plus la cohue. Il n'entendait que la voix brisée de cet homme qui continuait à raconter :

— Tes parents ont été exécutés pendant l'hiver. J'ai entendu Mitch et Alzan en parler. Ils ont fait croire qu'ils étaient à Tomble pour t'attirer ici et pouvoir t'attraper. Méfie-toi de tout le monde. Pars. Ils te veulent. Ils ne veulent plus que toi.

Tobie recula violemment. Le prisonnier ajouta :

— Ils engagent les pires vauriens pour t'avoir.

Il montra sa main sanguinolente.

— Il y a une gamine qui s'appelle Bulle… Elle a été capable de m'écraser la main avec le talon. Elle l'a fait froidement, sans raison…

Tobie hurla :

— Menteur ! Vous mentez tous ! Vous mentez !

Et il s'enfuit dans la lourde fumée blanche.

Il se répétait : « Elisha les a vus. Elisha les a vus. » Il marchait dans le brouillard comme dans une forêt de lichen. « Elisha m'a dit qu'elle les a vus. Elle les a touchés. » Il comptait à rebours les cellules du quartier de sécurité. 009… 008…

« Mais Elisha a écrasé la main de cet homme. Comment le croire ? Qui est capable de faire ça ? »

Il était ruisselant de larmes et de sueur. Sa vue se brouillait. 004… 003… 002…

Tobie s'arrêta devant la cellule 001. Il prit à nouveau la clef dans ses mains. Il l'approcha de la serrure. Au loin, les éclats de voix étaient assourdis par la vapeur

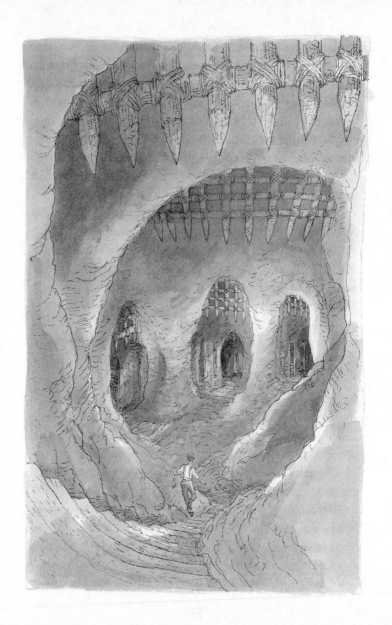

de l'air. Il enfonça la clef mais, avant même de tourner, la porte s'entrouvrit. La cellule n'était pas fermée. Il poussa la porte d'un coup d'épaule.

Assis sur le banc, dans la lumière pâle d'une lampe à huile, un couple lui tournait le dos. Ils étaient enchaînés. Vivants ! Des larmes noyaient la gorge de Tobie. Il marcha vers les deux silhouettes.

Il ne remarqua même pas le personnage qui, sortant de l'ombre, lui bondit dessus et le plaqua au sol.

Mais maintenant, à un pas de ses parents, rien ne pouvait plus l'arrêter. Un délire de violence s'empara de lui. En quelques dixièmes de seconde, il avait retourné la situation, et s'apprêtait avec ses petites forces de treize ans à faire exploser la tête de son adversaire qu'il tenait par les cheveux au-dessus du sol.

– Tobie...

L'homme l'avait appelé par son nom. Tobie déplaça le visage du type vers la lumière.

– Lex...

C'était Lex Olmech. Le fils des meuniers des Basses-Branches.

Tobie ne comprenait plus rien. Mais il resserra son étreinte.

– Tu travailles aussi pour ces ordures ? Comme tes parents ?

– Non, répondit Lex. Je ne travaille pour personne. Je sais ce que mes parents t'ont fait. J'ai honte d'eux. Mais je suis leur fils et je dois les délivrer.

– Les délivrer ?

– Ça fait sept mois qu'ils sont prisonniers. À cause

335

de l'affaire du moulin… Ils vont en mourir. Depuis sept mois, je prépare l'évasion. Je suis tout près d'y arriver. Laisse-moi finir.

Tobie réalisa qu'en sept jours, il en était arrivé au même point. Dans cette petite cellule au bout de cette forteresse imprenable.

— Où sont-ils ? Qu'est-ce que tu fais dans ce cachot ?

— Ils sont là, dit Lex.

Sur le banc, l'homme et la femme tournèrent la tête vers eux.

C'étaient les Olmech. Ou ce qui en restait.

Deux visages osseux à la peau transparente, rongés par la faim, la peur et le remords.

Tobie lâcha la tête de Lex et retomba le long du mur du cachot. Après un long silence, on entendit sa voix éteinte :

— Et mes parents ? Où sont mes parents ?

Personne n'osait répondre.

— Ils s'appellent Sim et Maïa Lolness, articula Tobie. Mes parents… Mon père est assez grand, il a un rire qui fait des étincelles… Ma tête entière tient dans ses mains. Une nuit il m'a donné une étoile. Elle s'appelle Altaïr.

— On les connaît, Tobie, dit doucement M. Olmech.

Tobie ne savait plus ce qu'il disait :

— Ma mère est plus petite. Elle sent le pain de feuille frotté au pollen. Ma mère chante seulement quand elle est seule. Mais vous pouvez l'entendre quand vous dites « je vais faire un tour ! » et que vous restez, l'oreille collée sur la porte… Elle chante…

De grosses larmes coulaient sur ses joues.

– Mes parents sont deux. On les reconnaît quand ils se regardent l'un l'autre. On les reconnaît parmi des milliers…

Mme Olmech murmura :

– Je vais te dire… Depuis le début, on nous fait passer pour eux. Ils ont mis une pancarte Lolness sur la porte. Mais je crois, mon petit Tobie… je crois…

Sa voix avait gagné en humanité. L'épreuve l'avait rabotée, ne laissant que le fil tendu de la vérité. Elle prit une grande respiration.

– Je crois que tu ne dois plus chercher tes parents.

Tobie sortit de la cellule.

En passant, il jeta la clef à Lex. C'était aussi la clef des chaînes qui retenaient les parents Olmech. Lex avait réussi à faire sauter la porte avec un bâton, mais les fers lui avaient résisté. Il remercia Tobie et se précipita pour libérer ses parents.

Tobie marchait sur l'allée brillante de rosée. La vapeur se dissipait, révélant le jour qui se levait. Par vagues orange et rouges, une douce lumière roulait sur les feuilles de gui.

Les levers de soleil devraient être interdits aux cœurs tristes.

À chaque pas, Tobie se persuadait que le bout de ce rameau de gui ressemblait au bout de sa vie.

C'était, au fond de lui, une de ces peines qui ne laissent aucun espoir de consolation. Ses parents étaient morts, et la seule lueur, le seul fragment de vie qui pouvait lui rester, Elisha l'avait trahi deux fois au moins. Elle lui avait fait croire que ses parents vivaient. Elle l'avait ensuite abandonné seul dans ce cercueil de cire. Et la cruauté de cette main écrasée… C'était trop de signes contre elle.

Tobie suffoquait de tristesse. Elisha… Son dernier lien avec la vie s'était rompu.

Alors il entendit l'oiseau.

S'il n'avait pas entendu ce criaillement au-dessus de lui, tout se serait peut-être passé autrement. Il avança jusqu'au bord de la boule de gui et déboucha sur un grand fruit translucide, large comme une lune rosie par l'aurore. L'oiseau s'approchait. Tobie le regarda faire ses acrobaties dans l'air. C'était une fauvette, l'oiseau qui passionnait son père.

Tobie avait toujours eu peur des oiseaux. Le seul ouvrage qu'il n'était pas capable d'ouvrir était celui de son père sur la fauvette à béret. Un petit livre plein d'images effrayantes.

Mais Tobie, ce petit matin-là, n'avait plus peur de rien. Il resta debout devant le fruit bien mûr. Puis, comme un ver, il plongea en entier dans la baie blanche dont la pulpe était tendre. Avec ses deux bras, il put s'agripper à une sorte de noyau allongé qu'il trouva au milieu.

Il resta là, recroquevillé dans le ventre de ce fruit. C'est là qu'il fit ses adieux au monde.

La minute d'après, sans même se poser, la fauvette arracha le fruit laiteux.

25

Ailleurs

Quand le professeur Lolness était enfant, il y avait dans sa région des Rameaux du Nord une vieille boule de gui abandonnée qu'on appelait Saïpur. Longtemps auparavant, on y avait construit une petite auberge. Les gens des branches voisines venaient y passer de courtes vacances, parce qu'on disait que l'air était plus pur, à Saïpur.

Un accident obligea brutalement les touristes à déserter ce lieu. C'était un terrible fait divers. Une fauvette avait avalé une famille entière : les Astona et leurs deux enfants.

L'auberge de Saïpur ferma. On pleura beaucoup. Mais on retrouva quelques jours plus tard la famille Astona au complet, saine et sauve, à l'autre bout de l'arbre. Personne ne sut jamais ce qui leur était arrivé. Eux-mêmes ne se souvenaient de rien.

Saïpur tomba malgré tout dans l'oubli.

Le petit Sim Lolness n'aimait pas trop l'aventure. Son ami, Zef Clarac, non plus. Mais il y avait un troisième larron dans la bande : El Blue, le père de Léo. Celui-ci, à neuf ans à peine, sautait sur toutes les occasions de risquer sa vie. Il avait donc entraîné Zef et Sim dans le labyrinthe de Saïpur qui devint leur domaine.

Il faut imaginer les trois jeunes garçons passant leurs dimanches dans la boule de gui, alors que leurs parents les croyaient chez un vieux professeur qui les aidait à faire leurs devoirs. Le soir quand ils rentraient, ils montraient tous les trois leurs cahiers noircis d'une fine écriture.

Le travail était parfaitement fait. Le professeur Biquefort devait être un merveilleux pédagogue.

Le jeune Zef parlait longuement à ses parents de ce vieux Biquefort qui lissait sa moustache entre ses doigts et les appelait par leur nom de famille : Clarac, Blue et Lolness. Depuis qu'il était à la retraite, racontait Zef, tout le plaisir de Biquefort était d'aider les enfants à progresser. Il n'avait qu'une seule règle : il ne voulait pas entendre parler des parents. Zef imitait la grosse voix de Biquefort : « Des parents, j'en ai trop vu dans ma vie. Si j'en vois un seul, j'en fais du pâté. » Les parents Clarac tremblaient en entendant ces mots. Zef savait déjà impressionner son public.

Beaucoup de candidats voulurent confier leurs enfants aux dimanches de Biquefort. Mais les trois garçons expliquaient à regret que le vieil homme ne prenait plus de nouveaux élèves.

Arrivés à Saïpur chaque dimanche, à neuf heures,

Clarac et Blue donnaient leurs cahiers à Sim, qui, en une petite heure à peine, faisait sur ses genoux les devoirs des trois.

Il n'y avait jamais eu dans l'arbre le moindre professeur Biquefort.

À dix heures, le travail était achevé. La journée leur appartenait.

Clarac rêvassait, Blue jouait avec son boomerang, et Sim observait le monde, progressant pas à pas sur ses dossiers en cours.

Parfois, El Blue emmenait ses deux amis regarder les oiseaux gigantesques qui dévoraient les fruits du gui. Sim et Zef se tenaient à distance. Sim découvrit la fauvette à cette occasion. Cet oiseau a sur la tête une tache noire qui ressemble à un béret.

C'est donc pendant les dimanches de Biquefort que Sim écrivit, à l'âge de neuf ans et demi, un petit texte illustré sur la fauvette à béret. Il conserva toujours ce premier ouvrage, et adopta à jamais le béret comme couvre-chef.

Les fauvettes, beaucoup plus petites que les grives, n'avalaient jamais les fruits sur place. Elles les prenaient dans leur bec et disparaissaient. Tout le travail de Sim consista à réfléchir à ce que les fauvettes faisaient des fruits qu'elles emportaient.

Ainsi comprendrait-il peut-être le mystère de la famille Astona…

Il lui fallut plusieurs dimanches pour oser s'approcher d'une de ces grosses sphères blanches et prendre les mesures indispensables.

Après bien des calculs, une conclusion s'imposa. La fauvette à béret aurait été incapable de manger le fruit en entier. La taille du bec ne permettait pas d'avaler la partie dure du fruit, ce noyau allongé qui était au centre, enveloppé de chair tendre. Cette constatation fit beaucoup réfléchir le chercheur en herbe.

À l'époque, déjà, l'obsession de Sim était de savoir s'il y avait une vie en dehors de l'arbre. Or, pour grignoter habilement le fruit sans avaler le noyau, il fallait que la fauvette se pose. Et puisque Sim ne voyait jamais de fauvettes perchées dans l'arbre, où se posaient-elles ?

C'est durant les dimanches de Biquefort que Sim mit en place sa théorie du perchoir. Comme il n'osait pas encore dire qu'il y avait peut-être d'autres arbres, il parlait de perchoirs.

En conclusion de son livre sur la fauvette à béret, il

disait que, quelque part dans l'univers, en dehors de l'arbre, il existait d'autres perchoirs. «Qui sait à quoi ils ressemblent ? Ce sont d'autres territoires, où les fauvettes se posent, raclent les baies du gui, et abandonnent les noyaux… »

Deux ans plus tard, au creux de l'hiver, la boule de gui de Saïpur tomba. C'était un 31 décembre à minuit. On décida alors, face au danger, de couper toutes les autres boules de gui de l'arbre. Seule demeura Tomble qui fut aménagée en prison.

Le dimanche suivant, quand El Blue, Zef Clarac et Sim Lolness découvrirent que leur petit monde s'était évanoui, ils rentrèrent en pleurant chez eux et annoncèrent partout que le professeur Biquefort était mort.

Tobie n'avait jamais lu l'étude de son père sur la fauvette à béret. Si bien qu'en s'embarquant dans le bec, accroché au noyau de la baie, il se pensait promis à la mort. Et c'était un soulagement.

Le fruit du gui est une baie blanche. Mais c'est une baie vitrée. De tous côtés la lumière jaillit. Le spectacle aérien que Tobie découvrit devait être l'antichambre du ciel. Ce fut pour lui une expérience limite, une vision nouvelle du monde. Tout à coup, au cœur de cette baie vitrée, il voyait la vie de plus haut. Et tout lui paraissait plus ample, plus lumineux.

Il y avait, au-dessus, la pureté violette du ciel, traversée de nuages bleu nuit. Et en dessous, un monde horizontal, sans fin, dont il ne garda qu'un souvenir en vert et brun, une sorte de rêve d'immensité.

Comme si l'arbre était posé sur un autre arbre, infiniment plus grand.

Tobie serrait le noyau dans ses bras. Autour de lui tournoyait le paysage au rythme du battement d'ailes de la fauvette. Il se sentait partir, de moins en moins conscient de son corps. Combien de temps dura ce vol ? Peut-être une éternité. Il s'acheva par quelques boucles virevoltantes où Tobie perdit entièrement la notion des choses.

… Une chanson.

Une petite chanson sans paroles.

Cinq ou six notes qui revenaient, chantées par une femme.

Et puis la chaleur. Un bain de chaleur et d'humidité.

Tobie ouvrit les yeux.

À quelques pas, un peu plus loin, il y avait une femme en train de recoudre une chemise. Tobie reconnut sa chemise de toile. Il était torse nu dans la boue.

Il essaya de prendre appui sur ses mains pour se redresser, mais ses poignets étaient attachés ensemble. Ses chevilles ne répondaient pas non plus.

Il appela.

La femme arrêta sa chanson et tourna la tête vers lui. Le visage de cette femme fit tressaillir Tobie. Elle avait des traits étranges et familiers à la fois. Elle sourit paisiblement. Puis, baissant les yeux, elle reprit son petit air répétitif. Tobie laissa ces notes calmer sa peur.

Il regarda autour de lui. Le paysage ne ressemblait à rien qu'il connaissait. Une forêt verte, plus haute que toutes les forêts de l'arbre. Ce n'était pas un bosquet de mousse, c'était une forêt cent fois plus haute et chaque tige d'herbe effilée semblait monter jusqu'au ciel. La lumière circulait dans cette jungle dont les sommets ondulaient au vent.

Que faisait-il là ?

Il mit au clair ses derniers souvenirs. L'arbre, l'oiseau, le ciel… C'était comme un rêve. Et maintenant… D'un côté la douceur de cette voix, de l'autre ses mains ficelées.

On croit être sorti de la vie, une fois pour toutes, mais c'est toujours aussi compliqué.

Il appela une nouvelle fois :

– Qui êtes-vous ?

La femme le regarda. Elle continuait sa chanson. Puis après une dernière note brève, elle dit :

– Ils vont revenir. Le soleil est mou. Ils reviendront au soleil dur. Je te garde. Je fais la couture sur ton sac.

Tobie écarquilla les yeux.

– Ce n'est pas mon sac. C'est ma chemise.

– Chemise…, répéta la femme en souriant, et elle se reprit à chanter.

La femme avait un vêtement bizarre. Elle portait juste une toile courte d'un rouge vif autour du corps. Elle paraissait assez jeune, mais Tobie n'aurait pu dire son âge à dix ans près. Peut-être qu'elle avait vingt ans. Peut-être le double. Ses yeux se terminaient en fentes sur les tempes. Des yeux allongés comme une lumière sous la porte.

La chanson n'était plus la même. C'était un air déchirant. Il n'y avait toujours pas de paroles. Pourtant, Tobie comprenait chaque note qui semblait vouloir lui rappeler qu'il n'avait pas quitté le monde. Une telle nostalgie ne pouvait exister en dehors de la vie.

Et toute cette vie retomba sur lui. Elle avait le poids d'une vieille armoire, le goût amer des punaises écrasées. La mort de ses parents, la trahison d'Elisha… Il retrouva le chagrin comme il l'avait laissé. Ses larmes n'avaient pas non plus changé de goût.

– Alors, je suis en vie… ? demanda-t-il.

La femme ne l'entendit même pas. Il se rendormit.

Quand il se réveilla, il faisait encore grand jour. Un chœur de cent personnes murmuraient autour de lui. Il ouvrit les yeux et le silence vint.

Des hommes, des femmes, des enfants, qui le regardaient, silencieusement. Eux aussi étaient habillés de teintes lumineuses. Les tissus étaient plus ou moins larges, plus ou moins usés, mais toujours vifs et

comme juste sortis de bassines de couleurs. Un petit garçon vêtu d'une ceinture jaune s'était hissé au-dessus du groupe sur une tige d'herbe. Un homme âgé dont la cape descendait jusqu'aux chevilles dit aux autres :

– Ils envoient des soldats avec très peu de lin.

Tous les visages rayonnaient d'une grande compassion. Ils regardaient Tobie comme un enfant malade ou condamné.

– Il faut garder notre cœur dur. L'herbe est fragile. Elle est couchée par le vent. Elle brûle sous la neige.

Tobie écoutait ces mots incompréhensibles. Il savait seulement, au regard de tous ces visages penchés sur lui, qu'on ne lui ferait pas de mal. Ce monde dans lequel il s'était posé semblait ignorer la violence. La femme qui rapiéçait sa chemise fredonnait toujours sa douce plainte. Tous ces yeux dirigés vers Tobie le soulevaient presque du sol.

Certains répétaient :

– Il faut garder notre cœur dur.

Mais ils gardaient leurs regards tendres et leurs paisibles postures. L'enfant sur son brin d'herbe se laissa lentement glisser jusqu'au sol.

Alors le silence revint, et le vieil homme en bleu dit à Tobie :

– Tu vas retourner là-bas, Petit Arbre.

Tobie sentit ses yeux tourner sur eux-mêmes, sa langue se plaquer au fond de sa bouche. Quand il retrouva la force de parler, il dit :

– Retourner… ?

Comment le destin pouvait-il s'acharner ainsi ?

– Oui, Petit Arbre. L'herbe est fragile, et tu dois partir. Ton peuple a enlevé neuf d'entre nous, cette nuit. Douze autres, à la dernière neige. Une femme, il y a trois nuits. Ton peuple a tué une femme qui ramassait un peu de bois sur l'écorce du tronc, à la frontière…

Tobie se raidit encore une fois par terre. L'homme continuait :

– Si ton peuple ne connaît que le langage des morts, nous apprendrons cette langue triste.

Tobie tenta de redresser son visage pour hurler :

– Mon peuple ! Mon peuple me poursuit, mon peuple a tué mon père et ma mère, mon peuple m'a arraché mes amis, il m'a couvert de sa haine ! Et maintenant, je paye pour lui ?

Il se contorsionnait dans tous les sens, roulant dans la terre grasse qu'il n'avait jamais sentie ainsi contre lui. Enfin, il retomba, épuisé. Sa voix n'était plus qu'un souffle.

– Tuez-moi. Sinon ils m'auront, comme vous… Je viens de nulle part. Je n'ai personne. Je veux m'arrêter là. Tuez-moi !

– Tu as le petit éclair dans l'œil, Petit Arbre… Je sais que tu as souffert, dit l'homme à la cape bleue, la gorge nouée.

Une brume de tristesse couvrait tous les visages. L'éclair dans l'œil, cette trace infime sur la prunelle, était le signe de ceux qui avaient perdu leurs parents. Seul ce peuple sauvage savait déceler cette cicatrice du chagrin.

En moins d'un instant, ils se volatilisèrent dans la forêt d'herbe verte.

Tobie resta seul. Il ne bougeait pas. Il était couvert de boue. Dans l'arbre, la terre était une poudre rare qu'apportait le vent. On la recueillait dans les creux d'écorce. On en faisait des petits jardins, ou des teintures. Mais ici… Où donc pouvait-il se trouver, pour qu'il y ait toute cette terre autour de lui ?

Tobie entendit un petit sifflement, et un bruissement sur le côté. Le petit garçon habillé d'une bande de tissu jaune apparut entre deux tiges. Il s'approcha de Tobie qui lui demanda, les yeux mi-clos :

– Où on est ? Dis-moi où on est dans l'arbre… Pourquoi ils parlent d'un éclair dans l'œil ?

Le petit garçon ne répondit pas. Il se pencha au-dessus de lui. Avec le doigt, il retira la boue qui entourait les yeux de Tobie. Il devait avoir sept ans. Il avait un visage lunaire sous des cheveux en broussailles. Une couche de terre lui faisait comme des chaussettes, et tout son corps était d'un brun très clair.

– Tu veux savoir où est ton arbre ? Regarde…

Tête de Lune tapa dans ses mains. Une ombre énorme vint sur eux. Tobie resta envoûté. Le petit garçon se mit à rire.

– Qu'est-ce que c'est ? demanda Tobie.

– C'est ton arbre.

L'enfant rit de plus belle devant la mine de Tobie, et il le rassura :

– C'est l'ombre de l'arbre. Je sais quand elle se pose sur l'herbe, le soir. Je sens, juste avant, un soupir froid derrière mes oreilles.

– L'ombre de l'arbre ?

Dans ce monde où l'oiseau l'avait déposé, l'arbre n'était qu'une ombre qui se posait sur l'herbe, avant la nuit. L'arbre n'était qu'une planète lointaine qui éclipsait le soleil vers le couchant. Quand on s'en approchait trop, pour ramasser un peu de bois ou chasser les termites, on risquait d'être emporté.

L'arbre était une planète interdite à ce peuple de l'herbe. Ils vivaient là, pacifiques, dans la rigueur de la prairie, dormaient où ils pouvaient, dans des abris de fortune promis à la destruction aux premières intempéries. Oui, l'herbe était fragile, couchée par les tempêtes, brûlée par la neige, noyée par les pluies.

C'était un peuple nomade, tout juste toléré par cette

forêt d'herbe qui lui menait la vie dure. Si ceux de l'arbre se mettaient à les assassiner, ce serait la fin de ce modeste équilibre.

En regardant son petit compagnon, dont la peau brune était couverte d'une fine pellicule de boue craquelée, Tobie comprit pourquoi, dans l'arbre, on les nommait : les Pelés.

26

La dernière marche

Quand on vint le prendre, au coucher du soleil, pour l'emmener, Tobie n'en voulut à personne.

Le petit garçon ne l'avait pas quitté. Ils étaient restés allongés, côte à côte, tous les deux. Tête de Lune chantait, bouche fermée, le même genre d'air que la femme pelée. Il frottait deux filaments d'herbe qui lançaient des sons langoureux, et il battait du pied sur le sol.

Tobie cherchait ce qui le retenait encore à la vie.

Ses parents, ses Basses-Branches, Elisha, Léo Blue, ou Nils Amen, tous l'avaient abandonné. Il n'y avait pas un seul être vivant qui se souciait encore de lui. Tobie n'attendait plus rien de rien ni de personne.

L'homme qui s'approcha n'était pas particulièrement costaud en apparence. C'était un jeune homme fin avec des yeux paisibles. Il observa Tobie qui gisait dans la poussière. Puis, se penchant vers lui, il le souleva à bout de bras et le jeta comme un gigotin de grillon dans une hotte de toile qu'il portait sur le dos.

Tobie comprit pourquoi la femme avait pris sa chemise pour un sac. Les Pelés n'avaient jamais vu de chemises, mais ils étaient équipés de sacs à dos avec des manches longues qui répartissaient la charge sur les épaules et les bras.

L'homme fit un signe d'adieu à Tête de Lune, et se mit en marche. Tobie savait qu'il partait pour son dernier voyage.

Ils avancèrent ainsi longtemps dans la forêt de plus en plus sombre. Le porteur avait un pas régulier, on ne l'entendait pas respirer. Tobie, plié en deux dans son sac, ne bougeait pas. Par une déchirure, il avait remarqué, à quelques pas derrière eux, le petit garçon à la tête de lune qui les suivait discrètement. Parfois, le porteur se retournait et criait à l'enfant :

– Va dans ton épi, Brin de Lin ! Garde-toi des grenouilles !

Épi. Grenouille. Toujours cette langue étrange. Peut-être que Tête de Lune ne comprenait pas mieux que Tobie, car chaque fois, après quelques minutes, il réapparaissait derrière eux, entre des lianes, au détour d'un bosquet d'herbe.

– Laisse-nous, Brin de Lin ! Va voir ta sœur. Elle va te faire des crêpes…

Tobie sursauta dans son sac. Des crêpes. Il ne pouvait s'empêcher de penser à Elisha. Il essuya son œil sur la toile rugueuse. Le souvenir du miel fondu mouilla sa langue. Non, il ne connaîtrait plus le goût du bonheur.

Le terrain descendait en pente douce. Tobie remarqua que coulait partout une fine couche d'eau. L'homme avait allumé une lanterne. La forêt se reflétait sur le sol inondé. Les herbes paraissaient infinies. Tobie se sentait envahir par le mystère de ce nouveau monde.

Son père avait raison. L'arbre n'était pas le seul horizon des hommes. Il existait aussi cette planète plate couverte de jungle. Et peut-être d'autres mondes, ailleurs. Ou dans les étoiles.

Tobie allait mourir avec ce secret.

Désormais il ne se défendrait plus. Il ne voulait plus se battre.

Il se laissait porter dans un sac, ballotté comme une poupée habillée de boue. Il ne résistait plus. Il était déjà parti. Il avait franchi toutes les limites de la vie.

Parfois, par mégarde, il laissait un souvenir l'envahir. La voix de sa mère, le craquement des bourgeons au printemps, le visage des sœurs Asseldor, les mains de son père sur l'arrière de son cou…

Ou son dernier jour avec Elisha.

C'était la veille du pique-nique de Bernique Alzan. Une journée de printemps, transparente et tiède. Ils étaient au sommet de la falaise du lac. Là-haut, la mousse s'avançait jusqu'au vide. Tobie et Elisha avaient grimpé dans les frondaisons de mousse verte et y restaient perchés.

Ce matin-là, le miroir du lac était troublé par deux puces d'eau qui semblaient faire un ballet amoureux. L'une prenait le large, boudeuse. L'autre, lentement, l'air de rien, s'en approchait en dessinant des boucles sur l'eau. Parfois, elle plongeait, et réapparaissait plus loin en s'ébrouant. La première lui répondait enfin par un mouvement des pattes, qui ressemblait à un battement de cils. Et le numéro de charme recommençait.

Tobie et Elisha observaient en souriant, perchés sur leur bosquet de mousse.

– Ça me manquera, dit Tobie.

Elisha sursauta. Elle braqua son regard sur Tobie.

– Quand ?

Tobie comprit qu'il n'aurait pas dû ouvrir la bouche.

– Quand, ça te manquera ? répéta-t-elle.

– Si… je fais sortir mes parents, dit-il, il faudra peut-être que l'on parte très loin pour un temps…

– Pour un temps ! grogna Elisha. Et je me lève chaque matin pour ça : préparer ton départ ! Merci, Tobie…

Elle détourna brutalement le regard. Tobie essayait de s'expliquer :

– Comprends-moi. Je ne vais pas rester dans une caverne avec mes parents pendant dix ans ! Il faut vivre !

355

– Mais pars, s'il faut que tu sois loin pour commencer à vivre… Pars ! Personne ne te retient.

Elle cacha le bas de son visage dans son col. Ses yeux fixaient un horizon imaginaire. Elle avait le regard des jours tristes, le masque sauvage d'Elisha. Tobie laissa couler un silence qui fit monter entre eux un torrent infranchissable.

– Si je pars, je reviendrai. Je te le jure. Je reviendrai, et…

Il s'arrêta.

– Et ? demanda Elisha d'une voix indifférente.

– Et je te retrouverai.

– Qu'est-ce que ça te fait ? lança-t-elle comme elle lui aurait jeté un bâton.

Nouveau silence. Tobie sentait une boule monter de son estomac.

– Ce que ça me fait ? Tu veux savoir ?

Mais il ne put en dire plus. La boule s'était coincée dans sa gorge. Elisha comprit ce qu'elle avait provoqué, mais elle avait trop mal pour revenir en arrière. Elle aurait voulu demander pardon, dire seulement sa tristesse. Mais elle s'entendit balbutier :

– J'ai pas eu beaucoup d'amis, tu sais : un seul, en te comptant…

Et elle se laissa dégringoler jusqu'au pied de la mousse. Tobie la suivit.

La regardant bondir devant lui, comme tant de fois à travers l'arbre, Tobie sentit entre eux quelque chose de nouveau. Un lien inconnu qui précipitait sa respiration et mettait son cœur à la course.

Elle détalait sur l'écorce, ne se retournant jamais, s'élançant au-dessus des crevasses. Tobie, derrière elle, fendait l'air. Et cet air aussi avait une densité différente. Ils se jetaient tous les deux dans la pente sans rien retenir de leur élan. Le lac grandissait sous leurs yeux. Leurs pieds nus faisaient voler derrière eux la poudre de lichen.

Ils arrivèrent sur la plage, pantelants, suffocants. Debout, pliés en deux, les mains sur les genoux, ils se regardèrent enfin, cherchant à retrouver leur souffle. Leurs yeux ne se quittaient pas. Ils ne disaient rien. Ils laissaient se tendre ce fil précieux qu'ils venaient de surprendre. Leur tête tournait un peu. L'air semblait trop riche, comme un fumet de soupe. Ils se retrouvèrent dos contre dos, s'appuyant l'un sur l'autre pour rechercher leur équilibre. Leurs bras ballants se touchaient.

Alors, de l'autre côté du lac, ils aperçurent Isha qui faisait des grands gestes en les appelant. Mais ils restèrent encore quelques secondes dos à dos.

– Moi aussi, dit seulement Tobie.

Il ne répondait à rien. Elisha n'avait pas prononcé une parole. Mais ces deux mots ne surprirent aucun des deux. Ils scellaient simplement un pacte silencieux.

Elle dit à son tour :

– Moi aussi.

Elisha s'échappa la première.

Au fond de son sac, Tobie écrasa une nouvelle larme contre la toile de lin.

Ils parvenaient dans une forêt moins dense. Le clapotis de chaque pas du porteur s'accompagnait d'une vaguelette qui venait se briser sur la base des grosses herbes. Tobie scrutait la pénombre à travers la fente du sac. Il lui semblait parfois surprendre des regards jaillissant dans la nuit. Tête de Lune ne suivait plus.

Encore un que Tobie ne reverrait jamais. C'était la loi de sa vie : les gens qu'il aimait s'évaporaient, et il n'en restait plus qu'une poussière d'or qui lui piquait les yeux.

La nuit s'était emparée de la forêt. C'était une nuit différente de celle de l'arbre, une nuit grouillante de bruits et de reflets mystérieux, une nuit chaude. Ils s'enfoncèrent ainsi pendant un temps impossible à mesurer. L'eau devenait plus profonde. Le porteur en avait jusqu'à la taille. Il poussait devant lui un flotteur sur lequel vacillait sa lanterne.

– Aaaaaaaaaahhhhh !

Une énorme masse tomba du ciel devant eux, provoquant une vague vertigineuse.

Hurlant d'épouvante, le porteur jeta le sac à quelques pas de lui et réussit à s'accrocher à une herbe. Le sac où se trouvait Tobie flottait. La vague le secoua dans tous les sens, mais il restait en surface. Un dernier mouvement de l'eau le coinça entre deux racines d'herbe.

Reprenant conscience, les mains et les pieds toujours ficelés, Tobie parvint à entrouvrir avec le nez la déchirure du sac. Il découvrit comme dans un rêve ce qui était tombé du ciel.

C'était une masse animée dont il aperçut d'abord

l'ombre projetée sur la futaie : une sorte de monstre ramassé sur lui-même avec deux grosses pattes cassées en deux. Il voyait maintenant les yeux impénétrables de la bête qui fixaient le porteur. Celui-ci, courageux, ne fuyait pas. La peau du monstre était brillante et granuleuse. Il mesurait peut-être cinquante fois la taille d'un scarabée ou d'une limace.

L'horreur ne dura qu'un instant. Le monstre projeta une langue démesurée, qui happa le pauvre porteur. On n'entendit plus qu'un grand cri.

Et le Pelé disparut en gesticulant, bras et jambes écartés, dans la bouche large comme un tunnel. Tobie croisa une dernière fois le regard brûlant de l'homme.

Au fond de son sac, Tobie jura qu'il ne désirerait plus jamais la mort.

La grenouille, car c'en était une, fit un petit bond vers Tobie et regarda assez longuement cette poche de toile trempée. Les yeux globuleux venaient presque toucher l'ouverture du sac. Tobie ne bougeait pas d'un

cil. Parfois il voyait poindre un bout de langue gluante entre les mâchoires vertes. L'animal produisit un raclement de gorge qui ressemblait au tonnerre. Tobie tressaillit, et ce léger mouvement accompagné d'un retour de vague suffit à inonder le sac qui, très lentement, s'enfonça dans l'eau.

Abandonnant sa proie à regret, la terrible bête poussa encore une fois son cri de guerre et s'envola.

Tobie avait disparu sous la surface de l'eau.

C'était peut-être la cinquième fois que Tobie croyait mourir, mais, cette fois, c'était sûrement la bonne.

Un enfant pieds et mains liés, enfermé dans un sac, que l'on laisse couler dans l'eau au fond d'une forêt, en ayant pris soin de faire dévorer son seul accompagnateur par une grenouille, n'a pas de grandes chances de s'en sortir.

Tobie, entièrement immergé, dans le noir total, incapable de respirer, continuait pourtant à compter chaque seconde, comme si tout pouvait encore arriver.

Voici que, comme par hasard, il n'avait plus envie de mourir.

C'est toujours ainsi quand c'est trop tard.

Il faut le savoir.

Tobie fut à peine surpris quand il sentit son sac être traîné quelques secondes, s'élever, puis se vider progressivement comme une outre. Il avala une grande goulée d'air pur qui lui envahit les poumons.

Il vit alors une toute petite main venir fouiller le sac et lui chatouiller le menton.

– C'est moi…

Tobie connaissait cette voix. Le sac s'ouvrit. Ce qu'il vit lui remplit les yeux d'une grande douceur. C'était Tête de Lune. Le petit Pelé à la ceinture jaune les avait suivis pas à pas depuis le début.

Aucun autre visage n'aurait pu rassurer autant Tobie. Un enfant. C'était sûrement ce qui restait de moins mauvais sous le ciel.

– La grenouille est méchante, dit-il. Elle a mangé Vidof.

Tobie pensa à son pauvre porteur. Il s'appelait donc Vidof. Tobie demanda :

– Il avait une famille ?

– Non. Il voulait se marier avec Ilaïa.

Tobie mesura encore une fois la fragilité de cette vie dans l'herbe. Il ne fallait tenir à rien. Le destin des Pelés était aussi hasardeux que l'aventure des grains de pollen. Tête de Lune avait approché la lampe qui par miracle ne s'était pas éteinte sur son flotteur. Il conclut :

– Ilaïa va pleurer.

En effet, il n'y avait rien d'autre à dire.

Tête de Lune avait la peau luisante, toute la boue avait été lavée par l'eau. On voyait maintenant ses épaules très blanches. Il enleva les liens de Tobie qui put se déplier hors du sac.

Tobie se tenait debout, le buste au-dessus de l'eau.

Le petit garçon lui dit :

– Tu peux partir. Attends le matin. Ton arbre est par là.

– Et toi ?

– Moi, je retourne consoler Ilaïa.

– Tu n'as pas peur ? Quel âge tu as ?

Tête de Lune se fendit d'un quart de sourire.

– Si je me fais attraper par un lézard ou une grenouille, Ilaïa pleurera un peu plus. Alors je vais faire attention.

– Qui est Ilaïa ? demanda Tobie.

– C'est ma grande sœur.

À l'endroit où ils étaient, l'eau allait jusqu'aux hanches de Tobie. Mais Tête de Lune en avait au moins jusqu'aux épaules. C'était un miracle que le petit garçon ait pu arriver jusque-là.

– Pourquoi tu nous as suivis ? demanda Tobie.

– Je sais pas. J'ai pas pensé.

Et il s'éloigna en disant :

– Adieu, Petit Arbre.

Tobie fit un pas dans la direction que lui avait indiquée Tête de Lune. Il poussa la lampe devant lui, mais, aussitôt, elle grésilla et s'éteignit. La nuit était rigoureusement noire.

À nouveau, Tobie croyait voir des yeux clignoter dans l'obscurité. Jamais il n'avait ressenti une telle solitude.

Un long moment passa.

Des bruits humides glissaient sur la forêt d'herbes.

– J'ai peur.

La voix avait surgi tout contre lui. C'était Tête de Lune. Et cette peur si naturelle d'un petit garçon fit s'envoler toutes les angoisses de Tobie. Il reçut une immense force de la petite main froide qui se blottit dans la sienne.

Tobie n'avait jamais été le grand frère de personne. Il le devint un peu à ce moment-là. Il se sentait responsable de cet enfant. Il ne lâcherait pas cette main tant qu'elle ne serait pas accrochée au cou d'une sœur ou d'une mère.

Cette simple responsabilité redonnait une direction à la vie de Tobie Lolness. Il n'était plus ce petit bout de tartine flottant dans un jus d'écorce noir, malmené par la vie.

– N'aie pas peur, je te ramène chez toi.

Il fit grimper l'enfant sur ses épaules et s'enfonça dans le marais.

27

Une autre vie

La flèche se planta dans le lézard, exactement dans la zone pâle de la gorge, là où la cuirasse est plus tendre. Un garçon de dix ans surgit sans attendre la dernière contorsion de l'animal. Il brandissait une longue sarbacane.

Il regarda le lézard s'effondrer définitivement. C'était un minuscule lézard, mais il y avait de quoi nourrir une famille pendant un hiver.

L'enfant contempla l'animal avec fierté. Après une

telle prise, il allait pouvoir se choisir un nom. On ne l'appellerait plus Brin de Lin, il le savait.

La largeur de la toile du vêtement était à la mesure de l'âge. Les petits enfants vivaient tout nus, puis on leur mettait autour de la taille une petite bande de lin, on les appelait alors Brin de Lin, et chaque année on retissait quelques nouvelles rangées. On disait d'une jeune fille « elle a peu de lin », et d'un vieillard, « il porte sur lui un champ de lin blanc ». À quinze ans, le vêtement couvrait depuis les cuisses jusqu'à la poitrine. À la fin de la vie, une dernière rangée de tissu transformait la robe en linceul.

Un peu après l'âge de dix ans, à la suite d'un acte de bravoure, les enfants se choisissaient un nom.

Le jeune chasseur savait déjà celui qu'il allait prendre. Il voulait s'appeler Tête de Lune.

Il se mit à courir entre les herbes jaunes. La terre diffusait une vraie chaleur d'août. D'une minute à l'autre, un campagnol pouvait surgir et s'emparer du lézard. Il devait appeler du renfort pour débiter la bête et mettre la belle chair rouge en réserve pour l'hiver.

Après dix minutes de course, il parvint à une tige qu'il escalada facilement. Tout en haut s'élevait l'épi où sa sœur et lui avaient pris leurs quartiers d'été. Un grain avait été roulé et basculé par-dessus bord pour laisser une chambre arrondie qui sentait le bon pain.

– Ilaïa ! J'en ai eu un !

Ilaïa ouvrit un œil. C'était l'heure de la sieste. Elle dormait par terre dans la lumière jaune, avec seulement un oreiller de farine. Elle avait des cheveux très longs qui formaient autour d'elle des faisceaux sombres parsemés d'une poudre dorée.

– Qu'est-ce qu'il y a, Brin de Lin ?

Le petit garçon s'arrêta net.

– Ne m'appelle plus jamais comme ça.

Elle sourit en s'étirant.

– Qu'est-ce qui se passe ?

– J'ai eu un lézard.

Elle sourit encore une fois. Tête de Lune aimait ce sourire qui n'était revenu que depuis quelques mois seulement sur les lèvres de sa sœur. Ilaïa avait connu un grand malheur deux ans auparavant. Elle était fiancée à un garçon qui s'appelait Vidof. Il était mort dans des circonstances tragiques. Pendant des mois, deux années en tout, elle avait paru inconsolable. Depuis peu, elle se mettait à revivre.

– Je vais demander de l'aide, dit Tête de Lune en grimpant tout en haut de l'épi.

Il entendit la voix d'Ilaïa qui criait :

– Comment tu vas t'appeler, Brin de Lin ? Hein ? Comment ?

Parvenu au sommet de l'épi, il hurla :

– Je m'appelle Tête de Luuuuunnne !

Il était à la hauteur des cimes d'herbe, et l'immense prairie couleur d'or s'étendait de tous côtés avec, au loin, l'ombre dense de l'arbre. Un éblouissement. Les hautes tiges se balançaient lentement et créaient comme des courants qui traversaient la prairie. L'été offrait l'unique belle saison de l'année. Seuls les orages pouvaient gâcher cette période bénie et la transformer en enfer.

– Qu'est-ce qui se passe ?

L'appel venait d'un épi voisin où quelqu'un avait entendu son cri sauvage.

– Ah ! C'est toi, Brin de Lin ?

– Je m'appelle Tête de Lune ! J'ai besoin d'aide près du chardon. J'ai eu un lézard.

L'autre, sur son épi, poussa un cri dans une autre direction. Ainsi fut relayée la nouvelle, d'épi en épi. Quelques minutes plus tard, ils étaient nombreux autour de la dépouille du lézard, à découper chacun son morceau de viande fraîche.

La chasse au lézard était rare. Même si la viande de ce dangereux reptile était un délice, le lézard avait le mérite de protéger des moustiques en les éliminant par dizaines.

Le moustique représentait une menace plus pernicieuse que le lézard. L'expression « il n'y a pas de lézard » signifiait surtout : « s'il-n'y-a-pas-de-lézard-c'est-qu'il-n'y-a-pas-de-moustique-donc-la-vie-est-belle ». Ainsi ne chassait-on le lézard que quatre jours par an, autour du 15 août.

– Jolie prise, Brin de Lin… Bravo.

– Je ne m'appelle plus Brin de Lin. Je m'appelle Tête de Lune.

Tête de Lune tournait autour de son trophée. Il cherchait quelqu'un.

– Tu cherches qui, Brin de Lin ?

– Je m'appelle Tête de Lune ! Mettez-vous ça dans la tête.

Celui qu'il voulait trouver n'était pas là. Il aurait

pourtant aimé partager cette joie avec lui. Il s'approcha d'un garçon plus vieux que lui, et lança :

– Toi, Aro, apporte ma part de viande dans l'épi, et confie-la à ma sœur, Ilaïa. J'ai une chose urgente à faire.

Aro essaya de ne pas rire, mais il s'attendrissait de ce brusque changement dans le ton de Brin de Lin. La veille encore, ce n'était qu'un petit garçon. Maintenant, il semblait lui donner des ordres et s'inventait des affaires urgentes.

– À tes ordres, Brin de Lin.

Tête de Lune soupira :

– Je ne m'appelle plus Brin de Lin…

Il disparut derrière le chardon en maugréant.

Il ne lui fallut pas longtemps pour arriver au pied d'une touffe de roseaux secs. Les roseaux étaient formés de longues feuilles roulées sur elles-mêmes. Dès le mois de septembre, ils baignaient dans l'eau et attiraient les moustiques, mais par ce beau mois d'août, ces faisceaux ressemblaient à de longues tours qui auraient pu encadrer un palais de verdure. Quelqu'un y avait d'ailleurs élu domicile, celui que justement…

Une flèche frôla Tête de Lune et vint traverser le petit ruban de lin qui dépassait de son vêtement. La pointe acheva sa course dans le roseau où elle se planta profondément. L'enfant se retrouva épinglé à cet énorme poteau. Il tenta de se détacher de la flèche mais n'y parvint pas. Le lin était tissé pour durer toute une vie.

D'où venait cette flèche ? Tête de Lune finit par s'avouer que le seul moyen de s'en sortir était d'abandonner son habit et de filer tout nu. Mais ça, il n'en était pas question ! Il n'était plus un Brin de Lin !

Il tendit l'oreille.

Le bruit venait d'un petit tas d'herbe sèche, un peu plus bas.

C'était un coassement grave.

Terrifié, Tête de Lune tourbillonna sur lui-même, se dégagea entièrement du tissu jaune qui l'habillait, et s'enfuit dans la direction opposée.

Il entendit alors un grand éclat de rire. Se retournant, il découvrit un jeune garçon d'au moins quinze ans, pas très grand, mais les jambes bien campées sur la terre et les épaules déjà solides. Il tenait une sarbacane plus longue que lui.

Tête de Lune plongea sous la paille pour se cacher, en criant :

– C'est toi qui as fait ça ? Petit Arbre !

Tobie n'avait pas vraiment changé. Mais deux années avec le peuple des herbes laissaient forcément une trace dans le regard.

Il paraissait plus sauvage.

Quand il était revenu avec Brin de Lin sur ses épaules, tout le monde avait été touché par le courage de ce garçon qui allait au-devant de ceux qui l'avaient condamné. Il avait raconté la mort de Vidof et provoqué la fulgurante peine d'Ilaïa. Elle lui avait jeté des poignées de boue, puis elle avait voulu en manger.

– Tu l'as tué ! Tu l'as tué !

Elle enfouissait ses poings noirs dans sa propre bouche. On se mit à quatre pour la tenir.

Tête de Lune expliqua à sa sœur que Tobie n'y était pour rien. Mais personne ne pouvait contenir le chagrin et la rancœur de la jeune fille. Elle portait un masque de haine.

Le courage de Tobie, son émotion devant Ilaïa prouvaient qu'il n'était pas un ennemi comme les autres. Mais les Pelés, une nouvelle fois, décidèrent de le reconduire dans l'arbre. Trop de malheurs étaient descendus de cette planète verte. Tout ce qui venait de l'arbre devait y retourner.

Tobie entendit ce nouveau verdict sans y croire.

L'expédition partit dès le lendemain. Cette fois-ci, Tobie était accompagné par deux hommes. Ils le portaient roulé dans un hamac suspendu à une perche qu'ils se calaient sur l'épaule. Le troisième matin, les deux Pelés réalisèrent qu'ils transportaient une toile remplie d'un mannequin de terre.

Tobie leur avait encore une fois échappé.

Ils repartirent vers chez eux pour annoncer que Petit Arbre s'était enfui. Mais ils le retrouvèrent assis à côté de Tête de Lune, devant une assemblée perplexe. Tobie était arrivé avant eux.

Comment se débarrasser de ce feu follet ?

— Tu dois retourner chez toi.

— Tuez-moi plutôt. Je n'ai pas de chez-moi.

La foule des Pelés ronronnait à chaque réponse de Tobie. Ce petit parlait comme l'un des leurs. Il semblait né dans les herbes.

Pour la troisième fois, on trouva des volontaires qui voulurent bien l'accompagner jusqu'à la grande frontière.

Le matin du départ, avant même le lever du jour, une fine pluie tombait sur la prairie. Tobie, attaché en hauteur à un fuseau d'herbe, regardait les Pelés sortir de leurs abris pour s'exposer à l'eau pure dans la nuit sans lune.

Il voyait la boue dégouliner sur leur peau.

Lui-même, suspendu en l'air, jetait la tête en arrière pour recevoir les gouttes de pluie. Une goutte plus grosse que les autres tomba sur lui et le lava en un instant.

Alors, tous les Pelés qui se trouvaient alentour se tournèrent vers lui. Tobie décela dans leurs yeux écarquillés un reflet bleu. Des enfants s'approchèrent les premiers sous la pluie battante. Puis, tout le peuple se rassembla sous lui.

Ils fixaient le dessous de ses pieds.

Tobie découvrit sur la plante de ses pieds le mince filet lumineux qui dégageait une couleur bleue. C'était la ligne dessinée par Elisha à l'encre de chenille avant son départ. Une fois lavée à l'eau de pluie, cette ligne luisait dans la nuit, comme le dessous des pieds d'Elisha.

On détacha Tobie de sa tige d'herbe. Il ne comprenait rien.

– Reste. Fais ce que tu veux. Tu as le signe.

Voilà ce qu'on lui dit avant de l'abandonner, libre, sous la pluie. La foule se dispersait dans un halo bleuté.

Sous leurs pieds lavés par la pluie était apparu le même trait d'encre lumineuse.

Tobie, incrédule, se traîna ce matin-là jusqu'au petit bosquet de roseaux. Il y passa les premiers mois, sans autres visites que celles de Tête de Lune qui venait à l'insu de sa sœur.

— Elle ne veut pas que je m'occupe de toi. Elle est trop triste.

— Obéis-lui. Ne viens plus me voir.

Mais Tête de Lune alla chaque jour rendre visite à Tobie. Lentement, le petit lui enseigna en secret comment vivre dans l'herbe. Lentement, Tobie découvrit la dureté de cette vie.

Il fut d'abord tenu à l'écart. La communauté craignait ce garçon apparu de nulle part mais qui portait le signe comme l'un des leurs.

Le premier été, Tobie ne se douta pas de ce que pouvait signifier une vie entière passée dans l'herbe. Le temps était doux et sec, les conditions idéales. Il apprit auprès de Tête de Lune à chasser avec une sarbacane. Il eut toujours de quoi manger, et aménagea son abri dans les roseaux. Il retrouvait la joie d'être libre. C'était la seule joie qui lui restait.

Mais les premiers orages de la fin août le ramenèrent à la réalité. Toute la prairie fut inondée. À partir de ce jour et pendant six mois, il ne vit plus Brin de Lin.

Quand arriva l'automne, il avait déjà déménagé trois fois, pour fuir l'eau, la boue, le vent. Et le pire l'attendait. Les premières gelées furent terribles. Puis la neige ne manqua pas.

L'hiver ne fut qu'un interminable combat. Maltraité par les rigueurs du ciel, embourbé dans la terre, Tobie ne pensait plus, ne souffrait plus : il survivait. Par miracle, il avait débusqué avant la neige un morceau d'un minuscule tubercule qui lui servit de pitance. Il devint un enfant sauvage, petit animal ramassé sur lui, qui affronte l'hiver avec un seul instinct : tenir.

Au premier jour du printemps, quand un groupe de chasseurs pelés se retrouva nez à nez avec un petit être aux cheveux désordonnés et au regard dur comme la glace, ils ne purent reconnaître Tobie.

– C'est moi, je suis Petit Arbre.

Les chasseurs eurent un mouvement de recul. Le feu follet avait survécu à l'enfer.

Les gens de l'herbe changèrent désormais de regard sur Petit Arbre. Peu à peu, ils l'intégrèrent à la vie commune. Tobie découvrit alors les secrets de survie accumulés par ce peuple au fil des générations.

Deux fois, il rencontra Ilaïa qui refusa de croiser son regard. Deux fois, elle lui rappela la silhouette butée d'Elisha. Il chassait ce souvenir comme une fumée qui l'asphyxiait.

Tobie ne laissait pas à sa mémoire le droit de faire ressurgir le passé. Il construisait sa vie nouvelle sur le vide, sans se douter que ses fondations finiraient par s'effondrer sur ce labyrinthe de galeries mal rebouchées.

Un jour où, dans la grotte du lac, Tobie disait à Elisha qu'il rêvait d'une nouvelle vie, elle lui avait répondu :

– Tu n'as qu'une vie, Tobie. Elle te rejoindra toujours.

Tobie tentait de faire mentir cette loi.

Le second hiver fut moins rude. Tobie découvrit la force extraordinaire de l'unité. Ce peuple tenait par tous les liens qu'il savait tisser.

Dès l'été, ils liaient ensemble les tiges de longues herbes qu'ils laissaient bien en terre. Cela donnait une touffe rigide comme un donjon, dans laquelle ils se rassemblaient tous aux premiers froids. Le vent, la neige, les torrents de boue ne parvenaient pas à faire s'effondrer ce château de paille.

Tobie eut le droit d'occuper un épi.

C'est au cours de cet hiver qu'il réussit peu à peu à apprivoiser Ilaïa.

Tête de Lune, qu'on appelait encore Brin de Lin, vit alors sa sœur retrouver des pommettes plus rouges et des yeux moins hostiles. Elle ne parlait pas encore à Tobie, mais elle acceptait de l'écouter, les yeux baissés.

Tobie ne se doutait pas qu'il faisait naître quelque chose de plus profond dans le cœur de la jeune Pelée.

Il y a un proverbe pelé qui dit : *Ce que l'on sème dans une plaie avant qu'elle ne se ferme donne une fleur captive qui ne meurt jamais.*

Ilaïa était en train de tomber amoureuse. Elle passait lentement d'une haine passionnée à une autre forme de passion.

On aurait pu imaginer que ces deux cœurs, balayant une bonne fois leur passé, puissent se retrouver et assembler un bonheur nouveau. Mais le cœur de Tobie était prisonnier dans les caves sombres de sa mémoire.

Un événement extraordinaire vint l'en sortir, et replonger Tobie dans l'aventure de sa vraie vie.

Tu n'as qu'une vie, Tobie.

28

La fiancée du tyran

Un vieil homme arriva chez les Pelés au début de l'automne. Il ne parlait pas, poussait une barque d'écorce entre les herbes. Il venait de l'arbre et avait l'air épuisé.

On chercha à interroger ce Vieil Arbre qui persistait à se taire.

Sans le brutaliser, on le mit sous la garde de deux hommes. Les Pelés avaient encore eu de nombreuses victimes dans leurs rangs, enlevées par des milices venues de l'arbre. Tobie avait ainsi perdu deux bons camarades, Mika et Liev, disparus aux confins du tronc, à la fin du printemps.

Les Pelés se méfiaient donc de ce Vieil Arbre qui surgissait comme par magie dans ce climat de guerre.

Tobie était absent ce jour-là.

Il était parti avec Tête de Lune et deux autres chasseurs. Cette fois, c'était un campagnol qui avait emporté dans son trou deux Brins de Lin et leur mère. Le rongeur s'était emparé d'un épi tombé à terre dans lequel la famille était au travail. Le père, resté seul, était effondré. Tobie retrouva facilement les empreintes du rongeur et décida de les suivre.

Au moment du départ, Ilaïa lui dit au revoir comme l'aurait fait une femme de chasseur, mais Tobie n'y voyait que les adieux d'une sœur ou d'une amie.

Seul Tête de Lune se rendait compte des sentiments de sa sœur pour Petit Arbre. Le premier concerné, Tobie lui-même, ne se doutait de rien ou ne voulait rien voir d'un malentendu qui pouvait devenir tragique.

Quand elle apprit qu'un homme était arrivé de l'arbre, Ilaïa eut très peur. Tout ce qui venait de là-haut pouvait en vouloir à son Petit Arbre et à leur bonheur futur. Elle se démena pour qu'on chasse le visiteur. Personne ne la suivit dans son impatience. Au contraire, les gens de l'herbe attendaient le retour de Tobie qui parviendrait peut-être à faire parler ce Vieil Arbre muet.

Cinq jours passèrent. Ilaïa guettait anxieusement le retour de l'expédition.

Tobie et Tête de Lune revinrent avec la petite famille qu'ils avaient pu extraire des griffes du campagnol. On fêta joyeusement leur retour.

Plusieurs fois, quelqu'un essaya de parler à Tobie de l'homme qui était arrivé, mais, chaque fois, Ilaïa tirait Tobie par le bras, et l'empêchait d'écouter.

Tobie dormit ensuite une longue nuit dans son épi. Une main le réveilla au milieu du jour suivant.

– C'est toi, Brin de Lin ?

– Je m'appelle Tête de Lune ! Est-ce que toi, au moins, tu ne vas pas m'appeler par mon nom ?

– Tu as dormi ?

– Oui. Mais il s'est passé quelque chose pendant notre absence. Il y a un homme qui est arrivé. Il porte une charge de lin sur son dos.

Tobie aimait cette expression pour parler du grand âge.

– D'où vient-il ?

– On pense qu'il vient de l'arbre.

Tobie sentit quelque chose de lourd tomber au fond de lui. Il referma les yeux.

– Ils veulent que tu lui parles, continua Tête de Lune. Pour l'instant, sa bouche ne s'ouvre pas.

– Pourquoi moi ? demanda Tobie.

– Devine.

– Je ne sais pas de quoi tu parles.

– On t'appelle Petit Arbre, ici. Tu ne peux pas tout oublier.

– Je veux tout oublier.

– Viens avec moi. Tu dois juste l'interroger. Après, on te laissera tranquille dans ton épi.

Tobie gardait les yeux fermés. Il ne voulait pas les rouvrir. Tête de Lune lui écarta les paupières avec ses doigts.

– Viens !

– Je ne veux pas. Dites-lui de s'en aller.

Cette fois, Tête de Lune lui donna un coup de pied mou qui le fit rouler sur lui-même.

– Laisse-moi ! hurla Tobie. J'ai tout fait pour être comme vous ! Je me suis vautré dans la boue, j'ai affronté les tempêtes de neige, j'ai attaché mon épi aux

379

vôtres pour passer l'hiver ! Et maintenant je redeviens le fils de l'arbre, quand ça vous arrange ?

Tête de Lune s'assit dans un coin. La chambre était dorée par les rayons du soleil d'automne. Il croisait les bras, la tignasse dans les yeux. Il resta là un moment, puis s'en alla.

Tobie ouvrit les yeux. Il laissa la tiédeur des derniers beaux jours l'apaiser. Il repensa au soulagement des enfants quand il les avait sortis du trou du campagnol. Il revit surtout le visage de tous ses compagnons de l'herbe qui avaient disparu à cause des habitants de l'arbre.

Il se leva. Il savait ce qu'il devait faire.

Il parlerait à l'étranger.

Si c'était un espion, il le saurait tout de suite. Il avait assez souffert de la vermine de l'arbre. Il ne pouvait la laisser se répandre sur la prairie. Tobie connaissait la fragilité de l'herbe.

Sortant de son épi, il trouva Ilaïa sur le seuil.

– Petit Arbre.

– Ilaïa, c'est toi…

– Je veux te dire une chose.

– Tu me diras tout ce que tu veux, petite sœur…

Elle détestait qu'il l'appelle ainsi. Elle n'était pas sa sœur ! Tobie continua :

– Mais, d'abord, je dois voir quelqu'un. Attends-moi ici.

– Je veux te parler tout de suite.

– Oui, tout de suite… Je reviens tout de suite pour t'écouter, dit doucement Tobie.

– Tu vas interroger cet homme qui est venu en barque ?

– Oui. C'est de lui que tu voulais me parler ?

– Non, c'est d'un autre. Qui est arrivé il y a plus longtemps.

– Je reviens. Reste là. J'aime bien parler avec toi. Je t'aime beaucoup, Ilaïa.

J'aime bien. Je t'aime beaucoup. Ilaïa ne supportait pas ces « bien », ces « beaucoup ». Elle voulait des « j'aime » sans rien d'autre après.

Elle hurla vers lui :

– Attends ! Je veux te dire une chose importante. Écoute-moi.

Il revint sur ses pas. Elle avait le regard affolé, l'œil trop brillant.

– Qu'est-ce que tu as, Ilaïa ?

Petit Arbre la regardait en face. Il était là, à l'écouter. Enfin. Elle allait lui dire son amour.

Émue, Ilaïa attendit une seconde de trop avant de parler.

Une seconde qu'elle voulut déguster, alors que les mots importants doivent être envoyés d'un souffle comme les flèches des sarbacanes. Tête de Lune apparut, haletant. Ilaïa baissa les yeux. C'était trop tard.

Son frère cria :

– Ils nous ont pris deux hommes en plus. Cette fois, Petit Arbre, tu n'as pas le choix. Viens voir l'étranger !

Tobie disparut derrière lui.

– Je reviens, Ilaïa. Tu me diras ce qu'il y avait de si important… D'accord ? Tu me diras…

Ilaïa entendit leurs voix s'évanouir le long de la tige.

Elle s'écroula. Le bonheur était passé tellement près qu'elle avait cru sentir son souffle chaud derrière son cou, sous ses cheveux. Un autre sentiment l'envahissait maintenant, et tendait sa peau.

On retenait l'homme dans un escargot abandonné. Deux gardes avaient été postés à l'entrée. Ils laissèrent passer Tête de Lune et Tobie. La vieille coquille d'escargot était semée de petits trous qui laissaient passer la lumière du jour dans le couloir en spirale.

Quand ils eurent passé le premier anneau, l'atmosphère parut beaucoup plus sombre. Il leur fallut du temps pour s'habituer à l'obscurité. Alors, ils virent une ombre assise le long de la paroi. Tobie fit signe à Tête de Lune de rester en retrait et il s'avança.

Il ne voyait pas distinctement les traits de l'homme. Des boucles blanches, comme des parenthèses emmêlées, encadraient deux yeux qui brillaient dans la pénombre.

Ce regard, Tobie le connaissait. Il s'approcha un peu plus et reconnut l'homme.

– Pol Colleen.

Le vieillard sursauta. Ses yeux s'agitaient dans l'obscurité. On voyait qu'il avait longtemps vécu dans la peur et que même la voix douce de Tobie lui glaçait le sang. Il ne disait toujours rien. Ses yeux s'éteignirent derrière un voile de vapeur, comme des braises jetées dans une mare.

Tobie vint s'accroupir à côté de lui.

Pol Colleen, l'homme qui écrivait.

Tobie lui toucha les mains. Il ne l'avait pas vu depuis des années. Il avait vieilli.

Pol Colleen sursauta à nouveau. Ses yeux s'ouvrirent, le reconnurent et recommencèrent leur danse rougeoyante.

– Qui est-ce ? demanda Tête de Lune.

– Vous n'avez rien à craindre de lui. C'est un ami. Cet homme ne parle pas. Il écrit.

– Il crie ?

– Non. Il écrit.

L'écriture n'existait pas dans la prairie. Tête de Lune demeurait songeur. Tobie ne savait comment expliquer à son ami.

– Quand tu ne peux pas parler, tu racontes avec des gestes. L'écriture est faite de petits gestes dessinés.

Tête de Lune s'était accroupi à côté d'eux.

– Et toi, Petit Arbre, tu sais faire ça ?

Tobie ne répondit pas. Il savait qu'il n'avait rien oublié. Le seul visage de Colleen suffisait à réveiller de grands morceaux de souvenirs.

– Tobie Lolness.

Tobie lâcha les mains de l'homme. Il parlait !

– Qu'est-ce qu'il a dit ? interrogea Tête de Lune.

L'homme répéta :

– Tobie Lolness.

– C'est une autre langue ? dit Tête de Lune.

– Oui, murmura Tobie qui retrouvait dans son nom des sonorités émouvantes.

L'homme avait une voix grave et articulée. Il prononçait chaque mot comme pour la première fois.

– Je te reconnais. Tu es Tobie Lolness.

Tête de Lune se tourna vers Petit Arbre. L'homme continuait :

– On te croit mort, là-haut.

– Je suis mort, dit Tobie.

– Tu es devenu pelé.

– Qu'est-ce que c'est ? demanda Tête de Lune.

– Pelés... C'est comme ça qu'on vous appelle, dans l'arbre.

Tobie avait l'impression d'une porte qui s'ouvrait entre ses deux vies. Il avait froid. Il sentait un courant d'air polaire qui s'échappait de cette porte entrouverte. Il allait la refermer, renvoyer le vieil homme dans sa barque, mais Colleen dit quelques mots qui le foudroyèrent :

– Pourquoi as-tu abandonné tes parents, Tobie Lolness ?

Tobie se sentit projeté en arrière. Il bougeait les lèvres, mais aucun son n'en sortait. L'homme répéta :

– Pourquoi as-tu abandonné tes parents ?

La voix de Tobie revint avec la force du tonnerre :

– Moi ! J'ai abandonné mes parents ? J'ai failli mourir dix fois pour les sauver ! Pol Colleen, ne redis jamais ça. Tu insultes des morts.

– Quels morts ?

– Sim et Maïa Lolness, mes parents !

Colleen se passa la main sur les boucles blanches. Il inclina la tête un instant puis releva brutalement les yeux vers Tobie.

– Les mots ont un sens, Tobie Lolness. Tu viens de dire que tu es mort, alors que tu me parles. Tu dis maintenant que tes parents sont morts alors que…

– Eux sont vraiment morts, interrompit Tobie.

– Pourquoi dire cela ? C'est triste de dire cela.

Tobie serrait les poings.

– Mais la vie est triste Pol Colleen ! Vous allez comprendre ça ? La vie n'est pas comme un de vos poèmes. La vie est affreusement triste.

– Je n'écris pas des poèmes…

Tête de Lune écoutait cette conversation qu'il comprenait mal. Tobie resta immobile. Il ne s'était jamais demandé ce que Colleen écrivait.

– J'écris l'histoire de l'arbre. Ton histoire, Tobie Lolness.

Et il ajouta, d'une voix qui ne tremblait pas :

– Tes parents sont vivants.

Cette fois, Tobie se jeta au visage du vieil homme en hurlant. Tête de Lune attrapa Tobie par les pieds et le tira d'un grand coup. Tobie glissa sur le côté et se cogna la tête contre la paroi de l'escargot.

Pol Colleen reprenait son souffle. Tobie gisait inanimé. Tête de Lune lui tapotait les joues pour qu'il revienne à lui.

– Pardon, Petit Arbre… Je t'ai pas fait mal ?

Pol Colleen mit la main sur l'épaule de Tête de Lune.

– Je crois que ce petit est sincère, dit Colleen. Il ne sait pas la vérité sur ses parents.

Tête de Lune regarda le vieil homme et lui dit :

– Pourquoi dire ça ? Vous savez bien que ses parents sont morts, il a le petit éclair.

Pol Colleen qui, en toute modestie, savait presque tout, connaissait le sens du petit éclair chez les Pelés. La trace laissée par la mort des parents.

– Oui. Il a le petit éclair. Je sais.

Il se pencha sur Tobie qui revenait à lui.

– Sim et Maïa Lolness sont vivants. J'ai vécu auprès d'eux ces deux dernières années.

Tobie n'avait plus la force de se battre. Il pleurait.

– Je sais que tu as le petit éclair dans l'œil, dit Colleen. Je le sais.

Il marqua une pause.

– Sim et Maïa ne t'ont pas donné la vie. Ils t'ont adopté quand tu avais quelques jours. Oui, tes parents d'avant sont morts. Et tu es presque né avec le petit éclair.

Tobie ferma les yeux.

– Mais Sim et Maïa Lolness, eux, sont vivants. On t'a menti.

Tobie eut l'impression de voir de haut cet escargot posé entre les herbes. Son regard semblait suivre la spirale de ce couloir. L'esprit de Tobie suivait aussi ce tourbillon qui tournait de plus en plus vite. Il finit par perdre connaissance.

Il se réveilla au même endroit. La nuit était tombée. Tête de Lune avait fait un feu. Beaucoup de gens les avaient rejoints dans l'escargot.

Pol Colleen se réchauffait contre les flammes. Tout le monde regardait Tobie qui leva une paupière, puis une autre.

Pol Colleen ne jeta même pas un coup d'œil à Tobie. Il parla de sa voix rugueuse :

– Si tu veux que je parle, dis-le. Sinon, je partirai demain matin.

Tobie laissa planer un silence et dit :

– Parle.

Les voix résonnaient étrangement dans l'escargot. Même le bruit du feu était amplifié.

– Sim et Maïa Lolness sont enfermés par Jo Mitch avec tous les savants de l'arbre. J'étais avec eux. J'ai pu m'échapper. Je suis le seul.

Tobie réussit à dire :

– Jo Mitch commande l'arbre entièrement ?

Colleen secoua la tête.

– Jo Mitch est un fou dangereux. Il ne commande plus vraiment l'arbre. Il retient prisonniers les plus puissants cerveaux. Il les fait creuser dans son cratère avec quelques Pelés, à la place des charançons.

Tobie ouvrait grand les yeux.

– Les charançons ont disparu dans une épidémie, dit Colleen. C'est une chance pour l'arbre, mais Mitch désire encore plus le secret de Balaïna.

– Il ne l'aura pas, chuchota Tobie, les dents serrées.

– Si.

– Jamais…

– Ton père finira par céder, il va lui donner le secret de Balaïna. C'est impossible autrement.

– Mon père ne cédera jamais.

– Sauf…

– Jamais !

Pol Colleen hésitait à continuer. Fallait-il qu'il dise toute la vérité à cet enfant ? Pendant longtemps, Colleen s'était demandé pourquoi Mitch avait réclamé que Sim Lolness garde sa femme auprès de lui. Elle ne pouvait pas être utile dans le cratère.

Le jour où enfin Pol Colleen avait compris, il s'était senti envahi par la nausée.

— Maïa, ta mère… Jo Mitch a dit à Sim que… s'il ne cède pas pour Balaïna… Il s'occupera de ta mère.

Tobie s'étrangla. Il voyait la main huileuse de Mitch s'abaisser vers la peau de Maïa. Son cœur s'emballait à l'idée de ce chantage monstrueux. Tobie prit une ample goulée d'air qui lui vida la tête.

Colleen ajouta :

— Quand il aura le secret, Jo Mitch abattra définitivement notre arbre.

L'assemblée, perdue, écoutait la plainte du feu. Toute cette violence ne leur disait rien. Ils avaient l'impression d'entendre une langue inconnue. C'est Tobie qui, d'une voix sépulcrale, brisa le silence :

— Qui commande le reste de l'arbre ?

— Le reste de l'arbre est aussi invivable que le cratère. Je ne peux pas te dire plus. C'est terrible.

— Qui commande ?

— Quelqu'un d'aussi dangereux. Il fait régner sa loi. Et sa loi s'appelle la peur. La peur…

Colleen hésita encore, regardant autour de lui.

— La peur des Pelés. Il veut leur anéantissement. Quand il n'y en aura plus un seul, il dit que l'arbre revivra.

Autour d'eux, les spectateurs ne se reconnurent pas dans le mot Pelé. Seul Tête de Lune frémit.

– Ce nouveau chef a ton âge, Tobie Lolness. C'est peut-être lui qui m'inquiète le plus. C'est le fils d'un grand homme que j'ai connu : El Blue. Le garçon s'appelle Léo Blue.

Tobie ne cilla pas. Léo. C'était donc lui. Le nouveau maître de l'arbre.

– Léo Blue va se marier, continua Colleen. Il est très jeune mais il est fou d'une fille de la ferme de Seldor. Une petite de chez nous, dans les Basses-Branches…

Maï et Mia ! Tobie vit brutalement dans son esprit les deux filles Asseldor. Jusqu'où irait ce que Colleen décrivait ? Une fille Asseldor épousant un tyran nommé Léo Blue… Même l'imagination de Tobie ne pouvait aller jusque-là.

– La fille refuse de l'épouser.

Pour la première fois, Tobie esquissa un sourire. Les filles Asseldor n'avaient donc pas changé. Il pouvait presque entendre leurs voix, leurs rires, et leurs insolences.

– Le mariage a déjà été annulé une fois. La fille s'était rasé la tête. Léo Blue n'a pas osé se montrer avec elle. Mais bientôt, elle sera à lui. Rien ne lui résiste.

Tobie écoutait chaque mot. Laquelle des deux filles Asseldor pouvait agir avec cette violence ? Se raser la tête… Finalement, elles avaient peut-être un peu changé. Tobie admira cette force.

Un long silence envahit l'escargot. Tobie osa enfin plonger dans le sable mouvant de sa mémoire.

– Je voudrais vous demander quelque chose. Isha Lee et sa fille…

Quand Tobie prononça ce nom, une grande agitation traversa le public. Un chuchotement circulait entre les Pelés. Isha, Isha… Les yeux s'éclairaient. Tobie s'arrêta net.

Une femme prit finalement la parole :

– Vous avez parlé d'Isha ?

Un homme enchaîna :

– Isha est une fille des herbes. Elle a disparu, il y a quinze ans avec un enfant qu'elle attendait.

Tobie resta la bouche ouverte, le regard flou. Il souriait presque. Il avait ce pressentiment depuis longtemps. Isha Lee était une Pelée. Tobie posa finalement les yeux sur la femme qui s'était exprimée.

Ces visages lui avaient toujours été familiers. Il comprenait pourquoi. La femme demanda :

– Isha est encore en vie ?

Tobie se tourna vers Pol Colleen. C'est lui qui détenait la réponse.

Colleen n'avait pas réagi. Il répondit :

– Oui, Isha et sa fille sont vivantes.

Tobie ne lâchait pas du regard le vieil écrivain.

– Les Lee se sont installées à Seldor quand on a massacré leurs cochenilles, il y a deux ans. C'est de la fille Lee que je viens de parler.

Les yeux de Tobie se refermèrent. Pol Colleen répéta :

– Léo Blue va épouser Elisha Lee.

Elisha.

Elisha.

Tobie se leva au milieu de l'assemblée. D'un long regard où les flammes se reflétaient, il contempla, un par un, les visages qui l'entouraient.

À l'extérieur, une fine silhouette marchait entre les herbes. Ilaïa distingua la lumière qui s'échappait de l'escargot. Elle s'approcha. Elle avait vu la botte d'herbe se vider de ses habitants à la nuit tombée. Dans le silence de cette première nuit d'automne, Ilaïa devinait qu'il se passait quelque chose.

Ilaïa allait s'enfoncer dans le couloir de l'escargot quand Tobie apparut.

– Petit Arbre !

– Oui, Ilaïa.

Elle vit tout de suite que son visage avait changé.

– Tu t'en vas ? demanda-t-elle.

Tobie prit le temps avant de répondre :

– Oui.

– Tu retournes dans l'arbre.

Ce n'était même plus une question. Tobie était ailleurs. Il déposa un baiser sur son front et s'éloigna.

Ilaïa resta seule. Elle avait senti son cœur se figer, devenir aussi dur que la terre cuite. Toute la douceur qu'elle avait retrouvée au fil des mois fut balayée par ce vent glacé. Mais cette fois, elle ne tomba pas. Sa bouche dessina au contraire un sourire froid.

Petit Arbre ne lui échapperait pas. Vidof était mort

à cause de lui. Si Petit Arbre refusait de le remplacer dans son cœur, il fallait qu'il termine comme Vidof.

Ilaïa le devait à la mémoire de son fiancé.

Perché dans son épi, suspendu au-dessus de l'herbe, Tobie vit la lune qui se levait au loin, derrière l'arbre. Immense, elle l'engloba bientôt entièrement.

Le labyrinthe des branches ressemblait à une boule bleutée.

Soudain, ce monde lointain parut à Tobie extraordinairement fragile et beau. L'ombre du tronc s'élevait vers cette grande planète qui frémissait dans le vent du soir.

Le mouvement des feuilles d'automne était imperceptible, mais Tobie devinait ce grondement de vie.

Le souvenir d'un dimanche soir dans les Cimes, d'un goûter au grand lac des Basses-Branches, d'une sieste sur l'écorce chaude, remplissait l'arbre d'une vibration lourde qui atteignait le cœur de Tobie.

Comment avait-il pu s'éloigner du fil de sa vie ?

Il leva les yeux vers une étoile qui brillait, solitaire, au-dessus de lui. Altaïr… L'étoile que lui avait donnée son père.

Tobie n'entendait même plus le chant d'adieu du peuple des herbes, qui montait de l'escargot étincelant.

Il ne sentit pas dans son dos une présence furtive qui approchait. Les pieds nus d'Ilaïa sur le sol de l'épi. Elle avait les yeux brillants et tenait dans la main la pointe d'une flèche.

Petit Arbre gonfla ses poumons de la blancheur aérienne de la nuit. Il aurait pu s'envoler.

La voix vivante de ses parents. Les yeux d'Elisha. C'était bien assez pour repartir à l'aventure. C'était assez pour redevenir Tobie Lolness.

Découvrez la suite des aventures
de Tobie Lolness dans le tome II
Les yeux d'Elisha

«Il faisait nuit dans l'arbre. Une nuit avec des paquets de brume et de vent glacé. En fait, l'obscurité s'était maintenue toute la journée. Depuis la veille, les cimes de l'arbre étaient plongées dans un ciel noir de fin du monde. L'humidité faisait monter des branches une lourde odeur de pain d'épices…»

Table des matières

Timothée de Fombelle

L'auteur

Timothée de Fombelle est né en 1973. D'abord professeur de lettres en France et au Vietnam, il se tourne tôt vers la dramaturgie. En 2006 paraît son premier roman pour la jeunesse, *Tobie Lolness*. Célébré par de nombreuses récompenses, dont le prix Sorcières, le prix Tam-Tam et le prix Saint-Exupéry, ce récit illustré par François Place connaît un succès international. Par la suite, les romans se succèdent – *Céleste, ma planète*, *Vango*, *Victoria rêve* – et séduisent les lecteurs comme la critique. En 2014, pour *Le Livre de Perle*, il reçoit la Pépite du roman adolescent européen, ainsi que le prix de la Foire de Brive. Avec *La Bulle*, Timothée de Fombelle publie son premier album, en collaboration avec l'illustratrice Éloïse Scherrer. Il imagine aussi *Georgia – Tous mes rêves chantent*, un conte musical illustré par Benjamin Chaud, et qui réunit une pléiade d'artistes : Cécile de France, Alain Chamfort, Emily Loizeau, Albin de la Simone… Il reçoit pour ce livre-disque une nouvelle Pépite à Montreuil, lors du Salon du livre et de la presse jeunesse. En 2017, il signe *Neverland*, son « premier livre pour adultes ». En 2018 paraissent *Gramercy Park*, une bande dessinée avec Christian Cailleaux, et *Capitaine Rosalie*, un album illustré par Isabelle Arsenault.

Traduit de par le monde, reconnu comme l'un des auteurs pour la jeunesse les plus talentueux de sa génération, Timothée de Fombelle continue par ailleurs d'écrire pour le théâtre.

Du même auteur chez Gallimard Jeunesse

Tobie Lolness
  1. La Vie suspendue
  2. Les Yeux d'Elisha

Céleste, ma planète

Vango
1. Entre ciel et terre
2. Un prince sans royaume

Victoria rêve

La Bulle

Georgia – Tous mes rêves chantent

Gramercy Park

Capitaine Rosalie

François Place

L'illustrateur

François Place est né en 1957. Il a étudié à l'École des arts
et industries graphiques (Estienne) à Paris, avant de travailler
comme illustrateur, d'abord pour la publicité, puis pour l'édition
jeunesse. Son premier livre comme auteur-illustrateur, *Le Livre
des navigateurs*, paraît en 1988 chez Gallimard Jeunesse. Son
album *Les Derniers Géants* (Casterman), son récit *Le vieux fou
de dessin* (Gallimard Jeunesse) et sa série *L'Atlas des géographes
d'Orbæ* (Casterman/Gallimard) lui ont valu de nombreux prix
à travers le monde, et notamment le Prix Bologna Ragazzi
en 2012. Il collabore aussi avec des auteurs et s'instaure entre
eux une véritable relation de complicité : Érik L'Homme (*Contes
d'un royaume perdu*), Timothée de Fombelle (*Tobie Lolness,
Victoria rêve*) et Michael Morpurgo. Il est également l'auteur
de *La Douane volante*, un premier roman qui a reçu, en 2010, le
prix Lire du meilleur roman jeunesse, de la série *Lou Pilouface*
et du conte *Le sourire de la montagne*.

Mise en pages : Maryline Gatepaille

Loi n° 49-956 du 16 juillet 1949
sur les publications destinées à la jeunesse
ISBN : 978-2-07-062945-9
Numéro d'édition : 366056
Premier dépôt légal dans la même collection : janvier 2010
Dépôt légal : février 2020

Imprimé en Espagne par Novoprint (Barcelone)